걸뜰마니들

걸똘마니들

초판 1쇄 인쇄 · 2023년 5월 22일
초판 1쇄 발행 · 2023년 5월 26일

지은이 · 김경숙
펴낸이 · 한봉숙
펴낸곳 · 푸른사상사

주간 · 맹문재 | 편집 · 지순이 | 교정 · 김수란, 노현정 | 마케팅 · 한정규
등록 · 1999년 7월 8일 제2-2876호
주소 · 경기도 파주시 회동길 337-16 푸른사상사
대표전화 · 031) 955-9111(2) | 팩시밀리 · 031) 955-9114
이메일 · prun21c@hanmail.net
홈페이지 · http://www.prun21c.com

ISBN 979-11-308-2050-7   03810
값 17,000원

후원 : 서울문화재단 | 서울문화재단

47
푸른사상
소설선

걸뚝마니들

김경숙 장편소설

푸른사상
PRUNSASANG

차례

흰 보자기　　7

걸똘마니들　　13

16년 후　　43

불평도 자란다　　61

새로 태어난 아이들　　87

그날　　115

샛문　　139

죽음의 섬　　151

개집　　173

뒤바뀐 쌍둥이 형제　　199

슬픔으로 낳은 생명　　231

▪▪ 작가의 말　　261

흰 보자기

−우천으로 인해 발굴 작업 임시 중단을 알립니다!

　기세 좋게 퍼붓는 빗소리가 장쾌하게 창을 때렸다. 우천으로 모든 작업이 중단되자 발굴 위원들은 각자의 숙소에 틀어박혀 종일 잠을 청할 기세였다. 파주 공동경비구역(JSA)과 철원 비무장지대 (DMZ)에서 지뢰 제거 작업이 한창일 때 국방부에서 문화유산 발굴에 참여해줄 것을 제의해왔다.

　내부에 전문가들이 따로 있었지만, 예전에 황산리 일대에서 고분 유적을 발굴한 성과가 인정되어 전문 위원으로 나를 참여시킨 것 같았다. 철원 비무장지대에 도착해서 보니 철책선을 사이에 두고 남북 각각 2킬로미터씩 4킬로미터 간격으로 떨어져 대치하고 있었다. 양측의 감시초소와 장애물들은 모두 철거된 상태였다. 우천은 나에게 기대에도 없던 휴일을 안겨주었다. 잠을 청해보려 누웠지만 장쾌한 빗소리 때문인지 잠이 오지 않았다. 나는 벌떡 일어나 가방 안에 넣어둔 비망록을 꺼내 들고 책상에 걸터앉았다.

철원에 내려오기 전 오피스텔로 어머니가 찾아왔다. 어머니 손에는 흰 보자기로 싸인 것이 들려 있었다. 흰 보자기는 목을 감춘 거북이 등 같았다. 나는 뭐냐고 묻는 대신 어머니의 준엄한 표정과 손에 들린 흰 보자기를 번갈아 바라보았다. 백색으로 분장해놓은 듯한 어머니의 머리카락이 흰 보자기보다 더 새하얘 보였다. 일흔밖에 안 된 어머니는 제 나이보다 늙어 보였다.

"외할아버지가 쓰신 비망록이다. 이제 네가 간직하거라!"

어머니는 간명하게 말한 뒤 들고 온 흰 보자기를 책상 위에 올려놓았다. 나는 생소한 흰 보자기로 시선을 이동했다. 내 시선과 어머니의 시선이 한곳에 겹쳤다. 어머니의 눈빛은 흐린 하늘을 메운 구름 같았다. 어머니는 궁색한 변명 없이 내가 싫어할 줄 아는 부탁의 말을 했다.

"네가 맡아다오. 광조해운을!"

저 흰 보자기 속에 무엇이 들어 있길래? 어머니는 마치 내가 흰 보자기를 열어보게 되면 회사를 물려받을 결심이 서게 될 거라는 숙원의 표정을 짓고 있었다. 얼마 전 TV 채널을 돌리다가 '광조해운의 앞날'이라는 시사 토론을 시청하게 되었다. 광조해운이 해마다 벌어들이는 외화가 국민경제에 큰 영향을 미칠 만큼 70년 동안 강성하게 성장해왔기 때문에 쉽게 무너질 리는 없지만, 경험 부족인 딸의 경영으로 어려움을 겪고 있으니 그녀의 아들 '이강'이 후임을 맡을 때가 된 것 아니냐는 토론이었다.

살아생전 광조 외할아버지는 나를 광조해운의 후계자가 되게 하려고 갖은 애를 썼었다. 광조 외할아버지의 기대와 달리 나는 경영학 대신 고고학을 전공하고는 대학에 입학하자마자 오피스텔을 얻어 독립해버렸다. 내 고집을 꺾지 못한 광조 외할아버지는 생을 마치기 전 어머니에게 광조해운을 위임했다. 어머니는 광조해운의 인형 같았다. 그것을 빤히 지켜보면서도 광조해운의 후계자가 되고 싶지는 않았다. 그토록 거부하는 까닭을 물을 때마다 자신도 제 마음을 정확히 모를 때가 있기에 매번 납처럼 무겁게 침묵했다. 내가 자라는 동안 아무도 내게 슬픔을 견디는 방법을 가르쳐주지 않았다. 슬픔은 온전히 내 것으로 내 몸 안에 감기처럼 잠재해 있다가 나도 알지 못한 사이 면역이 돼버린 것 같았다. 그러니까 일종의 면역 후유증일지도 모르겠다.

어머니와 나는 광조 외할아버지와 함께 살았다. 나에게도 아버지란 사람이 있긴 했다. 그렇지만 함께 살지는 않았다. 아버지란 사람은 외팔이였다. 그가 내 아버지라고 말해준 사람은 아무도 없었지만 나는 직감적으로 알 수 있었다. 그는 광조 외할아버지 집에 수시로 들락거리며 애국단원이니 상공회의소니 하는 것들을 차려 놓고 애국 자금이란 명목의 큰돈을 뜯어갔다. 그때마다 어머니는 방에 틀어박혀 문을 걸어 잠그곤 했다. 외팔이 아버지는 광조 외할아버지로부터 원하는 금액을 얻어낼 때까지 붙인 궁둥이를 떼지 않았다. 마치 몰상식하게 떼쓰는 빚쟁이와 흡사했다. 나는 그 혐오스러운 모습을 숨어서 지켜보곤 했다. 외팔이 아버지는 그런 나를 잘도 발견해내곤 희한한 물건을 바라보듯 바라보았다. 그뿐이었다. 나는 그를 아버지라고 한 번도 부르지 않았고 그도 나를 아들이라 부른 적 없었다.

숨이 막힐 것 같은 집에서 도망치듯 나와 독립한 해에 외팔이 아버지는 대장암으로 세상을 떠났다. 신문과 방송에서는 큰 별이라도 떨어진 것처럼 야단법석을 떨었다. 팔까지 잃어가며 애국했다며 과장되게 노고를 칭송하더니 국립묘지에 안장했다. 나는 진절머리를 치면서도 광조 외할아버지 강요에 이끌려 묘지 앞에 서서 묵념했다. 현기증이 일었다. 나를 포함한 세상이 미덥지 않아서였다. 내가 본 외팔이 아버지는 날조된 애국자였기 때문이다.

어머니가 주신 흰 보자기로 싸인 물건은 비망록이었다. 부랴부랴 철원에 내려오느라 비망록을 읽어보지 못한 채 챙겨왔다. 나는 손글씨가 빼곡히 적힌 탈색된 비망록 노트의 첫 장을 넘겼다.

쌍둥이 형제 해미와 남수의 비망록
우리가 겪은 슬픔으로 무엇을 얻고 배웠을까? 슬픔을 배웠다고 해서 새로운 슬픔을 담담하게 맞이할 수 있는 건 아닌 것 같다.

형이 살아 돌아오길 기다리며 형 대신 살아 있는 하루하루는 나에게 또 다른 슬픔 같다. 다시는 내가 사는 이 나라에 이런 슬픔이 없었으면 좋겠다.

형이 살아 돌아오길 간절히 바라는 해미가 권 할머니 쌀가게에서 이 글을 쓴다.

광조 외할아버지가 쓴 비망록인 줄 알았던 나는 놀란 눈을 낡은 노트에 고정한 채 빗방울이 송골송골 유리창을 타고 흘러내리는 침대맡으로 옮겨 앉았다. 한 편의 소설 같은 비망록을 읽기 위해 다음 장을 조심스럽게 넘겼다.

걸똘마니들

　며칠째 쏟아진 비로 하천물이 범람했다. 비가 그친 뒤 움막 밖으로 나온 걸똘마니들은 움막 주변으로 제방을 쌓고 물길을 트느라 분주히 움직였다. 움막은 동문시장 뒤편 산지천 다리 밑에 있었다. 움막 옆으로 급하게 경사진 비탈길은 다리 위로 오르는 유일한 통로였다. 하도 오르내려 미끄럼틀처럼 반질반질했다. 문제는 폭우였다. 장마철만 되면 다리에 고인 빗물이 비탈길로 쏟아져 내려왔기 때문이다.

　움막에는 왕초인 광조를 비롯해 그를 따르는 걸똘마니 태수와 덕배, 쌍둥이 형제 해미와 남수, 똘마니 송이, 최근에 들어온 내초와 묵은초까지 합하면 열댓 명은 되었다. 움막은 두 개의 공간으로 분리되어 있었다. 한쪽은 왕초인 광조가 혼자서 썼고, 남은 공간에서 나머지 무리가 다 같이 웅크리고 잤다. 계집아이는 송이뿐이었다. 송이는 쌍둥이 형제가 보호하여 곁에 재웠다.

걸똘마니들은 폭우로 인해 여러 날 좁고 습한 움막 안에 갇혀 있다가 쨍쨍 내리쬐는 햇볕 밖으로 나오게 되어 기분이 넘쳐났다. 물길을 튼다, 제방을 쌓는다, 흙을 가져와라, 돌멩이를 주워 와라, 여기다 놓아라, 저기다 놓아라, 흙과 돌을 끌어안고 조막만 한 일손들이 정신없이 움직였다. 금세 제방을 쌓고 물길을 텄다. 새로운 날만 같았다. 산지천은 걸똘마니들의 빨래터요, 목욕탕이요, 화장실이었다. 성내 여자들이 빨래하러 나오는 날이면 짓궂은 태수는 그런 날만을 골라 용변을 보았다. 여자들은 하류로 떠내려온 똥 덩어리를 보고 절규하듯 비명을 내질렀다. 태수는 몹시 즐거워했다. 아낙들은 쌍욕을 퍼부었다.

"너희들!"

호령하듯 부르는 광조의 음성이 들리자 걸똘마니들이 동작을 멈추었다. 걸똘마니들을 불러만 놓고 광조의 눈은 맑은 하늘을 날고 있는 갈매기를 쫓고 있었다. 햇볕에 앉아 있는 광조의 얼굴은 유난히 하얬다. 마른버짐까지 펴서 병약한 환자 같았다. 바람이 사르르 불자, 광조의 옷자락이 펄럭였다. 억새도 한 방향으로 사르르 떨었다. 걸똘마니들의 눈빛도 떨었다. 마치 명령을 기다리고 있는 병정 같았다.

다리 밑에 광조가 등장한 건 5년 전이었다. 날개를 퍼덕이는 닭의 발목을 움켜쥐고 다리 밑에 유유히 등장했다. 닭의 비명을 듣고 걸똘마니들이 우중우중 몰려나왔다. 숨이 붙은 닭은 제 운명을 연장해보려고 몸부림치고 있었다. 광조는 닭의 두 발목을 거머쥐고 쥐불놀이라도 하듯 허공에다 대고 붕붕 돌렸다. 한참을 돌리자 원심력으로 인해 닭의 입에서 핏물이 뿜어져 나왔다. 흩뿌린 핏물을 피하느라 걸똘마니들이 뒷걸음질 쳤다. 광조는 눈알이 붉어진 닭의 모가지를 단숨에 비틀었다. 닭의 모가지가 맨드라미 꽃대처럼 꺾였다. 그것을 광조가 걸똘마니들 앞으로 휙 던지자, 축 늘어진 닭이 휙 날아와 땅에 박혔다.

"삶는 건 너희들이 해!"

그렇게 위협적인 방법으로 등장했다. 닭을 잡는 광기를 목격한 걸똘마니들은 아무도 광조에게 대적하려 하지 않았다. 광조는 자연스레 다리 밑을 점령했다. 다리 밑에 움막을 지은 것도 광조가 오고 난 후였다. 광조는 일방적이고 독재적일 때가 많았지만, 표면적으로는 무리의 의견을 묻는 형식을 취해 대단히 민주적이라는 인상을 주었다. 질서를 바로잡을 때면 차갑고 냉정해 보였다. 광조는 현실적이고 이성적인 판단력과 사고력을 소유한 걸똘마니들의 대장이었다. 다리 밑 움막의 왕초였다. 광조에게 마력 같은 힘이 느껴졌다. 늘 배려심 있고 유연한 방법을 썼지만, 걸똘마니들은 광조를 두려워했다.

광조의 지배나 권위에 도전하는 걸똘마니가 없었던 것은 아니다. 언제나 그렇듯, 올바른 생각의 실천은 삶을 피곤하게 하는 법. 도전한 걸똘마니는 표나지 않게 차별받았다. 결국에는 스스로 움막을 떠나든지 도전의지를 꺾어야 했다. 무리를 벗어나서는 혼자 살아내지 못해서였다. 약한 자일수록 뭉쳐야 살 수 있는 법. 그것이 걸똘마니의 약점이라는 걸 광조는 이미 알고 있는 듯했다.

다리 밑을 점령한 광조는 규칙을 정해 질서를 바로잡았다. 첫째는 동냥해 온 밥을 다 같이 나눠 먹자! 였다. 걸똘마니들은 철새처럼 떼 지어 다니며 밥을 구걸하러 다녔다. 목표치 할당량을 책임지고 완수해야만 움막이 허용됐다. 혼자 먹기에도 넉넉하지 못한 밥을 나눠 먹자니 허기진 뱃가죽은 아예 접착제를 발라놓은 것처럼 등에 들러붙어버렸다. 둘째는 동냥한 밥에 절대 손을 대선 안 된다! 였다. 어길 시 대부분 태수가 일러바쳤지만, 규칙을 어긴 벌을 받아야 했다. 벌은 대체로 광조의 수발에 해당하는 것으로 빨래를 한다거나 식수를 길어 오는 일 등이었다. 눈앞에 하천이 있는데도 광조는 길어 온 물로 자신의 몸을 청결히 하였다. 그 일은 늘 덕배의 몫이 됐다. 등치에 맞지 않게 겁이 많고 유순한 탓에 동료의 벌까지 누명을 쓰고 받았기 때문이다. 덕배를 존중해준 벗은 쌍둥이 형제뿐이었다.

쌍둥이 형제 이름은 해미와 남수였다. 형제란 것도 닮은 외모로 알았다. 듬직한 남수가 형이겠거니, 활달한 해미가 아우겠거니 했다. 해미와 남수란 이름을 누가 지어준 것인지, 어쩌다 그리 불리게 된 것인지까지는 알지 못했다. 언제부터 버려졌는지, 부모는 죽었는지 살았는지 쌍둥이 형제뿐 아니라 다리 밑 걸똘마니들 누구도 자신의 출생을 몰랐다. 찌그러진 양은냄비를 허리에 차고 이 집 저 집 동냥 다닌 기억만 있을 뿐이었다.

움막에는 병이 들끓었다. 열병이 나서 죽거나 영양실조로 죽었다. 죽은 벗을 가마니에 말아 버리듯 장례를 치렀다. 슬프기보다는 우울했다. 그런 날은 땡볕에 둘러앉아 마음을 말렸다. 더벅머리를 풀어헤치고 이를 잡으며 애도의 시간을 가졌다. 허연 서캐를 훑고 통통하게 살찐 이를 엄지손톱으로 터뜨리며 빈둥댔다. 애도의 날만큼은 광조도 빈둥대는 것을 허용했다. 동료의 죽음 앞에서도 허기진 배는 주책을 부렸다. 허기를 느낀 걸똘마니들은 무리 지어 다시 움직였다. 비탈길을 오르자 산지천 하천가에 상인들이 둘러앉아 포목이며 식료품, 생필품 등을 파는 모습이 보였다. 시끌벅적한 동문시장 안으로 들어선 순간, 침체된 기분에 활력이 솟았다. 시장 안에는 소쿠리와 체, 빗자루 등 섬사람들이 직접 만든 특산물뿐 아니라 미군의 방출 물자인 양키 물건들도 널려 있었다. 화려한 병에 든 미제 화장품을 보자 눈이 휘둥그레진 송이가 걸음을 멈추었다.

"향수 로션 있쑤다. 봉숭아 냄새 나는 네보릉 로션도 있쑤다. 깡통 동동 구루무도 있쑤다. 미제니까 어서 사 갑소. 케이스가 곰보 같은 곰보 스킨도 있쑤다. 도꾸리 미앙쓰도 있쑤다. 올드스타는 향이 좋쑤다. 네보릉 향수, 타보 향수는 너무 비싸 부자 아니면 못 싸

쓰는 거우다. 오늘만 싸게 파우다. 어서어서 서두룹소!"

걸똘마니들은 신기한 듯 우르르 몰려섰다가 휘젓듯 시장 안으로 파고들었다. 혼을 빼듯 몰려다니며 난전에 깔아놓은 떡과 전을 눈 깜짝할 사이에 훔쳐 달아나다가 바구니까지 뒤엎었다. 몸놀림이 둔한 덕배가 땅에 떨어진 것을 주워 먹으려다 붙들려 매타작을 당했다. 그날 밤, 덕배는 흙 똥을 싸듯 끙끙 앓았다.

벗의 애도는 하루로 충분했다. 다시 일상으로 돌아와 걸똘마니들은 동냥 다니고 광조는 움막에 들어앉아 빈둥댔다. 광조는 자신이 정한 규칙으로 식사를 편히 했다. 태수는 동냥아치에 타고난 재주가 있었다. 비열하기까지 하여 걸똘마니들이 얻은 밥까지 가로채 자신의 공로처럼 갖다 바쳤다. 광조는 태수의 부조리를 눈감아주었다. 누군가 용기를 내어 일러바치기도 했지만, 하지 않은 것만 못했다. 태수를 심문하는 광조의 추궁은 공정성이 없었기 때문이다. 일러바친 걸똘마니는 광조로부터 눈 밖에 나고 태수로부터 괴롭힘을 당했다. 그러자 아무도 억울한 일을 들추려 하지 않았다.

해가 떨어지면 걸똘마니들은 동냥한 밥을 들고 움막으로 기어들어 왔다. 얻어온 음식을 배부르게 먹은 광조는 포상이라도 하듯 걸똘마니들을 일렬로 앉혀놓고 글을 가르쳤다. 걸똘마니들에게 글을 깨우쳐주려는 목적보다 글을 안다는 것을 은근히 드러내 자신의 위치를 공고히 하기 위한 위선 중 하나였다. 글을 안다는 사실 하나만으로 광조는 왕초 자격이 충분해 보였다.

광조는 걸똘마니들을 한참 동안 병정처럼 세워놓고는 범람한 황토 물 속에서 먹잇감을 낚아채 활처럼 날아오르는 갈매기를 쫓다가 천천히 몸을 일으켰다. 그러고는 호령하듯 말했다.

"자, 오늘도 먹을 걸 구해 올 조를 정해야 하겠지? 지금부터 세 명씩 조를 짠다. 시합은 저 다리 끝을 찍고 되돌아오는 경주다. 같은 조가 동시에 도착해야 한다. 진 조는 조 회장 집으로 가서 우리 모두가 먹을 수 있는 밥을 얻어 와야 한다. 알겠나?"

진흙 범벅이 된 걸똘마니들은 꿀 먹은 벙어리처럼 서서 눈만 끔벅거렸다.

"왜 아무도 말이 없나?"

"찬성!"

아부라도 하듯 선창을 하며 손을 번쩍 든 건 태수였다. 간악한 사람에게는 음성까지 구분되는 것일까? 갈라진 음성에서 쇳소리가 났다. 작은 눈두덩은 부석부석해서 완전히 감긴 듯 보였다. 잔꾀를 부릴 때면 눈밑에 사마귀가 실룩거렸다. 악선동을 도모하고 꾀로 무리를 부추기는 인물로 잘 어울리는 외모였다.

"음!"

태수의 선창에 광조가 만족한 표정을 지었다. 나머지 걸똘마니들의 대답을 강제하듯 한 명 한 명의 눈을 맞추었다. 걸똘마니들은 두려운 시선에 얼어붙었다. 구원을 요청하듯 일제히 쌍둥이 형제를 바라보았다. 망설이는 듯하더니 쌍둥이 형제가 팔을 들어올리며 '찬성' 하고 외쳤다. 그러자 걸똘마니들의 얼굴 가득 화색이 돌며 너도나도 팔을 쳐들었다. 다섯 살 계집아이 송이도 덩달아 쳐들었다. 만장일치였다.

　태수의 찢어진 눈이 쌍둥이 형제를 쏘아보았다. 태수는 자신이 광조 다음이라 생각했다. 혼자의 착각일지라도 태수에게는 쌍둥이 형제가 눈엣가시였다. 가만있어도 드러나는 존재가 있는 법. 배려와 인정이 많은 쌍둥이 형제를 걸똘마니들이 의지하고 따랐다. 끈끈한 우정이 힘보다 강하게 존재했다. 태수가 쏘아본 이유였다. 광조가 불안해하는 이유였다. 애써 무심한 척하고 있지만, 광조는 자신의 자리를 공고히 하기 위해 잔꾀에 능한 태수를 포용했다. 태수는 이용 가치가 충분했다. 신임을 얻고 거들먹거렸지만, 쌍둥이 형제처럼 두려운 존재는 아니었기 때문이다.

　걸똘마니들 속에는 다섯 살 계집아이 송이가 있었다. 5년 전 포대기에 싸여 다리 밑에 버려진 계집아이였다. 한밤중에 소리를 듣고 나가봤더니 포대기에 싸인 갓난아이가 울고 있었다. 광조의 허락하에 갓난아이를 움막에 들였다. 갓난아이는 배가 고픈지 작은 손발을 옴지락거리며 밤새 울었다. 그렇지만, 누구도 책임져 돌보지는 않았다. 쌍둥이 형제만이 어르고 달래느라 날밤을 새웠다. 쌍둥이 형제는 날이 밝자 갓난아이를 광주리에 담아 동냥젖을 얻어 먹이러 쏘다녔다. 난전에 앉아 나물이며 해삼 등을 파는 아낙들이 가엾이 여겨 가슴을 풀어헤쳤다. 빼빼 마른 갓난아이는 온 힘을 다하여 젖을 빨다가 혼곤히 잠이 들곤 하였다. 인심은 부족한 곳에서 나왔다. 갓난아이는 자신의 처지를 아는지 순했고 잘 먹지 못해 알갱이처럼 작아 송이라고 불렀다. 그 송이가 자라 다섯 살이 되었다.

송이도 시합에 참여해야 했다. 걸똘마니들 세계에서는 다섯 살부터 독립체였다. 하천가에 놓인 경사진 바위를 타고 올라가 다리 위에 세워진 말뚝을 찍고 되돌아오는 경주였다. 100미터도 안 되는 거리였지만, 송이 혼자서는 오를 수 없었다. 어느 조든 송이와 한 조가 된다는 것은 시합에 진다는 의미였다. 쌍둥이 형제가 보호하듯 송이와 한 조가 되자, 광조가 구령을 붙였다.

"두-울, 셋!"

걸똘마니들이 일제히 뛰기 시작했다. 송이가 경사진 바위를 오르려고 안간힘을 썼다. 송이는 필사적으로 몸부림쳤다. 중간까지 기어올랐다가 주르르 미끄러지고를 반복했다. 다급한 탓인지 평소보다 더 오르는 게 더뎠다. 해미가 먼저 올라 손을 뻗었다. 남수가 뒤에서 손바닥으로 발 받침을 해주었다. 그렇게 오른 셋은 온 힘을 다해 뛰었다. 해미와 남수에게 양손이 잡힌 채 뛰고 있는 송이의 발은 땅에 닿았다 떨어졌다, 를 반복했다. 다리 끝에 세워진 말뚝을 찍고 되돌아왔을 때는 걸똘마니들 모두 완주를 끝낸 뒤였다.

해미와 남수, 송이는 칠성로 조 회장 집으로 향했다. 중앙우체국으로부터 동문 로터리 분수대 옆 골목길을 기준으로 북쪽에 형성된 상가 지역이 칠성로였다. 도청과 경찰서, 법원과 세무서, 금융기관 등이 밀집해 있는 제주 토호들이 거주하는 상권 중심가였다. 조 회장은 거부였다. 목포에는 고무신 공장을, 제주에는 철공소를 운영하고 있었다. 철공소에서는 선박에 장착하는 추진용 회전 날개를 생산했다. 배 수리를 하는 일도 겸했다. 일본에서 삼나무를 수입해 와서 공장 기둥을 세우고 양철로 지붕을 얹은 신식 건물이었다. 거대한 기계들이 즐비하게 들어서 있고, 발동기 돌아가는 소리, 쇠 깎는 소리가 끊임없이 울리는 대단한 규모의 공장이었다. 조 회장은 주로 철공소에 있는 날이 많았고, 목포 고무신 공장은 한 달에 한 번 정기여객선을 타고 오가며 관리했다. 목포 공장에 다녀오는 날이면 여독을 풀기 위함인지 집에 머물렀다.

광조가 조 회장의 동선을 꿰고 시합을 제안한 것은, 동냥을 가도 조 회장이 있을 때와 없을 때가 달랐으며 걸똘마니들이 갈 때와 쌍둥이 형제가 갈 때가 달랐기 때문이다. 걸똘마니들은 쌍둥이 형제가 조 회장이 버린 자식 같다며 지껄였다. 부자 부모가 있어 좋겠다며 남상댔다. 근거 없이 지껄이는 말을 광조는 허투루 듣지 않았다. 걸똘마니들이 그렇게 지껄이는 것도 무리는 아니었다. 동냥 갈 때마다 잔치 때나 먹을 수 있는 삶은 흑돼지, 진한 사골 국물, 또 어떤 날은 양푼 가득 도톰하게 토막 낸 갈치 조림과 흰 쌀밥을 주기도 했다. 그러니 시합은 쌍둥이 형제를 동냥 보내기 위한 형식적인 절차였다.

쌍둥이 형제와 송이는 북 신작로와 산지로, 관덕로 세 갈래 길로 갈라진 곳에서 관덕로 쪽으로 걸었다. 관덕로에서 관덕정 동쪽으로 가다 보면 중앙로터리를 거쳐 동문교까지 이어지는 동서로 난 길이 나왔다. 그 길에서 골목으로 들어서면 초가집이 밀집해 있는 동네가 나왔다. 오밀조밀 초가집들 사이로 유려한 한옥이 자리 잡고 있었는데 유독 담장이 높은 곳이 조 회장 집이었다.

쌍둥이 형제는 한옥 앞에서 찌그러진 냄비를 두들겼다. 남의 집 대문 앞에서 시끄러운 소리를 낸다는 것은 역정을 내게 하는 일이지만, 동냥 왔다는 의사 표현으로는 그만한 전달법도 없었다. 빼가닥 문이 열리더니 노파가 나왔다. 등이 굽은 곰 할망이었다. 곰 할망은 기다리라고 말해놓고 부엌 쪽으로 사라졌다.

쌍둥이 형제와 송이는 주저 없이 열려 있는 대문 안으로 발을 들여놓았다. 기다리라고 해놓고 마냥 세워놓는 집들이 더러 있어 빚쟁이처럼 발부터 들여놓고 보는 습관 때문이었다. 벽돌로 쌓은 높은 담장, 몸통이 굵은 나무, 화단에 핀 꽃들, 잔디가 깔린 마당은 미려했다. 짚신을 꿰어 신은 더러운 세 쌍의 발이 씻어낸 듯 윤기가 감도는 검은 자갈을 밟고 섰다. 세 쌍의 눈들은 마당에 오도카니 서서 백색의 디딤돌을 지나, 미닫이문 쪽에 머물렀다. 반쯤 열려 있는 미닫이문 안에는 신문을 들여다보고 있는 조 회장이 앉아 있었다.

미닫이 방은 마루를 중심으로 양쪽에 있었다. 하나는 조 회장 방이요, 하나는 그의 아내 최순복의 방이었다. 그녀의 방 미닫이문은 닫혀 있었고 디딤돌 위에 신발이 보이지 않았다. 쌍둥이 형제는 올 때마다 그녀가 집에 있는지부터 살폈다. 음식 주는 일에는 관여치 않았지만 흘겨보는 눈빛이 섬뜩해서였다. 몽둥이를 들고 내쫓는 시장 상인들보다도 섬뜩했다.

쌍둥이 형제는 동냥 왔다가 부모에게 대드는 극진이를 여러 번 목격했다. 조 회장은 언성을 높여 극진이를 꾸짖었다. 그때마다 극진이는 말대꾸를 했다. 화가 난 조 회장이 뺨을 후려갈겼다. 극진이가 원망을 퍼부었다. 조 회장이 한심한 놈이라고 하자 극진이가 욕설로 맞받아쳤다. 조 회장은 버릇없는 놈이라며 극진이의 멱살을 움켜쥐었다. 극진이는 뿌리치며 반항했다. 최순복이 달려들어 뜯어말렸다. 밀고 밀치는 가운데 최순복은 떠밀리듯 엉덩방아를 찧었다. 그녀는 철퍼덕 주저앉아 오열했다. 그녀의 통곡 소리에 극진이가 넌더리를 치며 집을 박차고 나가고서야 전쟁 같은 싸움이 종결됐다. 쌍둥이 형제는 극진이가 마냥 부러웠다. 삐뚤어진 인성을 바로잡아주기 위해 애쓰는 아버지가 있었고, 역성들어주는 어머니가 있어서였다. 극진이의 반항은 행복한 투정 같았다.

그친 줄 알았던 비가 또다시 부슬부슬 내리기 시작했다. 송이는 발가락을 꼬무락거리며 몸을 옹송그렸다. 해미가 허리에 차고 있던 양은냄비를 우산 대신 송이의 머리에 씌워주었다. 송이는 작은 몸을 오돌거렸다. 조 회장은 따뜻한 방에 들어앉아 한가로이 신문을 들여다보았다. 신문을 넘길 때마다 옆모습이 얼핏 보였다. 쌍둥이들의 시선을 느꼈는지 한 번씩 고개를 돌렸다. 그뿐, 도로 시선을 신문으로 옮겼다.

그런 조 회장이 개처럼 보였다. 굵고 튼튼한 쇠줄을 목에 감고서 주인에게 꼬리를 흔들며 충성하는 개, 소신 있게 짖지도 못하는 개, 나름으로 인정받은 잡종이 아닌 개, 쌍둥이 형제는 자신도 개일지 모른다는 생각이 들었다. 다리 밑에 버려진 개, 피부병에 걸려 털이 뭉텅뭉텅 빠진 개, 위생적인 음식을 먹지 못해 항문에 염증이 생긴 개, 탈장에 걸려 물똥을 지리는 개, 지독한 눈병에 걸려 눈알이 노랗게 변하고 눈곱이 허옇게 낀 개, 그릇에 밥찌꺼기가 누룽지처럼 눌어붙고 그것을 핥기 위해 파리 떼가 꼬여 드는 곳에서 사는 개, 온종일 쏘다니며 여물 같은 음식을 얻어먹는 개!

한참 만에 곰 할망이 커다란 들통을 들고나왔다. 용을 쓰느라 등이 낙타처럼 솟았다. 곰 할망은 들통을 내려놓고 휴! 하고 숨 돌리는 소리를 토해내며 양다리를 벌리고 서서 허리를 곧게 폈다. 곰 할망은 일이 힘에 부치는지 중풍 환자처럼 손끝을 떨며 쌍둥이 형제를 측은히 바라보았다. 허연 눈곱이 낀 눈은 노랗게 탈색되어 나뭇잎 같았다.

조 회장 집은 왜 노파만을 고용하는 것일까? 전에 일했던 금자란 식모와 조 회장 사이에 불미스러운 소문이 난 다음부터였다.

세월이 흘러도 소문은 꼬리를 물고 동문시장을 떠돌았다. 금자가 식모로 오기 전에는 예순을 바라보는 여수댁이 있었다. 여수댁은 최순복의 유모나 다름없었다. 조 회장은 최순복과 결혼하고 최 회장 집으로 들어온 데릴사위였다. 외손자를 바라는 최 회장 성화 때문인지 최순복은 결혼하고 채 1년이 되기도 전에 극진이를 낳았다. 최순복은 극진이를 낳고 빌빌거리더니 요양을 해야 한다며 절로 들어갔다. 최 회장이 절에 갖다 바친 돈의 힘인지 최순복은 절에서 일하는 비구니를 몸종처럼 부렸다.

극진이는 여수댁이 돌봤다. 최순복도 절에 전화를 달아놓고 나름대로 극진이를 돌보는 데 힘썼다. 전화로도 성이 차지 않을 때면 검열하듯 내려와 오만 참견을 하다 갔다. 친정엄마가 없는 최순복에게 여수댁은 식모 이상의 존재였다. 여수댁, 극진이 이유식은 먹였어? 기저귀는 갈아줬지? 기저귀는 매일 삶고 있는 거지? 극진이가 아장아장 걷기 시작하자 최순복은 더욱 마음이 놓이지 않았다. 여수댁, 극진인 뭐 하고 있어? 잘 지켜보고 있는 거지? 극진이가 엄마를 찾진 않았어? 극진이 기분은 어때? 여수댁 극진인……? 최순복은 하루에도 몇 통씩 전화로 극진이를 돌봤다.

불행하게도 극진이는 엄마보다 여수댁을 더 따랐다. 자식을 돌본다는 것은 마음만 가지고는 안 되는 일이었다. 여수댁의 몸은 마모된 기계부품처럼 나날이 낡아져 더는 쓸모없게 돼버렸다. 집안일이 많은 데다 최 회장까지 앓아눕는 바람에 병시중까지 들어야 했기 때문이다. 최 회장보다 먼저 죽게 생긴 여수댁은 기침을 심하게 하다가 고향으로 가버렸다.

그 빈자리에 금자란 식모가 들어왔다. 서둘러 구하다 보니 어린 식모를 구하게 됐다. 사연은 있었다. 고무신 거래처에서 대금값 대신에 부모 없는 조카를 허드렛일이나 시키며 밥만 먹여주면 된다고 보낸 것이었다. 여수댁이 가버리자 이참저참 데려온 것이었다. 열여섯 살 금자는 성격이 쾌활한 데다 부지런했다. 최 회장의 병시중도 들고, 극진이도 돌보고 살림까지 도맡아 했다. 조 회장 집에 이상한 소문이 돌기 시작한 건 최 회장이 병으로 세상을 뜬 다음 해였다. 금자가 생선을 사러 시장에 나왔다가 입덧하는 것을 누군가 보았던 것이다. 소문은 최순복 귀에도 들어갔다. 최순복은 소문을 잠재우려는 듯 서둘러 금자를 데리고 절로 들어가버렸다.

금자가 최순복을 따라간 뒤 곰 할망이 왔다. 그 뒤로 금자를 본 사람은 없었다. 절에 데리고 있다가 시집 보냈다는 소문도 들렸고, 시집가자마자 쌍둥이를 낳았다는 소문도 들렸다. 사실은 금자가 낳은 쌍둥이가 조 회장의 자식일 거란 소문도 들렸다. 시장 사람들은 소문을 반은 믿고 반은 믿지 않았다. 결론에 가서는 그럴 리가 없고 모두 헛소문일 거라고 했다. 소문보다 점잖은 조 회장을 더 신뢰한 탓이었다. 쌍둥이 형제는 금자에 관한 소문을 들을 때마다 엄마의 소문을 듣는 기분이었다. 누구도 엄마라고 말해주는 사람은 없었지만, 자꾸만 그런 생각이 들었다. 일전의 일까지 생각하면 의문이 확신으로 굳어졌다.

일전에 쌍둥이 형제와 송이는 청심관에서 하는 유랑극단 공연을 구경 갔었다. 그날 착각인지는 몰라도 조 회장 차가 서행하며 뒤따라왔다. 생깃골 중심에서 북쪽으로 알생깃골과 알막은골이 있는 즈음이었다. 쌍둥이 형제는 왈칵 겁이 났다. 뭔가 잘못을 저지른 기분이 들어 향교 방향으로 마구 뛰었다. 향교를 지나 동문다리를 건너 동문시장 안으로 엄마 치마폭에 숨듯 파고들었다. 마침 시장 안에는 걸똘마니들이 몰려 서 있었다. 시장 입구에서 뻥튀기 기계를 돌리고 있었기 때문이다.

쌍둥이 형제는 무리 속에 몸을 섞었다. 뻥튀기 장수가 저리 가라며 붉으락푸르락 호통을 치자 걸똘마니들이 뒷걸음질 쳤다. 뻥튀기 장수는 금세 친절한 표정으로 바꾸며 엄마와 함께 나온 사내아이에게 막 튀겨낸 옥수수 자루를 건네주었다. 옥수수 자루는 사내아이보다 컸다. 부러운 눈으로 바라보고 있는 걸똘마니들을 향해 사내아이가 혀를 날름거렸다. 얄미운 짓에 걸똘마니 하나가 주먹을 휘두르며 쥐어박는 시늉을 했다. 사내아이가 엄마 치맛자락에 얼굴을 묻었다. 그것을 알아챈 암고양이 같은 엄마가 악다구니를 쳤다.

"이 못된 거지새끼들 저리 안 가!"

엄마의 위세에 기가 살아난 사내아이가 밉살스럽게 또다시 혀를 날름거렸다. 그때였다. 복잡한 시장 입구에 차를 세워놓고 지켜보고 있던 조 회장이 — 복잡한 시장 입구라서 차를 세울 수는 없지만 조 회장 차라는 걸 알고 아무도 제지하지 않았다 — 차창 밖으로 돈뭉치를 던졌다. 그것이 쌍둥이 형제 앞에 떨어졌다. 쌍둥이 형제는 주울 엄두를 내지 못한 채 멍하니 서 있었다. 조 회장은 차 안에 뻣뻣하게 앉아 있었다. 이어 차가 미끄러지듯 멀어지자 걸똘마니들이 우르르 달려들어 땅에 떨어진 돈뭉치를 와락 덮쳤다. 언제 왔는지 광조가 다가왔다. 돈뭉치는 광조에게로 옮겨 갔다. 액수는 알 수 없었지만, 꽤 두툼해 보였다. 광조는 무슨 심산인지 뻥튀기를 세 자루나 튀겨달라고 주문했다.

걸똘마니들은 뻥튀기를 어깨에 둘러메고 잔뜩 뻐기며 움막으로 돌아왔다. 광조가 나름 공평하게 배분을 해줬다. 배당받은 뻥튀기를 뺏기지 않으려고 정신없이 입안에 몰아넣었다. 건조한 뻥튀기를 입안 가득 몰아넣자, 침샘이 말라 입천장에 달라붙었다. 목을 말리는 뻥튀기로 인해 눈알에 흰자가 다 드러날 정도로 숨쉬기가 어려웠다. 눈물까지 찔끔찔끔 맺힐 정도로 괴로웠지만, 처음 맛본 고소하고 달콤한 맛을 잊을 수 없었다.

그날 이후 소문은 구체적으로 퍼졌다. 금자가 낳은 쌍둥이가 다리 밑에 버려진 쌍둥이 형제가 맞다! 라고. 슬근슬근 몸을 붙이고 이마를 맞대며 숙덕거렸다. "글쎄 얼마나 마음이 편치 않았으면 돈을 길바닥에 내던져놓고 가더라니까!" 그렇게 숙덕거리다가도 쌍둥이 형제가 다가가면 얼른 몸을 떼며 화제를 바꾸곤 했다.

"실컷 먹거라. 한참, 클 때 얼마나 배가 고프겠냐."

"고맙습니다."

곰 할망의 말에 남수가 들통을 받아 들며 인사했다. 남수의 의젓하고 공손한 음성이 미닫이 방까지 들렸는지 신문을 들고 있던 조 회장이 고개를 돌렸다. 곰 할망은 조 회장의 시야를 가리고 선 채 구부정한 허리를 꼿꼿이 세우느라 배를 내민 자세로 다리를 벌리고 서 있었다. 축 늘어진 앙상한 가슴팍은 늙은 개의 젖가슴 같았다. 곰 할망은 홀쭉한 볼을 오물거리며 입속말로 웅얼거렸다.

"쯧쯧, 지 어매가 보면 얼마나 마음이 아플꼬!"

곰 할망이 눈을 비볐다. 허연 눈곱이 녹아내려 곧 눈물이 흘러내릴 것 같았다. 누런 눈동자 속에 수정체가 젖어 있었다. 쌍둥이 형제는 인사를 꾸벅 한 뒤 대문 밖으로 나왔다. 신문을 완전히 내려놓은 조 회장은 쌍둥이 형제가 방금까지 서 있던 자리를 넋을 잃은 듯 바라보았다.

들통을 든 쌍둥이 형제는 조 회장 집 담벼락을 힘차게 돌았다. 언제 왔는지 걸뚱마니들이 군침을 흘리며 몰려 서 있다가 반가움에 엉겨 붙었다. 허리에 매달려 있는 찌그러진 양은그릇이 빛을 받아 반짝였다. 먹을 채비가 완비된 것이었다. 걸뚱마니들은 출렁거리는 들통을 번갈아들며 움막으로 향했다.

광조가 들통 뚜껑을 열었다. 해초류가 잔뜩 든 몸국에서 김이 모락모락 올라왔다. 오래 고아야 먹을 수 있는 몸국을 동냥 가자마자 준 것은 미리 준비해놓았다는 증거였다. 광조가 몸국을 배분했다. 양은그릇을 양손으로 든 걸똘마니들이 눈으로 국물 양을 저울질했다. 모자반 건더기는 맨 나중으로 광조 그릇에 담겼다. 송이는 오이 같은 가느다란 다리를 세모지게 벌리고 앉아 몸국을 욕심껏 떠 입안에 넣었다. 남수만이 골똘히 앉아 생각에 잠겨 있었다.

"형, 어서 먹어!"

해미가 말했다.

"난 배불러. 더 줄까?"

남수가 자신의 그릇에 담긴 몸국을 해미와 송이의 그릇에 덜어주었다. 남수는 늘 배부르다며 동생들에게 양보했다. 단숨에 먹어 치운 덕배가 빈 그릇을 끌어안고 부러운 눈으로 바라보며 자신도 형이 있으면 좋겠다고 볼멘소리를 했다. 해미가 한 수저를 떠 덕배의 그릇에 덜어주었다. 덕배는 썩은 이를 맘껏 드러내며 함박웃음을 지었다. 단숨에 긁어 먹고는 성이 차지 않는지 빈 그릇을 닥닥 긁어가며 말했다.

"난 왜 엄마가 없을까? 엄마가 있으면 이런 맛난 음식을 매일 먹을 수 있을 텐데."

태수가 보송보송 감긴 듯한 눈꺼풀을 치떠 올리며 덕배를 향해 벌처럼 쏘았다.

"입은 비뚤어져도 말은 똑바로 하라잖아! 없긴 왜 없어! 엄마 없이 어떻게 태어났겠냐! 없는 게 아니라 버려진 거라고! 이 멍청아!"

제주에는 유독 버려진 아이들이 많았다. 일본 상인들이 물건을 거래하러 섬에 왔다가 머무르는 동안 아이만 만들어놓고 무책임하게 떠나버린 탓이었다. 그렇게 태어난 일부가 걸똘마니였다.

"왜, 버렸는데?"

"그걸 왜 나한테 물어? 널 버린 부모한테 가서 물어야지, 이 멍청아!"

태수는 말끝마다 멍청아! 라며 쏘아붙였다.

"어디 가서? 부모가 어디 있는데?"

잔뜩 겁을 먹은 덕배가 어쩐 일로 용기를 내어 말꼬리를 물고 늘어졌다. 출생만은 덕배도 용기를 낼 만큼 궁금한 탓이었다.

"이 멍청이 거지새끼!"

답변이 궁색해진 태수가 자신의 빈 그릇을 덕배의 머리에 힘껏 집어던졌다. 덕배가 머리를 감싸 쥐며 훌쩍거렸다.

"눈물 그치지 못해, 이 멍청이 새끼야!"

태수는 뭣 때문에 비위가 틀어졌는지 덕배 몸에 엉겨 붙으며 화풀이를 했다. 덩치 큰 덕배는 깡마른 태수에게 방어할 생각조차 않고 얻어터지고 있었다.

"다들 뒤질래?"

광조의 눈에서 불꽃이 튀었다. 힘을 준 광조의 눈에서 살의가 느껴졌다. 배 위에 올라타 있던 태수가 덕배 몸에서 떨어졌다. 덕배는 꼴딱꼴딱 울음을 삼켰다. 태수는 콧물을 훔쳤다. 해미가 슬근슬근 덕배 곁으로 다가가 타이르듯 어깨에 팔을 둘렀다. 골똘히 생각에 잠겨 있던 남수는 갑자기 벌떡 일어서더니 비탈길 위로 뛰어올랐다.

"형!"

덕배를 어르고 있던 해미가 돌아보며 형을 불렀다.

남수는 씰그러진 토담 앞에서 걸음을 멈추었다. 용마루를 얹은 유려한 한옥 담벼락을 돌면, 조 회장 집 식모의 거처가 있었다. 조 회장 집 담벼락에 혹처럼 붙어 있었다. 웅장하고 미려함을 갖춘 한옥과 상반된 집이었다. 조 회장 집 출입은 한옥 담벼락에 붙은 샛문을 통해 드나들게 돼 있었다. 분리되지 않았으나 분리된 집. 차별된 외관은 식모를 하찮게 여긴 까닭이었다. 기둥이 휘고, 외벽의 골조가 훤히 드러나 보일 정도로 허술했다. 비가 샐 것처럼 낡아 새들도 부담 없이 처마 밑에 둥지를 틀었다. 남수가 곰 할망의 거처인 마당 안으로 발을 들여놓으려 하자, 고양이 한 마리가 토담 위에 올라앉아 낯선 침입자를 향해 앙숙을 만난 듯 목에 단 방울을 뗑그렁거리며 울어댔다.

"쉿!"

조용히 하라며 남수가 고양이를 노려보았다. 고양이는 한 발 물러나 괴적한 그늘 쪽으로 옮겨 앉았다.

"할머니!"

남수는 고양이 눈치를 보느라 토담 밖에서 곰 할망을 불렀다. 고양이가 몸을 도사리고 앉아 사납게 울부짖었다. 애꿎은 새들까지 놀라 퍼뜩 날아올랐다. 고양이 치곤 별스럽다는 생각이 들었다. 남수는 토담 밖에서 주저주저 서 있었다. 어미 닭과 노니는 병아리들이 고양이의 앙칼진 울음소리에 놀라, 날개를 퍼뜩거리며 누런 눈알을 요리 굴리고 저리 굴리고를 하느라 크르릉 앓는 소리를 냈다. 어미 닭이 도라지 뿌리 같은 닭발을 쭉 뻗어 마당 안을 띄엄띄엄 맴돌았다. 그 뒤로 병아리 떼가 삐악거리며 넘어질듯 고분고분 뒤따랐다. 곰 할망의 거처는 닭장 속 같았다. 남수가 막 뒤돌아서려 할 때였다.

"왜 몸국이 부족해서 왔냐?"

남수는 토담 밖에서 곰 할망을 바라보았다. 곰 할망은 방에 있었는지 힘겹게 마루로 나와 앉았다. 고양이 눈치를 보며 남수가 조심스럽게 마당 안으로 들어섰다. 좀 전까지 앙칼지게 울어대던 고양이가 언제 그랬냐는 듯 씰그러진 토담 위에서 온순히 조는 시늉을 했다. 고양이까지 거지를 알아보고 얕본다고 생각하자 괘씸했다. 남수는 다가가 곰 할망 곁에 나란히 앉았다. 곰 할망이 쌕쌕 가쁜 숨을 몰아쉬며 물었다.

"뭣 땜시 왔냐?"

곰 할망 목에서 거렁거렁 가래 끓는 소리가 났다.

"소문이요."

남수는 퉁명스럽게 대답했다.

"뭔 소문?"

"……."

몇 초간 침묵이 흘렀다.

"동문시장에 떠도는 소문들이 진짠가요?"

"동문시장에 뭔 소문이 떠돌가니?"

곰 할망은 마른침을 꼴깍 삼키며 물었다.

"다 알고 왔어요. 금자가 낳은 쌍둥이가 저희잖아요?"

"누가 그러더냐? 너희를 금자가 낳았다고?"

"……!"

또다시 침묵이 흘렀다. 고개를 푹 숙이고 있는 남수를 곰 할망이 입을 오물거리며 바라보았다. 한참 만에야 남수가 입을 열었다.

"몸국요…… 똥돼지요…… 사골국이요."

"또?"

"흰쌀밥이요."

"또?"

"말 안 해줘도 다 알아요!"

남수 목에 힘이 들어갔다.

"다 알았으면 네 부모한테 가서 물을 것이제. 왜 나한테 와서 묻는 것이냐?"

곰 할망은 말을 뱉어놓고 홀쭉한 볼을 오물거렸다. 짐짓 불뚝거리는 척을 했다. 남수는 물음에는 대답하지 않고 궁금한 걸 물었다.

"금자, 아니 저희 엄마 살아 계신 건가요? 그것만 말해주세요."

"네 엄마가 살았는지 죽었는지 내가 어떻게 안다냐."

남수는 한참 동안 앉아 있다가 힘없이 일어섰다.

"갈래?"

"예!"

자는 척하던 고양이가 귀를 쫑긋 세우며 서붓서붓 자리를 옮겨 앉자, 마른 흙이 부슬부슬 떨어졌다. 남수가 토담 담장을 막 돌아 나가려 할 때였다.

"언제고…… 목포 기차역에 가거들랑……."

남수는 가던 걸음을 멈추었다.

"목포댁을 찾거라. 그곳에서 나물 팔고 있는 것을 누군가 봤다고 하더라. 목포댁이라고 부르더란다. 내가 아는 것은 그것이 다."

남수는 미친 듯이 뛰었다. 뛰다 보니 부두였다. 엄마를 찾아 목 포로 가려면 배를 타야 한다는 생각에 자신도 모르게 해안 쪽으로 달린 것이다. 목포로 출항하는 여객선은 방파제 안벽에 세워져 있 었다. 여객선은 오전과 오후로 나눠 하루에 두 번 출항했다. 오후 출항은 여섯 시였다. 배가 드나들 때마다 걸뚤마니들은 부두로 몰 려나와 구경하고는 했다. 그런 탓에 운항 시간을 꿰고 있었다. 배 를 타려면 돈이 필요하다는 생각이 미치자 다리가 꺾였다. 부두에 퍼대고 앉아 배 위를 나는 갈매기 떼를 멍하니 올려다보았다.

'저 갈매기처럼 날 수만 있다면 날아서라도 갈 텐데……. 맞다. 왕초!'

퍼질러 앉아 있던 남수가 벌떡 일어섰다. 광조에게 돈이 있을 거란 생각이 들어서였다. 남수는 움막을 향해 뛰었다. 광조가 산책삼아 동문시장을 어슬렁거리고 있을 시각이었다.

남수는 정신없이 뛰었다. 산지천에 다다라서야 속력을 제어했다. 비탈길로 내려가기 전 포복 자세로 움막 쪽을 내려다보았다. 광조는 보이지 않고, 걸똘마니들 두셋이 땅따먹기를 하느라 정신이 없었다. 그 무리에 해미도 있었다. 해미 옆에 쭈그리고 앉아 구경하는 계집아이는 송이였다. 해미와 상의를 먼저 해야 할까? 그러다 누군가 엿들어 광조가 알게 된다면. 남수는 비탈길을 소리 없이 내려가 광조가 없는 것을 확인한 뒤 움막 안으로 그림자처럼 숨어들었다. 심장이 뛰었다. 돈을 찾느라 눈을 쉼 없이 굴렸다. 일전에 뻥튀기 사 먹으라며 조 회장이 던져주고 간 돈뭉치가 어딘가에 있을 것이다. 움막은 정갈했다. 조금만 위치가 바뀌어도 알아챌 만큼 정돈돼 있었다. 광조의 완벽한 성격을 보여주는 단면이었다. 남수의 눈이 가마니로 만든 돗자리에 머물렀다. 광조가 늘 앉아 있던 자리. 남수는 돗자리를 걷고 손으로 흙을 파기 시작했다. 딱딱한 것이 손끝에 닿았을 때 광조의 인기척이 들렸다. 화들짝 놀란 남수는 발 사이로 밖을 엿보았다. 광조는 어느새 돌아와 덕배가 길어온 물로 발을 씻고 있었다. 남수는 그대로 팽개쳐둔 채 움막을 빠져나와 비탈길로 올랐다. 포복 자세로 도토리만 한 돌멩이를 집어 해미를 향해 던졌다. 해미가 두리번거리며 돌아보았다.

"형!"

"쉿!"

남수가 손가락을 입에 댔다. 맛있는 음식이 있을 때마다 남수가 하던 신호였다. 해미는 광조의 눈치를 보며 송이의 손을 슬그머니 잡아끌었다. 송이가 비탈길을 기어오르자 남수가 팔을 뻗었다. 쌍둥이 형제와 송이는 약속이나 한 듯 일단 뛰고 보았다. 어디로 가는 거냐고 묻지도 않았다. 남수의 힘찬 걸음에 따라붙듯 당도한 곳은 부두였다. 남수는 가쁜 숨을 몰아쉬며 다급히 말했다.

"엄마한테 가자!"

"어?"

갑작스러운 말에 해미가 남수를 바라보았다.

"목포에 가면 엄마가 있대!"

"아버진 어떡하고?"

"누가 아버진데?"

남수가 버럭 소리를 질렀다.

"나도 다 알아 형! 조 회장이 우리 아버지잖아? 우리 아버지 맞잖아?"

"아냐! 아냐! 우리 아버지 아냐! 한 번만 그딴 소리 했단 봐라. 그땐 정말 혼날 줄 알아!"

남수가 소리쳤다. 해미는 닭똥 같은 눈물을 옷소매로 쓱쓱 문질렀다. 송이가 곁에 서서 발발 떨었다. 영문을 모른 송이는 겁먹은 눈으로 쌍둥이 형제를 올려다보았다. 남수가 허리에 차고 있던 양은그릇과 숟가락을 바다에 힘껏 던졌다.

"너도 버려! 엄마 찾으러 가자!"

해미가 울먹이며 말했다.

"아버지는? 아버지는 버리고 가는 거야?"

남수가 해미의 어깨를 세차게 흔들며 소리쳤다.

"누가 누굴 버려? 아버지가 우릴 버린 거라고!"

"그래도 혀-엉!"

"너 한번 맞아볼래? 넌 아버지가 원망스럽지도 않아?"

"혀-엉!"

"버려! 버리라고!"

해미가 마지못한 듯 허리에 차고 있던 양은그릇을 바다에 던졌다. 송이도 따라했다. 세 개의 양은그릇이 엎치락뒤치락 자맥질하며 시야에서 멀어졌다. 해미는 소매 끝으로 눈물을 훔쳤다.

"저 배에 타자."

출항 전 짐을 미리 싣느라 화물창이 열려 있었다. 남수는 손수레에 짐이 실려 배 안으로 들어가는 것을 가리키며 말했다.

"짐칸에 숨자고?"

"쉿! 조용히 말해! 짐들이 들어갈 때 틈을 봐서 몰래 들어가는 거야."

"짐꾼이랑 선원들이 저렇게 많은데 어떻게?"

"일단 숨어!"

남수가 해미와 송이를 잡아끌었다. 셋은 짐들이 높이 쌓여 있는 곳에 웅크려 앉았다. 어떻게든 들키지 않고 들어갈 기회를 엿보았다. 그때 부두에 광조가 나타났다. 걸똘마니들을 대동하고 나와 여객선 주변을 떼로 몰려다니며 수색대처럼 들쑤셨다.

"고개 숙여!

남수가 속삭였다.

"벌써 눈치채고 왕초가 우릴 찾으러 왔어. 내가 왕초 돈을 훔치려 했거든. 뱃값을 마련하려고."

"형이?"

"쉿!"

그때 선원의 호통 소리가 들렸다.

"이 거지새끼들! 저리 안 가!"

"거지새끼들?"

거지새끼들이란 말에 화가 치밀어 오른 걸똘마니들이 수레 위에 실어놓은 짐을 쓰러뜨렸다. 화가 난 선원이 걸똘마니들을 향해 주먹을 휘둘러댔다. 잡으려는 선원들과 요리조리 피하는 걸똘마니들의 거친 행동이 쌓아놓은 짐들을 무너뜨렸다. 화가 머리끝까지 난 선원이 다시 주먹을 날렸다. 엎치락뒤치락 정신이 없었다. 남수와 해미는 서로의 눈을 바라보았다. 기회였다. 소란한 틈을 타 남수가 먼저 화물창 안으로 뛰어올라 몸을 붙인 채 주변을 둘러본 뒤 손짓했다. 해미가 송이를 화물창 안으로 잡아끌었다.

걸똘마니들이 소란을 피운 덕에 도리어 쉽게 배에 오를 수 있었다. 남수가 바쁘게 두리번거리더니 계단 통로로 뛰어올랐다. 해미와 송이가 넘어질 듯 뒤따랐다. 두어 계단 올라간 곳은 기계실이었다. 남수가 어두컴컴한 기계 사이로 기어들어 갔다. 해미와 송이가 남수 뒤에 바짝 따라붙었다. 막다른 구석에 다다르자 남수는 커다란 기계 몸체에 등을 붙이고 앉았다. 해미와 송이도 나란히 등을 붙이고 앉았다.

얼마나 시간이 흘렀을까? 웅장한 소음을 토해내며 기계가 깨어나기 시작했다. 기름 냄새가 속을 뒤집자, 얼굴색이 새하얘진 송이가 양손으로 입을 틀어막았다. 시끄러운 기계 소리가 구토 소리를 눌렀다.

지이이!

갑문 열리는 소리가 났다. 이어 묵직한 뱃고동 소리가 고막을 찔렀다. 제주에서 목포로 출항을 알리는 소리였다.

16년 후

소나무로 뒤덮인 사라봉 능선 끄트머리에 등대가 보였다. 등대는 장승처럼 버티고 서서 안광을 뿜어내고 있었다. 파도는 힘차게 밀려와 절벽에 부딪혔다가 하얀 물거품을 만들며 뒷걸음질 쳤다. 검은 돌이 집을 감싸고 있는 해안 마을에는 겨울 추위를 견딘 보리 싹들이 푸르름을 더하고 있었다. 시주 주머니 같은 배낭을 둘러멘 해미는 출항을 앞두고 오름 정상에 올라서서 마을을 내려다보았다. 일본으로 향하는 출항 시각은 저녁 아홉 시, 장소는 조천항이었다. 마을로 내려가서 그곳 지름길을 이용할 작정이다. 북촌마을에서 조천항까지 7킬로미터, 걸어서는 1시간 40분, 빠르게 걸으면 10분 정도 단축할 수 있었다. 시간은 충분했다.

해미는 마을을 향해 걸음을 내디뎠다. 걸음을 내디딜 때마다 마른 가랑잎 으깨지는 소리가 사그락댔다. 한걸음에 북촌마을로 내려온 해미는 세포 집으로 가기 전 이장 집부터 들렀다. 늘 하던 대로 행동하기 위해서였다. 해미가 이장 집 돼지 막을 말끔히 치워주자 이장 아내가 삶은 감자 두 알을 내왔다. 감자의 훈기가 손바닥을 타고 전해졌다. 해미는 따끈한 감자를 배낭 속에 집어넣고 질레의 집으로 향했다. 검은 화산암 조각으로 담벼락을 두른 옹색한 질레의 집은 마을 입구 쪽에 있었다. 질레의 집 돼지 막과 세포의 집 담벼락이 마주 보고 있어서 그 담벼락을 경계로 그간 세포와 접선을 해왔다. 그런 속사정으로 질레의 집 돼지 막을 아무 대가 없이 치워줘왔다. 그때마다 먹을 것을 바라서 그러는 줄 알고 질레는 동정의 눈빛으로 측은하게 바라보았다.

언젠가 해미가 돼지 똥을 모조리 긁어낸 뒤 마른 짚으로 푹신푹신하게 깔아놓고 나왔을 때였다. 질레가 음식이 담긴 쟁반을 마루 끝에 살포시 내려놓았다. 쟁반에는 보리밥과 소금에 절인 무장아찌, 물그릇이 놓여 있었다. 해미는 고맙다는 말을 생략하고 마루 끝에 걸터앉아 보리밥에 물을 말았다. 차가운 물밥을 입속에 넣고 짜디짠 무장아찌를 우적 베어 물었다. 허기진 탓일까? 짠 장아찌에서 단맛이 나는 것 같았다. 질레는 반대편 마루 끝에 걸터앉아 게걸스럽게 먹는 해미를 물끄러미 바라보다가 물었다.

"더 줄까?"

질레는 막 스물이나 됐을까 말까. 나이로 따지면 해미보다 예닐곱은 적을 터이지만, 거지에게는 예를 갖추는 법이 없기라도 한 듯 나이가 적으나 많으나 아무나 하대하였다. 해미는 입안 가득 밥을 머금은 채 샘물 같은 질레의 눈을 깊은 눈빛으로 응시했다. 질레는 몸을 사리며 오만하게 표정을 바꾸었다. 해미가 밥알이 잔뜩 든 입을 헤벌쭉 벌리자, 그제야 질레가 경계의 표정을 풀었다.

질레의 집은 찢어지게 가난했다. 부모는 동네 허드렛일 따위를 해주며 품삯을 받아 생활했다. 질레의 부모에게는 가난보다 더 큰 근심거리가 있었는데 질레가 시집갈 생각을 도통 하지 않는 것이었다. 크나큰 결점이 있어선 아니었다. 한 남자를 마음에 품고 있어서였다. 한마을에서 같이 자란 둘은 미래까지 약속한 사이였다. 갑작스레 그가 밀항선을 타고 일본으로 떠나버리자 질레는 속앓이를 하고 있었다. 질레의 속사정을 알지 못한 부모는 시집 보낼 궁리로 노심초사했다. 부모의 성화에 견딜 수 없는 지경까지 이르자, 질레는 자신의 마음을 털어놓았다. 그 마음이 깊다는 것을 알게 된 질레의 부모는 남자의 집에 찾아가 딸의 마음을 전했다. 남자의 부모는 오가는 배편을 이용해 아들의 마음을 확인했다. 양가 부모는 밀항선을 태워 질레를 일본으로 보내기로 합심했다. 해미가 타고 갈 밀항선에 질레도 타고 가게 됐다는 걸 며칠 전 마을에 내려왔다가 세포로부터 전해 듣게 되었다. 그날이 오늘이었다.

해미는 허름한 질레의 집 마당으로 들어섰다. 물 자국만이 곡선을 그리듯 떨어져 있고, 아무도 없는지 집 안은 적막했다. 물 자국은 부엌 입구에 놓인 물항아리 앞에서 끊겨 있었다. 물항아리에 가득 담긴 물은 연로한 부모를 두고 떠나는 딸의 눈물이며, 물 위에 흔들흔들 떠 있는 바가지는 설레는 신부의 마음 같았다. 질레는 벌써 조천항으로 출발한 것일까? 질레와 같은 배에 타고 가는 동안 어떻게든 도움을 주리라 결심하며 돼지 막 쪽으로 투덕투덕 걸음을 옮겼다. 돌담 너머로 세포와 눈이 마주쳤다. 세포가 조심스럽게 다가와 헝겊으로 싸인 것을 툭 던져놓고 사라졌다. 해미는 주위를 살핀 뒤 그것을 얼른 호주머니 속에 집어넣었다. 뱃삯과 여비였다. 당에서 준 자금을 활동 대원이 받아 세포를 통해 전해준 것이었다. 해미는 일본으로 가서 한인 교포들을 포섭하여 무장봉기에 필요한 물자를 구해 오라는 지령을 받았다.

해미는 주머니 속에서 시계를 꺼냈다. 조천항까지 여유 있게 가려면 슬슬 움직여야 할 것 같았다. 돌아서려니 돼지 막이 마음에 쓰였다. 질레의 아버지는 나이가 많아 쇠약했다. 해미는 돼지 막에 쌓인 똥을 긁어모으기 시작했다. 서두르면 20분이면 충분한 일이었다. 돼지 똥을 질레의 집 담벼락 뒤쪽에 있는 텃밭으로 퍼다 나르기 시작했다. 파리가 꼬이지 않도록 흙까지 퍼 덮은 뒤 삽을 땅에 박았을 때 희멀건 연기가 세포의 집 담 위로 피어오르고 있었다. 해미는 재빠르게 질레의 집 담벼락에 몸을 밀착시켰다. 세포는 수시로 동네 안팎을 일로써 오가는 시늉을 하며 경찰이나 서북이 동네에 들어올 때마다 멀리서도 식별이 가능한 연기를 담 밖으로 피워 올리는 임무를 맡고 있었다. 담벼락에 등을 붙인 해미가 고개를 좌우로 움직여 불안한 눈으로 주변의 동태를 살폈다.

질레가 물허벅을 지고 걸어오는 모습이 보였다. 아직 조천항으로 출발 전이란 말인가. 여자의 걸음으로 늦장을 피워도 될 만큼 만만한 거리가 아니었다. 그렇다면 질레의 부모는 차편을 알아보기 위해 나간 것일까? 해미는 원인 모를 불길함에 휩싸여 조바심이 났다. 물허벅을 진 질레가 막 사립문 안으로 들어서려 할 때였다. 기다렸다는 듯 서북 패거리 서너 명이 맞은편 골목에서 몰려나왔다. 질레는 길을 터주기 위해 옆으로 비켜섰다. 패거리들이 질레가 비켜선 쪽으로 몸을 이동했다. 비켜설 때마다 패거리들과 엇박자가 났다. 패거리 중 한 명이 물허벅을 진 질레를 거칠게 밀치며 지나가는 시늉을 했다. 그 바람에 질레가 휘청거리며 넘어졌다. 동시에 물항아리가 박살 나며 질레는 온몸에 물을 뒤집어썼다. 흠뻑 젖은 옷이 질레의 몸에 달라붙자 패거리들이 신발 끝으로 치마를 걷어 올리는 수작을 부렸다. 질레가 치마 끝을 움켜잡으며 외마디 비명을 질렀다. 그 대단치 않은 반항이 패거리들의 광기를 자극했다. 패거리 중 하나가 질레의 머리채를 움켜쥐었다. 둘러서 있는 패거리들은 휘파람을 불며 나들이객처럼 구경했다. 질레가 패거리들에게 둘러싸여 있는가 싶더니 투덕투덕 장작 패는 듯한 소리가 났다.

해미는 고개를 빼고 얼른얼른 넘겨다 보았다. 질레의 몰골이 무참히 뭉개져가고 있었다. 질레의 턱을 쳐들며 또 소리 질러보라며 을러메고 있는 건 다름 아닌 태수였다. 곱디곱던 질레의 얼굴이 처참해 보일 지경이었다. 태수는 시퍼렇게 멍이 든 질레의 얼굴에다 엿가락처럼 찐득한 누런 침을 칙! 하고 뱉으며 을러멨다.

"너 빨갱이로 한번 뒈져볼래? 쥐뿔도 없는 년이 재수 없게 도도한 척은!"

갈라진 태수의 음성이 담벼락까지 넘어왔다. 질레의 얼굴은 금세 검게 멍이 들어 썩은 복숭아 같았다. 누런 액체가 고름처럼 질레의 볼을 타고 흘러내렸다. 태수의 침이었다. 멱살까지 잡힌 질레는 대롱대롱 매달린 채 버둥댔다. 태수가 질레를 패대기치다가 정강이를 걷어차며 일어서라고 다그쳤다. 일어서면 걷어차고 일어서면 걷어차고를 반복했다. 깨진 항아리 조각에라도 찔린 것일까? 질레의 몸에 핏물이 배기 시작했다. 결국 붙들려가고 마는지 질레의 모습은 우쭐우쭐 무리 지어 가는 패거리들 속에 가려지고 사립문 앞에는 질레의 흔적을 남기듯 깨진 물허벅만이 흩어져 있었다. 그것이 조각조각 눈이 되어서 담벼락에 붙어 있는 해미를 멸시하듯 바라보는 것 같았다.

해미는 내려왔던 산길을 도로 올라 가랑잎에 발을 파묻은 채 오름 정상에 섰다. 깊은 눈으로 마을의 한 점, 질레의 오두막집 쪽을 쏘아보았다. 질레의 모습도, 서북 패거리들도 사라지고 없었다. 돌담 가에 흐드러진 복수초만 무성히 보일 뿐이었다. 오름에서 내려다보는 복수초는 노란 등잔불 같았다. 해미는 질레의 오두막집을 한동안 응시하다가 무의식중에 시선을 발아래로 떨어뜨리며 뒷걸음 쳤다. 그늘진 곳에서 언 땅을 뚫고 올라오는 복수초를 밟고 서 있어서였다. 그것이 질레 같아 입안말로 중얼거렸다.

"미안하다. 도와주지 못해서……."

해미는 약해지려는 마음을 다잡듯 뛰기 시작했다. 사락사락 가랑잎을 밟으며 걸음을 재촉했다. 마을로 난 길이 아닌 산길을 뚫고 조천항까지 가려면 곡선을 그리듯 한참을 돌아야 했다. 해미는 정신없이 뛰었다. 뛰면서 질레를 끌고 가던 태수의 모습을 떠올렸다. 16년 만에 고향에 돌아온 해미는 극도로 변해버린 태수를 먼발치에서 여러 번 보았다. 눈 밑에 난 콩알만 한 사마귀를 보고 단박에 태수라는 걸 알 수 있었다. 사마귀 없는 태수의 얼굴은 상상할 수 없다는 듯, 뜻 없이 잘 어울렸다. 사마귀는 태수의 존재를 입증해주는 수호신 같았다. 태수는 서북 패거리들과 어울려 동문시장을 우쭐우쭐 휘젓고 다녔다. 세월이 흘렀어도 태수는 변한 게 없었다. 아니다. 가장 많이 변한 건 태수였다. 작은 악마가 큰 악마로 변한 것 같았다. 누구든 길 가는 사람을 붙잡고 시비를 걸었다. 평소 억하심정이 있는 사람을 찾아가 시비를 걸어 빨갱이로 몰았다. 옳고 그른 것을 따져도 빨갱이로 몰았다. 간교한 술책과 파렴치한 밀고 능력이 뛰어난 태수는 서북 중에서도 돌격대장 같은 존재였다. 그 대단찮은 감투를 쓰고 으쓱거리며 뽐내는 꼴이란. 가르마를 반듯하게 갈라 들기름을 퍼 바른 머리며, 놋쇠 물을 퍼부어놓은 듯한 푸르뎅뎅한 상판대기하며 외모마저 태수다웠다. 태수는 섬 지리를 구석구석 손금 보듯 잘 알고 있었다. 어느 집 밥숟가락이 몇 개나 되는지까지 알고 있었다. 어릴 적부터 빌어먹고 다니느라 이 집 저 집 안 가본 데가 없어서였다. 얻어먹고 산 습성이 몸가짐으로 밴 것일까? 보고 배우지 않고 자랐다 하여 모두가 본바탕까지 없지 않을 것이다. 본시 그 안에 동냥아치 태생이 있는 게 분명했다. 음성도 내면인가. 갈라진 음성이 사악한 재주를 부리는 인물로 적합해 보였다.

해미는 육중한 나무가 하늘로 치솟은 숲길을 뛰었다. 발밑으로 화산송이 으깨지는 소리가 짜그락댔다. 해미가 뛰는 모습은 멧돼지를 추격하는 사냥개 같았다. 쭉쭉 뻗은 나무가 끝없이 이어져 있어 뛰어도 뛰어도 같은 자리를 뛰는 것처럼 느껴졌다. 개들이 시끄럽게 짖는 소리가 멀지 않은 곳에서 들렸다. 주변에 인가가 있다는 뜻이었다.

수림을 벗어나 호젓한 오솔길로 접어들었다. 시야가 트이는 밭길이 나오자, 숨을 돌리느라 걸음을 늦추었다. 잡풀 사이로 드문드문 찾아든 햇살이 땅속에 숨은 야생초를 깨우는지 파릇파릇한 노루귀 새싹이 고개를 쳐들고 있었다. 삼월이라 해도, 응달진 곳에는 새싹도 더디 올라오는 법, 바람이 회회 갈대를 흔들자 막 움트기 시작한 어린잎들이 여릿여릿 몸을 떨었다.

해미는 바람을 맞으며 건덩건덩 걸음을 쟀다. 한 무리가 팔자걸음을 치며 걸어오는 모습이 보였다. 걸음 본새가 또 다른 서북 패거리였다. 숲속으로 몸을 던진 해미는 큰 소나무에 몸을 웅크려 붙였다. 그 바람에 소나무에 앉아 있던 산새가 푸드덕 깃을 치며 날아올랐다. 동시에 수액과 같은 무른 똥이 손등 위로 떨어졌다. 해미는 소나무 밑동에 몸을 바짝 움츠린 채 고개를 길 쪽으로 내리쏘았다. 패거리들은 짧은 경찰봉을 어깨에 둘러메고 중산간 마을 쪽으로 몰려가고 있었다. 마치 먹잇감을 사냥하러 가는 하이에나와 흡사했다. 패거리들이 시야에서 사라지자 몸에 힘을 푼 해미는 손등에 떨어진 무른 똥을 솔잎으로 거칠게 문질렀다.

서북 패거리의 활동이 횡행한 날이었다. 서북은 오늘날의 이북 오도 출신으로 이들은 주로 지주, 개신교 신자, 민족주의자, 친일 반민족 행위자들이었다. 해방 후 삼팔선 이북에서 남하해 극우 청년단체를 만들어 활동했다. 북쪽은 일찍부터 지주계급을 없애고 토지개혁을 단행했다. 그 과정에서 지배계층과 봉건적 신분 관계를 맺고 있는 일족이 토지를 빼앗긴 원한과 반발심을 품고 남쪽으로 넘어와 우익의 선봉에 붙어 남쪽의 남로당 세력을 쳐부수는 일에 앞장섰다. 그 행동부대를 서북이라 했다. 소나무 숲을 미끄러지듯 내려와 해미는 해안 길로 접어들었다. 바람이 거칠게 불자, 해안을 뒤덮고 있는 억새가 은백색을 띠며 몸을 떨었다. 해미는 바람과 맞서듯이 걸음을 쟀다. 이 바람에 배가 뜰 수 있을까? 땅거

미까지 내려앉기 시작하자 조급해진 해미는 시계를 또다시 꺼내 보았다.

길을 돌더라도 북촌마을로 난 지름길을 이용할 수는 없었다. 그 길로 갔다가 마을을 들쑤시고 다니는 서북 패거리와 맞닥뜨리게 된다면, 또 그들이 해미를 붙들고 시비를 걸어 온다면 출항을 못 하게 될지도 몰랐다. 먼 길을 택해서라도 안전하게 가야 했다. 이 시각 버스가 다니지 않을 것이라는 걸 알면서도 해미는 버스라도 지나가면 좋으련만, 하고 간절히 바라졌다. 알림판도 없는 곳에 사람들은 몰려서 있곤 했다. 버스는 약속이라도 한 듯 알아서 굴러와 정차했다. 다투어 올라탄 사람들을 싣고 버스는 자갈길을 달렸다. 기사가 아무리 부드럽게 몰려 해도 버스는 춤을 추듯 덜컹거렸다. 굽이진 길을 달릴 때는 짐들이 쓰러지고 엎어졌다. 두 발이 꽁꽁 묶인 닭은 누런 눈알을 히뜩거리며 꼬오-꼭 비명을 내지르며 똥을 쌌다. 버스에서 내릴 때는 사람들의 얼굴빛이 하나같이 노래져 있었다. 그 버스라도 제 시각을 잊은 듯 지나가면 좋으련만. 출항 시각까지 당도하지 못할까 봐 조급해진 해미는 별의별 생각이 다 들었다.

서북 패거리를 두 차례나 맞닥뜨릴 뻔하여 시간이 지체됐기 때문이다. 무슨 낌새라도 차린 것인지 오늘따라 유독 유난했다. 버스를 타고 성내 버스정류장까지 가서 그곳에서 조천항까지 걸어갈까도 계획했었다. 그리하지 않은 건 서북 패거리와 맞닥뜨리고 싶지 않아서였다. 경찰은 해미에게 무신경했지만, 서북은 그렇지 않았다. 해미를 볼 때마다 불러 세워놓고 골려 먹는 재미를 즐겼다. 그때마다 해미는 바보 흉내를 내며 상황을 모면했다.

언젠가 해미가 동문시장에 갔을 때였다. 산적처럼 머리를 풀고 누더기 차림이었는데도 나이 지긋한 아낙이 단박에 알아보고 아는 척을 해왔다.

"봅서, 옛날에 그 쌍둥이 거지가 아니꽈? 산지천 다리 밑에 살던 그 거지가 아니꽈? 동냥젖을 빌어먹던 그 계집아이는 죽었수꽈? 내 젖을 내어주지 않았쑤과? 쌍둥이 형제 중에 어째서 하나만 왔쑤꽈? 눈에 보이는 놈이 해미꽈? 남수꽈?"

구경꾼들이 꾀어들며 문초라도 하듯 입을 모았다.

"그 다리 밑에 살던 쌍둥이가 돌아왔쑤꽈? 16년 만이우다."

16년이란 긴 세월이 흘렀어도 동문시장 상인들은 쌍둥이 형제를 기억하고 있었다. 귓가의 검은 점을 보고 쌍둥이 형제임을 알아챘다. 누더기 차림에 헤실거리는 해미를 보고 연민의 눈으로 바라보며 혀를 찼다. 왜 한 놈만 돌아온 것일까? 한 놈은 죽은 것일까? 행색을 보고 상상하며 지껄였다. 해미가 의도한 대로 신분을 감추는 것에 성공한 듯했지만, 소문은 금세 퍼졌다. 다리 밑에 살던 쌍둥이가 돌아왔노라고, 돌아오긴 돌아왔으나 한 놈만 돌아왔노라고. 돌아온 놈이 큰놈 남수인지, 작은놈 해미인지 모르겠노라고. 그 뒤로 해미는 가급적 동문시장 출입을 피했다. 그렇지만 다급해지자 버스를 타지 않은 게 후회됐다.

개 짖는 소리가 또다시 들렸다. 바다와 산뿐인 곳에서. 바람 소리인지도 몰랐다. 군용트럭 한 대가 거친 속력으로 해미를 지나쳤다. 그 공격적인 속력에 반응이라도 하듯 해미는 비스듬한 산비탈로 통렬히 올라 그늘진 덤불 속으로 몸을 던졌다. 군용트럭이 시야에서 완전히 사라지자 산비탈을 미끄러지듯 내려와 다시 걸음을 쟀다. 정신도 없고 먹은 것도 없어 체력이 소진됐다.

구불구불 가파른 길을 돌아 시야가 트인 길로 접어들었을 때 지나친 줄 알았던 군용트럭이 비상등을 깜박이며 정차해 있었다. 긴장한 해미는 산으로 뛰어오를까 하다가 지나치기로 했다. 더 지체했다가는 배를 놓칠 수 있어서였다. 해미가 군용트럭을 지나치려는데 운전석에 앉아 있던 군인이 차창을 내리며 불러세웠다.

"어디까지 가십니까?"

거지에게는 말을 하대하는 법. 의아한 생각이 든 해미는 대답 대신 일단 헤실거렸다. 군인은 차창 밖으로 상체를 한껏 내밀고는 해미의 인상착의와 귓가의 검은 점을 신중히 훑더니 낮은 톤으로 속삭였다.

"모셔다드리겠습니다. 타십시오."

해미는 잠시 망설이다가 차에 올랐다. 군용트럭은 누가 뒤따라오기라도 하는 듯 커다란 바퀴로 자갈을 짓이기며 포장되지 않은 해안 길을 거칠게 달렸다. 핸들을 단단히 쥔 군인은 조수석에 앉은 해미의 옆얼굴을 재차 확인하려는지 힐끔거렸다. 군인이 세포라는 걸 눈치채자 안심이 됐다. 어떻게 알고 태우러 온 것일까? 궁금했지만, 말을 아꼈다. 목적지를 말하지 않았건만 군용트럭이 정차한 곳은 조천항 방파제였다.

"조심히 잘 다녀오십시오!"

"고맙소!"

짧게 인사한 해미는 차에서 폴짝 뛰어내렸다. 군용트럭은 누가 볼세라 바람처럼 가버렸다. 제주에 주둔하고 있는 국방경비대 제9연대에 심어놓은 세포들이 있었다. 북촌마을에 서북이 횡행한다는 조직의 정보가 이어져 해미가 마을로 난 지름길이 아닌 산길을 택했을 것으로 판단하고 누군가 지원을 보낸 것 같았다. 대화는 없었지만, 뜻을 같이하는 동지가 곳곳에 있다는 사실 하나만으로 해미의 마음속에 뜨거운 파동이 일었다.

해미는 철썩철썩 요동치는 바다를 바라보았다. 바닷물은 부걱부걱 허연 거품을 만들며 밀려왔다가 밀려가고를 반복했다. 마치 질레가 서북 패거리들에게 붙들려 가지 않으려고 안간힘을 쓰며 버둥대던 몸부림 같았다. 해미는 질레가 위험에 처했을 때 아무런 도움을 주지 못했다. 서북 패거리들이 두려워서가 아니었다. 잘못 나섰다가 출항을 못 하는 불상사가 발생할 수 있어서였다. 대의를 위한 판단이었다고 변명해보지만, 마음이 편치 않았다.

해미는 습관처럼 시계를 본 뒤 검은 돌무더기가 있는 곳으로 내려섰다. 뱃머리가 보였다. 돌무더기 틈 사이로 억새들이 웃자라 있어 배의 형체는 일부분만 보였다. 물살이 거칠게 밀려와 돌무더기를 때리자 그 반동으로 배가 흔들렸다. 선장이 억새바람을 맞으며 기다리고 서 있다가 해미를 보자 앞장서 배 위로 뛰어올랐다. 해미도 뒤따라 뛰어올랐다. 갑판에 서 있던 선원과 사내 둘이 배 위로 올라오는 선장과 해미 쪽을 돌아보았다. 해미는 얼른 모자를 깊이 눌러썼다. 사내 둘은 다름 아닌 광조와 덕배였다. 선장이 광조와 덕배가 서 있는 쪽으로 걸어가더니 뭐라 뭐라 수군거리다가 선실이 있는 쪽으로 멀어졌다. 해미는 비스듬히 서서 기다렸다. 광조와 같은 배에 타다니. 해미는 어떻게 해야 할지 난감했다. 일본에 광조는 무슨 일로 가는 것일까? 잠시 뒤 선원 한 명을 대동한 선장이 해미가 서 있는 쪽으로 다가왔다.

"따라오쇼."

광조와 같은 공간에 함께 타고 가야 하는 불안함을 안고 해미는 말없이 뒤따랐다. 배는 얼핏 보기에는 어선 같지만 고기는 잡는 척만 하고 약품이나 의류, 생필품들을 밀거래하고 밀항자들을 몰래 실어 나르는 밀항선이었다. 선원이 수조 속을 가리키며 내려가라고 손짓했다. 활어를 가두는 수조 속에서 여섯 쌍의 눈들이 올려다보고 있었다. 해미는 군말 없이 사다리를 천천히 밟았다.

"선장님, 한 명이 아직 안 왔는데요?"

"젠장! 기다릴 시간이 없어! 그냥 출발해!"

선장은 담배를 꺼내 입에 물려다 말고 큰 눈을 희번덕거리며 핀잔을 주듯 대답했다. 표정이나 행동은 전혀 그렇지 않아 보였지만, 말투가 퉁명스러웠다. 오지 못한 한 명이 질레일 거란 생각에 해미의 마음이 불편해졌다.

　거친 소리를 내며 수조 뚜껑이 닫혔다. 네모난 뚜껑이 하늘을 덮어버리자 수조 속은 눈가리개를 쓴 것처럼 캄캄했다. 눈을 부릅떠 보아도 보이는 건 어둠뿐이었다. 생선 썩은 비린내가 속을 뒤집었다. 해미는 곰실곰실 어둠 속을 더듬으며 틈바구니를 찾아 앉았다. 이곳저곳에서 벌름대며 볼멘소리를 쏟아냈다.

　"뭐야, 이 똥 냄새는?"

　생선 썩은 냄새보다 더 역한 돼지 똥 냄새가 해미 몸에서 풍겨서였다. 해미는 아랑곳하지 않고 등에 메고 있던 배낭을 풀어 목덜미에 괬다. 누울 만한 공간은 없었다. 수조 속 반경은 어린아이 키만 했다. 그 안에 사람들이 항아리처럼 웅크려 앉아 있었다. 대마도를 지나 야마구치현 항구까지 가려면 이틀은 족히 걸릴 것이다. 일제강점기 때는 취약하나마 '기미가요마루'라는 정기운항선이 한 달에 두 번 드나들었지만 미곡 정책이 실패한 뒤로 미 군정이 뱃길을 끊어버려 부산에서 오사카로 가는 팬스타크루즈만이 운항하고 있었다. 그 배를 타려면 부산으로 거슬러 올라가서 일본으로 가야 했다. 팬스타크루즈는 한 달에 두 번만 운항하는 데다 밀항자들이 늘어나면서 검열이 삼엄했기에 일본에 가려면 이 방법밖에는 없었다.

"크홱……."

시큼한 냄새가 수조 안을 채웠다. 누군가 멀미를 하는 모양이었다. 연약한 음성이 신경질적인 반응을 표출했다. 오물이 튄 모양이었다.

"거 그만하쇼!"

굵직한 음성이 들렸다. 잡범들이 상대의 기를 꺾기 위해 내는 완력의 음성이 감정을 억누르지 못하고 중언부언하는 연약한 음성을 틀어막으려 소리쳤다. 심신의 불안증을 자력으로 통제 못 한 연약한 음성이 목소리로 떨며 항변했다.

"옷이 문제가…… 냄새가 문제가 아니에요. 내 손이 미끈거려 맞잡을 수가 없단 말이에요. 난 손을 맞잡고 있지 않으면 불안……."

"퍽!"

둔탁한 소리와 동시에 연약한 음성이 멎었다. 마치 잡음 난 라디오를 꺼버린 것 같았다. 앞을 분간할 수 없는 어둠 속에서 과격은 명중한 듯했다. 모든 소리와 냄새가 힘과 어둠으로 인해 묻힌 것 같았다. 수조 속은 쥐 죽은 듯이 고요해졌다.

해미는 등을 수조 벽에 붙이고 앉아 방금 갑판 위에서 보았던 광조와 덕배를 떠올렸다. 정장 차림에 중절모를 손에 든 광조는 석고를 깎아 만든 조각처럼 반듯했다. 짧은 스포츠머리와 오똑한 콧날, 가늘게 올라간 입꼬리와 날카로운 턱선이 달빛을 받아 흑백 명암처럼 뚜렷했다. 점잔을 떠는 모습하며, 걸음걸이하며 옷차림까지 광조는 걸똘마니 시절의 모습을 완전히 벗어던진 것 같았다.

　지그시 눈을 감았다. 해미의 감은 눈 속으로 어린 시절 걸똘마니들이 보였다. 다리 밑 움막도 보였다. 양철판을 주워다가 엇갈리게 하여 서까래를 얹고, 그 위에 돌멩이를 주워다가 이엉 대신 붙들어 놓은 움막. 올망졸망한 돌멩이 사이로 진흙을 이겨 붙인 움막. 그것이 참말로 좋다며 움막 속 맨흙 바닥을 뒹구는 걸똘마니들이 보였다. 걸똘마니들의 차림새는 상여를 메고 가는 상여꾼 같았다. 새끼줄을 이마에도 허리에도 두르고 있었다. 찌그러진 양푼과 수저를 새끼줄에 차고 있었다. 더벅머리는 까치집 같았고, 얼굴색은 진흙을 발라놓은 것처럼 구릿빛이었다. 기워 입은 누더기. 그 사이로 삐져나온 팔과 다리는 살을 발라놓은 생선 뼈처럼 앙상했다. 그렇지만 새까만 눈동자만은 초롱초롱 빛났다. 하나같이 앙상하여 누가 누군지 분간하기 어려우나, 자세히 보면 각자 특색이 있었다. 얼굴 가득 버짐이 핀 광조, 눈 밑에 콩알만 한 사마귀가 난 태수, 골격은 크나 풍채 값도 못 하고 얻어터지기만 하는 울보 덕배, 찌그러진 함지박 안에 새끼 고양이처럼 웅크리고 자는 송이, 왼쪽 귓가에 앵두알만 한 점이 있는 쌍둥이 형제 남수와 해미의 모습이.

　눈을 감고 있던 해미는 *끄덕끄덕거리다가* 힘없이 고개를 떨구었다.

불평도 자란다

해미는 두런거리는 소리에 잠에서 깼다. 수조 뚜껑을 열며 선원이 소리쳤다.

"소변 급한 사람들부터 나오쇼!"

수조 벽을 타고 울리는 선원의 음성이 괴기스럽게 들렸다. 해미는 사다리를 내리고 있는 선원을 올려다보았다. 빛을 등에 지고 있는 선원의 형체가 마치 저승에서 온 야차 같았다.

"사다리가 부러지는 날에는 나오지도 들어가지도 못하오. 차례를 지켜 한 명씩 올라오시오!"

선원이 퉁명스럽게 말했다. 사람들은 행각이 발각된 범죄자처럼 웅크리고 있다가 몸을 일으켜 세웠다. 뼈마디 부딪히는 소리가 여기저기서 났다. 해미를 뒤로하고 천천히 몸을 일으켜 한 땀 한 땀 힘겹게 사다리를 오르고 있는 사내는 멀미를 심하게 한 사람 같았다. 발디딤이 낙상이라도 할 듯 위태로워 보였다. 벙거지로 얼굴을 가린 해미는 마지막까지 웅크리고 있다가 갑판 위로 나왔다. 뱃머리 쪽에는 그물망이 쌓여 있고, 수조 주위에는 굵은 밧줄과 고기 담는 고무대야, 어구들과 폐기물 같은 것들이 어수선하게 어질러져 있었다. 검은 장화를 신은 선원이 저벅저벅 앞으로 나오더니 서 있는 사람들을 향해 목청을 높였다.

"각자 싸 온 음식으로 알아서들 요기하시오! 조금 있으면 대마도 해역을 지나게 될 것이오. 화장실은 저쪽에 있소!"

선원이 왼팔을 뻗어 화장실 쪽을 가리켰다. 말을 마친 선원이 선실 쪽으로 사라지자, 자리를 잡는 무리와 화장실로 가는 무리로 나누어지는 소리가 부산하게 들렸다. 외진 곳에 자리를 잡고 앉은 해미는 벙거지 아래로 눈을 굴렸다. 갑판 모서리에 광조가 서 있었다. 달빛을 받고 서 있는 광조의 눈은 먼 곳에 시선을 고정한 채 미동이 없었다.

해미는 배낭 속에서 감자를 꺼내 베어 물었다. 먹으면서도 눈은 광조 쪽을 향했다. 광조는 왜 이 배에 타고 있는 것일까? 일본은 무슨 일로 가는 것일까? 덕배는 광조 곁에 퍼질러 앉아 볼이 미어지게 빵을 욱여넣고 있었다. 덕배 곁에는 이십 대 초반으로 보이는 청년이 두 무릎을 끌어안은 채 추위를 견디는 사람처럼 몸을 떨고 있었다. 삼일절 28주년 제주 도민 대회가 제주읍 북국민학교에서 열렸다. 기념 행사를 제지하러 나온 경관이 말발굽으로 어린아이를 친 사건이 발생했다. 경관이 그냥 지나치는 것을 목격한 도민들이 분노하여 경찰서로 뒤쫓아가 항변했다. 경찰 측은 잘못을 인정하지 않으려고 그날의 기념 행사를 빨갱이들의 가두시위로 몰아갔다. 그때 붙잡혀 간 도민들이 심한 고문을 받고 반송장이 되어 돌아왔다. 청년은 그날의 희생자인 것일까?

화장실에 갔던 사람들이 소란스럽게 몰려왔다. 그들 중 상인으로 보이는 두 사내의 말소리가 도드라지게 크게 들렸다.

"곧 대마도면 일본에 다 온 모양이네."

"음마! 대마도가 어찌 일본 땅인가? 예전에 그쪽 사람들이 많이 살긴 했어도 대마도는 어디까지나 우리 땅이네."

"하기야. 우리나라가 힘 있을 때는 충성을 맹세하고 모든 것을 의탁한 적이 있었지."

두 상인의 말을 뒤로하고 해미는 화장실로 향했다. 덕배의 시선이 등으로 느껴졌다. 덕배는 걸똘마니 시절부터 지금까지 광조의 시중을 들고 있는 것인가? 얼뜬 모습은 지워졌지만, 얼른얼른 먹는 본새가 예전과 같았다. 해미는 화장실로 들어가 소변을 길게 보았다. 온몸이 끈적이고 입안이 텁텁했다. 물탱크 속에 든 물을 한 바가지 퍼 얼굴을 씻고 입안을 헹궜다. 입안에 약품 냄새가 퍼졌다. 독한 냄새 때문인지, 급하게 먹은 감자 때문인지 갑자기 속이 메슥거리더니 배가 뒤틀리기 시작했다. 설사와 구토를 하느라 온몸에 식은땀이 났다. 갑작스러운 일이었다. 화장실 밖에서 웅성거리는 소리와 함께 누군가 소리쳤다.

"전세 냈소? 얼른 하고 그만 나오쇼!"

벙거지로 얼굴을 가린 해미는 개운하지 않은 배를 끌어안고 다급히 화장실에서 나왔다. 소리를 친 사람은 덕배였다. 덕배와 스치듯 시선이 부딪쳤다. 해미는 재빠르게 화장실 앞을 벗어났다. 슬쩍 뒤돌아보니 덕배 대신 광조가 화장실로 들어가고 있었다.

자리다툼은 다시 시작됐다. 누군가 토해놓은 자리를 피하려는 소란이었다. 모두가 거부한 자리에 청년이 떠밀리듯 앉게 되었다. 청년은 진저리를 치며 괴로워했으나 누구도 상관하지 않은 채 끼리끼리 붙어 앉아 웅성댔다.

"거지도 밀항을 하나 보지?"

"돈만 있으면 거지라고 못 탈까!"

"무슨 돈이 있다고?"

"거지가 아닌지도 모르지!"

사내 둘이 소곤거렸다. 대마도가 우리 땅이니 일본 땅이니 하던 상인들이었다. 해미는 못 들은 척 수조 벽에 등을 기댔다. 선원이 사다리를 끌어 올린 뒤 뚜껑을 닫았다. 수조 속은 다시 암흑에 묻혔다.

꽤 오랜 시간 잔 것 같았다. 해미는 주머니 속에 든 시계를 만지작거렸다. 깜깜해서 시간은 확인할 수 없었다. 사람들이 앓는 소리를 내며 몸을 꼬느라 부스럭댔다. 해미도 허리가 끊어질 듯 아프고 다리가 저렸다. 그런 상태로 한참이 지나자, 음색이 다른 뱃고동 소리가 뱃간의 벽을 치기 시작했다. 뱃고동 소리가 배를 흔들자, 곁에 앉은 상인이 중얼거리듯 말했다.

"뱃고동 소리를 들으니 간몬해협을 통과해 일본 내해로 들어선 모양이구먼!"

간몬해협은 혼슈의 야마구치현 시모노세키시와 후쿠오카현 사이에 있는 해협으로 물길이 좁고 물살이 빨라 유속에 휩쓸리지 않으려면 배의 속력을 높여야 하는 곳이었다. 시모노세키 항구가 보이는 곳까지 가려면 좀 더 가야 할 것이다. 해방되던 해 시모노세키 항구는 아수라장 같았다. 고국으로 돌아가려는 인파들과 강제로 끌려온 조선인 노역자들이 다투어 귀환하러 몰려들고 있어서였다. 해미도 그때 그 인파 속에 있었다. 권 할머니 부고 소식을 듣고 고국으로 돌아가는 길이었다.

얼마나 지난 것일까? 낮과 밤이 바뀐 것인지 분간할 수조차 없을 만큼 시간 감각에 둔감해졌을 때 귀청을 찢는 듯한 뱃고동 소리가 뱃간의 벽을 쳤다. 정박하는지 배가 둔감하게 움직였다. 미세한 흔들림이 멈추자 선원의 발소리가 들리고 수조 뚜껑이 열렸다. 낮은 톤으로 선원이 말했다.

"다 왔소! 나오시오."

사다리가 조용히 내려왔다. 미리 배낭을 메고 있던 해미는 달군

불에 튀는 콩처럼 사다리를 올랐다. 갑판 위로 오르자마자 쫓기는 사람처럼 어둠 속에 몸을 던졌다. 풀숲에 몸을 숨긴 해미는 광조와 덕배의 모습을 쫓아 시선을 움직였다. 멀리 불빛이 보였다. 그곳이 항구 같았다. 배에서 내린 검은 그림자들이 소리 없이 촘촘히 멀어지고 난 후에야 갑판 쪽에서 쥐어짜는 듯한 쉰 음성이 가늘게 새어 나왔다. 내용은 상세히 들리지 않고 음성만 감지됐다.

소리 나는 쪽으로 몸을 이동하자 광조가 보였다. 광조가 선장에게 뭐라뭐라 말을 하는 것 같았고, 이어 선장이 선원들을 불러 모았다. 배에서 내린 무리들이 창고가 밀집해 있는 곳으로 이동하기 시작했다. 해미는 멀찍이 떨어져 뒤따랐다. 무리는 부두 끄트머리에 트럭이 세워져 있는 곳에서 걸음을 멈추었다. 덕배가 호주머니에서 열쇠 꾸러미를 꺼내 능숙한 동작으로 창고 문을 열었다. 선원들이 들어가 무언가를 끌어내 트럭에 옮겨 싣기 시작했다. 모자를 코끝까지 내려쓴 깡마른 체격에 키가 큰 트럭 기사가 차에서 내려 짐 싣는 것을 거들었다. 광조는 뒷짐을 지고 서서 감독하듯 바라보고 있었다.

짐을 가득 실은 트럭이 서서히 움직이고 선원들이 트럭 뒤를 뒤따랐다. 배로 짐을 옮겨 실으려 하는 것 같았다. 도대체 저 물건은 무엇일까? 밀항선을 이용하고 어두운 밤을 통해 물건들을 옮기는 것으로 보아 광조는 밀수에 손을 대고 있는 것이 틀림이 없었다. 덕배가 창고에 남아 물건들을 끌어내는 동안 광조는 담배에 불을 붙였다. 트럭이 여러 번 왕복했다. 마지막에는 선원들은 배에 남고 선장과 트럭 기사만 돌아왔다. 광조는 선장에게 무엇인가 비밀스러운 지시를 하는지 입술을 선장의 귀에 대고 한참을 소곤거렸다. 선장은 고개를 끄덕이다 작은 묵례를 하고는 배 쪽으로 사라졌다.

창고 안에는 배에 다 싣지 못한 물건이 남아 있었다. 덕배가 창고 문을 닫고 자물쇠를 채웠다. 열쇠를 주머니에 넣은 덕배가 광조 쪽으로 몸을 돌렸다. 광조는 마무리하듯 주변을 눈으로 훑더니 트럭 조수석에 올랐다. 덕배도 몸을 날려 짐칸에 훌쩍 뛰어올랐다. 덕배의 흐물흐물하던 몸집은 단단해 보였고 둔한 인상은 민첩해 보이기까지 했다. 트럭이 사라지는 동안 덕배는 집게손가락을 모아 똥침 놓는 시늉을 허공에다 했다. 뭔가를 암시하는 듯한 이상한 행동이었다.

해미는 철도역으로 걸음을 옮겼다. 일본에 도착하자마자 시모노세키 철도역에서 강태원을 만나기로 돼 있어서였다. 강태원은 재일본조선인총연합회 소속이었다. 재일본조선인연맹은 1945년 해방과 함께 결성된 조직으로 민족주의와 공산주의 진영이 총결집한 재일동포 대표기관이었다. 산하 조직으로는 재일조선민주청년동맹, 재일조선민주여성동맹, 재일조선해방구원회, 재일조선유학생동맹 등이 있었다.

철도역에 도착한 해미는 대합실 안을 두리번거렸다. 조직원으로 추정할 만한 사람은 없었다. 한산한 대합실에는 어린아이를 안고 있는 젊은 여자와 일행인 듯한 노파뿐이었다. 화장실로 들어선 해미는 배낭을 풀었다. 누더기를 벗고 배낭 속에 챙겨온 옷으로 갈아입고는 세수를 했다. 차가운 기운이 전신으로 퍼지자 기분이 한결 맑아졌다. 긴 머리를 꽁지머리로 묶고 뿔테 안경을 쓴 다음 거울을 한 번 본 뒤 화장실을 나왔다.

좀 전과 다른 모습이 된 해미는 대합실에 놓인 긴 나무 의자에 몸을 부렸다. 착오가 생긴 것일까? 해미는 두 다리를 뻗고 길게 누운 뒤 역에서 산 신문으로 얼굴을 가렸다. 신문에서 휘발성 화학약품 냄새가 났다. 다시 배에 오른 기분이었다. 기름 냄새를 맡자 배에서 본 광조와 덕배의 모습이 떠올랐다.

"담뱃불 좀 빌릴 수 있을까요?"

젊은 남자의 음성이 들렸다. 해미는 신문을 걷었다. 왜소한 체형에 키만 멀대같이 큰 젊은 남자가 담배를 입에 물고 서 있었다.

"불은 없고 담배는 있소만."

"승리입니까?"

"그렇소."

해미는 상체를 세워 앉으며 주머니에서 담배를 꺼내 물었다. 젊은 남자가 주머니에서 라이터를 꺼내 손으로 가리며 불을 붙여주었다. 해미는 이마에 주름을 잡으며 연기를 쭉 빨아들인 뒤 입안 가득 머금고 있다가 길게 내뿜었다.

"피우겠소?"

"전 못 피웁니다."

해미가 피식 웃었다. 꽤 그럴싸하게 담배를 물고 서 있는 젊은 남자가 강태원이란 걸 확인했기 때문이다. 승리는 암호였다. 강태원도 멋쩍은지 물고 있던 담배를 주머니 속에 넣으며 뻘쭘하게 웃었다. 해미는 담뱃불을 끈 다음 꽁초를 호주머니 속에 집어넣고는 튕겨 오르듯 일어서며 팔을 뻗었다.

"조해미요."

"말씀 놓으십시오. 강태원이라고 합니다. 오시느라 고생 많으셨습니다."

해미는 대답 대신 강태원의 어깨를 힘껏 끌어안았다. 멀대 같은 강태원이 엉거주춤 자세를 낮추는 시늉을 하며 안겼다. 해미는 강태원의 어깨를 가볍게 두들겼다.

"고생이 많소, 동지!"

"기다리게 해서 죄송합니다. 오다가 일이……."

"어디요? 우리가 만날 사람이 있는 곳이. 갑시다."

해미는 앞장서 대합실을 나왔다. 강태원이 뒤따랐다. 대합실을 나와서는 강태원이 앞장섰다. 강태원의 차는 철도역 주차장에 주차되어 있었다. 트럭을 보는 순간 컨테이너 창고에 있는 짐을 실어 나르던 트럭이 생각났다. 번호판을 가려놓아 확인할 방법은 없지만, 그 차종과 색상이 같았다. 챙이 넓은 모자를 코끝까지 눌러쓴

기사도 강태원만큼이나 멀대처럼 컸다. 눈앞에 있는 강태원과 다른 점이 있다면 옷차림과 모자를 쓰고 있지 않다는 점뿐이었다. 차에 올라탄 해미는 뾰족한 턱선을 가진 강태원의 옆얼굴을 예리한 눈썰미로 훑었다. 핸들을 붙들고 있는 강태원이 힐끔 보며 물었다.

"뭘 그렇게 보십니까? 민망합니다. 하하."

"내가 본 사람과 동일 인물인가 해서네."

"저를 어디서 보셨습니까?"

강태원의 질문이 능글맞게 느껴졌다.

"본 게 아니라 본 것 같네. 그나저나 지금 만나러 가는 사람은 어떤 사람인가?"

해미는 화제를 돌렸다.

"자동차 타이어를 생산하는 타고난 장사꾼입니다."

"그렇군!"

트럭은 대로변에 아무런 표시도 없이 간판 하나만 달랑 붙어 있는 출입문 앞에 정차했다. 이명철 공장은 철근 골조로 지어진 3층짜리 건물이었다. 1층은 제조된 타이어를 보관하는 창고, 2층은 생산공장, 3층이 사무실이었다. 차에서 내린 해미는 강태원을 따라 공장 안으로 들어섰다. 공장에는 침입자를 노려보는 경비원 따원 없었다. 작업복 차림의 성실해 보이는 직원이 종종걸음으로 다가와 두 사람을 사무실로 안내했다.

사무실 문을 열자 상상했던 것보다 젊은 이명철이 자리에서 벌떡 일어서며 반겼다. 풍채가 좋은 이명철이 큰 동작으로 소파를 가리켰다. 해미와 강태원이 나란히 앉았다. 안내해준 직원이 차를 들고 들어와 찻잔을 테이블에 내려놓는 동안 해미는 한글로 새겨진 명패로 시선을 옮겼다. 직원이 나가자 이명철이 차를 권했다. 해미는 팔을 뻗어 찻잔을 집어 들었다. 벌컥거리며 차를 마시자 강태원이 흰 이를 드러내며 물었다.

"선생님, 혹시 오시다 배 안에 있는 물탱크 물을 맛보셨습니까?"

"끔찍하더군."

"그럼 고생 좀 하셨겠는데요? 제주에 물이 귀한 만큼 배에서도 물이 귀합니다. 저도 밀항선을 타고 일본으로 건너올 때 물 때문에 고생 좀 했거든요. 갈증을 참지 못해 화장실에 있는 물탱크 물을 마셨다가 열로 고생을 많이 했습니다. 거의 죽다 살아났죠. 기생충의 번식을 막기 위해 약품을 넣긴 하지만 소용없나 봐요. 지금 그 기생충들이 선생님 배 속에 수백 마리는 번식해 있겠는걸요. 하하."

"끔찍하군. 내 뱃속에 기생충들이 수백 마리나 들어 있다고 생각하니. 근데 그 기생충들이 물탱크 속에만 서식해 있다면 얼마나 좋겠는가. 배탈 정도로만 끝날 수 있으니. 현재 섬은 그렇지가 못하다네. 기생충보다 못한 인간들이 수도 없이 많다네."

"서북 말입니까?"

해미는 강태원의 질문에 대답하는 대신 자신의 말을 계속했다.

"물을 챙겨올 경황이 없었네. 물동이에 한가득 물이 있었는데도 말이지. 그 물은 깨끗한 물이었네. 마셔도 아무 탈이 없는, 조금 담아 와도 되는 물이었지……."

끝의 말은 질레의 집 물항아리를 떠올리며 한 혼잣말이었다. 대화 내용을 듣고 있던 이명철이 자리에서 일어나 사무실을 나가더니 물이 담긴 주전자와 빵이 담긴 쟁반을 들고 들어왔다.

"식사를 여유롭게 할 수 있는 상황이 안 된다고 들었습니다. 준비해놓은 것이 이것뿐입니다. 이것으로 허기라도 달래십시오. 대접이 서운합니다."

해미는 허기진 것을 깨달은 사람처럼 빵을 덥석 집어 들었다. 한 입 베어 물자 달콤한 시럽이 혀끝을 자극했다. 이명철이 해미의 빈 찻잔에 더운물을 부어주며 말했다.

"제주에는 기생충보다 못한 인간들이 많다고 하셨는데, 그들의 횡포를 좀 자세히 듣고 싶군요."

편안한 분위기를 틈타 이명철이 화제를 바꾸었다. 해미는 물로 목을 축인 뒤 말을 시작했다.

"지금 제주에는 서북청년단들이 반공이라는 광기로 무장해 내려와 있소. 5월 10일에 있을 남한 단독정부 수립을 위한 선거 활동을 지원하고 군정 실패로 인한 도민들의 불만을 누르기 위해 광기를 부리고 있소. 서북은 경찰의 권력을 등에 업고 죄 없는 민간인들을 끌어다 고문을 하고 빨갱이로 몰아가고 있소. 도민들의 원성이 높아가고 있소. 서북은……."

가정이 있는 부녀자와 젊은 처녀들을 노리개로 삼고 있다고 말하려다 말을 삼켰다. 패거리들에게 끌려가던 질레가 생각나서였다. 예민한 해미의 신경이 불편함으로 날카로워졌다. 이명철은 해미의 말을 곰곰이 되씹듯 듣고 있다가 벌떡 일어나 책상 서랍을 열고 봉투를 꺼내 돌아왔다. 그것을 해미 앞에 내밀며 말했다.

"약조한 자금입니다."

"고맙습니다."

강태원이 대신 봉투를 챙겨 넣으며 감사를 표했다.

"무장봉기는 계획대로 진행될 예정인지요?"

갑작스러운 이명철의 질문에 해미의 표정이 굳어졌다. 해미의 눈이 강태원을 향했다. 강태원이 트럭 기사이면서 비밀당원이듯, 이명철도 그런 것이냐고 묻는 것이다. 무장봉기 계획을 알고 있는 사람은 당원들뿐이었다. 강태원이 맞다! 는 의미로 고개를 끄덕이자 해미가 이명철의 눈을 똑바로 응시하며 대답했다.

"그렇소. 이명철 동무!"

해미는 동무라는 호칭에 힘을 주며 대답했다. 이명철이 물었다.

"무장봉기에 대해 제 소견을 얘기해도 되겠습니까?"

"물론이오. 이명철 동무!"

이명철의 탱탱한 얼굴에 박힌 작은 눈이 해미를 바라보았다. 자유로운 영혼을 소유한 사람, 아부하며 특혜를 얻으려는 부류들과 다른 사람, 거침없는 눈빛을 소유한 사람, 이명철이 해미에게서 받은 느낌이었다. 해미를 물끄러미 바라보던 이명철이 조심스럽게 입을 열었다.

"해미 동무는…… 무장봉기로 이승만 단독선거를 막을 수 있다고 생각하십니까?"

이명철의 목소리는 낮고 굵었다.

"질문의 요지가 뭐요?"

날 선 해미의 반응에 이명철은 잠시 침묵했다. 강태원이 분위기를 주시하며 눈치를 살폈다.

"이명철 동무는 무장봉기 계획에 대해 부정적인 견해를 갖고 있소?"

"아니라고는 못 하겠습니다. 이번 이승만 단독선거는 미국이 원한 겁니다. 처음에 소련은 남과 북을 다 가지려 했을 겁니다. 미국은 일본만 가지면 된다고 생각했기 때문이죠. 소련의 오판이었던 거죠. 두 나라는 고민하기 시작했습니다. 남과 북을 놓고 싸울 것인지, 말 것인지. 그러다 내린 결론이 소련은 북쪽을, 미국은 남쪽을 나눠 갖기로 한 것입니다. 그것이 이승만 단독선거 임시정부 수립인 것입니다."

해미의 목청이 높아졌다.

"그래서 지금, 그걸 막기 위해 이러고 있는 게 아니오? 이 나라를 똑바로 잡으려면 기존의 세력 체계를 변혁해야 하오. 해방 이전부터 일본에 빌붙어 국가권력을 장악해왔던 계층을 바꿔야 하오. 비합법적인 방법으로 탈취를 일삼는 권력을 교체해야 하오. 도대체 누구 맘대로 내 나라를 나눠 가진단 말이오?"

"무기도 없이 무엇으로 싸울 겁니까?"

"그만하시오. 이명철 동무는 싸워보지도 않고 포기하자는 말이오? 어린아이와 같은 힘없는 국민이 희생되고 있소. 아프면 아프다고 비명이라도 질러봐야 하지 않겠소? 35년 만에 되찾은 나라요. 이대로 또 속국이 되자는 거요?"

"아이가 울면 부모는 달래지만…… 부모가 아닐 경우 그 울음을 틀어막아버리죠. 거대한 손으로…… 저항조차 할 수 없게 말입니다."

"이명철 동무는 마치 사리를 통달한 성인처럼 갖가지 예시를 들어가며 비판하고 있는 것 같구려!"

흥분한 해미가 자리를 박차고 일어나려 하자 강태원이 말렸다. 당원이라도 무장봉기에 대해 모두 긍정적인 견해를 갖고 있지는 않았다. 진보 간에도 의견 차이는 있었다. 이명철은 좀처럼 흥분하지 않았다. 차분하게 말을 이었다.

"장사꾼의 피는 여기 이 주전자 속에 식어버린 물처럼 미지근합니다. 뜨겁지도, 차갑지도 않은……. 장사꾼의 냉정한 눈으로 본……."

해미가 조롱하듯 받아쳤다.

"장사꾼의 피와 사업가의 피는 다르다고 들었소. 장사꾼의 눈이 아닌 사업가의 눈으로 이번 일을 바라봤으면 하오. 지면 반란이고 이기면 혁명이오."

말을 마친 해미가 배낭을 집어 들자, 이명철이 묵중한 몸을 소파에서 들어 올렸다. 움푹 꺼진 소파가 서서히 부풀어 올랐다. 무거운 대화의 무게로 눌려 있다가 해방되어 부풀어 오르는 희망 같았다.

"기왕 결심한 일 성공하길 빌겠습니다!"

해미는 대답 대신 팔을 뻗어 이명철의 손을 힘주어 잡았다.

해미와 강태원은 사무실을 나왔다. 직원은 퇴근했는지 보이지 않았다. 대신 달걀만 한 전구 알이 눈인 양 해미와 강태원이 가는 길을 비추고 있었다. 강태원이 차를 후진시키는 동안 해미는 대로변에 서서 건물을 올려다보았다. 거구의 이명철이 창가에 서서 내려다보고 있었다. 시선이 마주치자 이명철이 손 인사를 했다. '기왕 결심한 일 성공하길 빌겠습니다!' 이명철의 말이 귓전에 맴돌아 해미도 손을 들어 답례했다.

돌아오는 차 안에서 강태원은 이명철에 관해 설명했다. 그도 제주가 고향이었다. 상인인 아버지가 가족을 이끌고 일본으로 건너와 포목상을 차리며 안착했다. 이명철은 학교에 다니면서 틈틈이 아버지 일을 도우며 장사에 눈을 뜨게 됐다. 위험을 기회로 바꿀 줄 아는 이명철은 태평양전쟁 때 타이어 공장을 설립했다. 군용트럭에 쓰이는 타이어를 생산해서 군수물자로 납품하기 시작했다. 점차 규모가 커지자 일본에 있는 한인들에게 일자리를 주기 시작했다.

"기분 좋은 이야기군. 한인교포가 일본에서 당당히 명패를 달고 사업을 시작한 것도 대단한 일인데 직원들까지 한인으로 채용해 돕고 있다니."

해미는 강태원과 대화 도중 시모노세키 부두 창고에 쌓여 있던 물건들이 떠올랐다. 해미가 갑자기 미간을 찌푸리며 배를 감싸자, 강태원이 트럭 페달을 힘있게 밟았다. 트럭은 강태원의 하숙집으로 향하고 있었다.

강태원의 하숙집은 세 칸 정도 공간의 다다미였다. 해미가 서너 차례 화장실을 들락거리는 동안 강태원은 무엇을 하는지 부엌에서 달그락거리고 있었다. 속이 좀 편안해진 해미는 가부좌를 틀고 앉아 방 안을 훑어보았다. 장신의 옷들이 벽에 주렁주렁 걸려 있고 가구라고는 미니 화장대 하나뿐이었다. 강태원이 카레 우동을 쟁반에 받쳐 들고 들어왔다.

"드셔보십시오. 속이 좀 풀릴 겁니다."

해미는 사발을 들고 국물을 후루룩 들이마셨다. 뜨거운 국물이 위를 해독해내는지 속까지 시원했다.

"드실 만합니까?"

"좋군. 근데 저건 뭔가?"

해미는 우동 국물을 마시며 눈으로 미니 화장대를 가리켰다.

"선물입니다. 결혼할 여자에게 줄 선물요. 양가 허락을 받았으니 결혼식은 올리지 않았지만 결혼한 거나 진배없는 여자죠. 힘들지만 이곳에서 같이 지내기로 했습니다. 실은, 선생님이 타고 온 배에 함께 타고 오는 줄 알고 서둘러 사다놓은 겁니다. 신혼 방인데 경대 하나쯤은 있어야 할 것 같아서요. 집 주소를 알고 있으니 배편이 구해지는 대로 곧 올 겁니다. 전 요즘 기대에 부풀어 삽니다. 외출할 때도 문을 잠그지 않고 외출하고요. 그녀가 언제 올지 몰라서요. 매일 문을 열 때마다 가슴이 설렙니다. 그녀가 와 있을 것만 같아서요."

"내가 타고 온 배로 같이 올 줄 알았다니? 무슨 말인가?"

"결혼할 여자도 제주가 고향이거든요. 우린 한 동네에서 같이 자랐습니다."

"그랬군. 이름이, 아니 어떤 사람인가? 그녀 말일세?"

"복수초 같은 여잡니다. 눈 속에서 피는 꽃 같은 여자죠."

"이름이 복수인가 보군?"

"질레입니다. 온화란 꽃말을 가진……. 왜 더 드시지 않고요?"

"……."

해미는 대답 대신 우동 그릇을 내려놓으며 굳은 표정으로 말했다.

"자네가 바로 그 강태원이었군!"

"네?"

해미는 담배를 꺼내 입에 물었다. 담배 연기를 한숨처럼 내뿜으며 물었다.

"어떻게 오게 됐나? 일본엔."

"신탁통치 반대 운동에 참여했다가 경찰의 몸에 상해를 입혔습니다. 미국과 영국, 소련이 모스크바 3상 회의를 열어 한반도를 5년 동안 신탁통치한다는 방안이 한창 논의될 때였습니다. 찬탁과 반탁 의견 충돌로 몸싸움이 붙었는데, 그때 제지하러 나온 경찰을 밀쳐 그만……."

"……!"

"이곳으로 도망은 왔는데 막상 와보니 막막하더군요. 고민 끝에 부모님이 전답을 팔아준 돈으로 무작정 트럭부터 샀습니다. 부모님 덕분에 밥은 굶지 않고 삽니다. 아니었으면 거지나 다름없는 실향민 생활을 하고 있었을 겁니다. 일만 해주고 임금도 받지 못하는…… 나라 없는 설움을 받으면서요."

"왜 우리가 나라가 없나, 해방되지 않았는가?"

"같은 민족끼리 싸우는 나라가 나란가요?"

"자넨 어느 쪽인가? 신탁통치 말일세?"

"집회장에 참여했을 때만 해도 반대했었는데, 지금은 찬성 쪽입니다."

"맞네. 신탁통치를 하게 되면 5년이란 공작 기간을, 제2의 독립
운동 기간을 벌게 되는 셈이지. 그만 자세. 아침 일찍 일어나야 할
걸세. 내일은 일정이 바쁘네. 도쿄부터 가보세."

강태원이 불을 껐다. 해미는 몸을 뒤척였다. 눈을 감으면 패거리
들에게 끌려가던 질레의 모습이, 눈을 뜨면 화장대가 보여서였다.
해미는 눈을 감았다, 떴다 하며 뒤척였다. 코까지 골던 강태원이
잠꼬대처럼 웅얼거렸다.

"선생님, 왜 못 주무십니까? 무슨 고민이라도 있으십니까?"

"아니네. 잠자리가 바뀌어서 그러네."

해미와 강태원은 첫 열차를 타기 위해 아침 일찍 역으로 향했다.
인파가 붐비는 역 안에는 부랑자들이 바닥에 누워 신문지를 덮고
자고 있었다. 그 속에는 조선인 밀항자들도 많았다. 둘은 플랫폼으
로 나왔다. 먼저 도쿄에 있는 재일본조선인총연합회로 가서 의약
품부터 구해놓아야 했다. 장기전을 대비해 의약품이 시급했다.

플랫폼으로 나온 승객들이 승강구 입구로 몰렸다. 해미와 강태
원은 맨 앞줄에 줄서 있다가 열차 문이 열리자마자 계단 위로 뛰어
올랐다. 강태원이 창가 쪽에 앉자 그 옆에 해미가 앉았다. 승객들
이 탑승하느라 몸을 밀치며 혼란스러울 때 열차가 출발 신호음을
냈다. 승객들은 선 채로 흔들렸다. 해미는 나른한 몸을 의자에 파
묻고 차창 밖으로 시선을 던졌다. 강태원도 잠을 깊이 못 잤는지

신문으로 얼굴을 가리고 있었다. 자리를 잡지 못하고 서 있는 승객들의 얼굴이 창에 비쳤다. 그 얼굴을 인식하기도 전에 터널 속으로 열차가 진입했다. 바퀴에서 귀청을 찢는 듯한 마찰음이 났다. 열차가 터널을 빠져나왔을 때 차창에 비쳤던 얼굴들은 사라지고 좌석 맞은편에 낯익은 사내 둘이 앉아 있었다. 광조와 덕배였다.

해미는 얼른 신문을 폈다. 짙은 뿔테 안경을 쓴 얼굴을 신문으로 가린 채 광조와 덕배를 슬쩍슬쩍 넘겨다 보았다. 광조는 차창 밖으로 시선을 두고 있었고, 덕배는 다리를 촐싹촐싹 까불며 수시로 해미와 눈을 맞출 기회를 보았다. 해미는 슬그머니 자리에서 일어나 계단이 있는 통로로 나와 담배를 꺼내 물었다. 덕배가 뒤따라오더니 라이터로 불을 붙여주었다. 해미는 말없이 불을 빨아들였다. 덕배도 자신의 담배에 불을 붙인 뒤 코로 연기를 내뿜었다. 해미와 덕배는 선로 위를 구르는 바퀴 소리를 들으며 말없이 열차에 흔들렸다.

덕배가 말을 걸어오면 어떻게 반응해야 할지 고민이 됐다. 덕배는 해미의 마음을 알아챈 것일까? 피우던 담배를 선로 밖으로 던지더니 말없이 돌아섰다. 돌아서며 해미의 어깨를 뚝 쳤다. 동시에 해미의 주머니에 중량감이 느껴졌다. 덕배는 가다 말고 양쪽 집게 손가락을 모아 위로 쳐들며 똥침 놓는 시늉을 했다. 걸똘마니 시절 덕배가 기분 좋을 때마다 하던 장난이었다. 해미는 멀어지는 덕배를 바라보며 주머니 속으로 손을 찔러넣었다. 잡히는 걸 꺼내 보니 열쇠 꾸러미였다. 덕배는 무슨 까닭으로 열쇠 꾸러미를 주고 가는 것일까? 배를 타고 올 때부터 덕배는 해미를 알아보았던 것일까? 그렇다면 트럭 위에서 똥침을 놓으며 사라지던 행동은 해미를 향한 무언의 언어였던 것일까?

귀청을 찢는 듯한 소리가 나며 열차 문이 열렸다. 해미는 황급히 뛰어내렸다. 뒤로 승객들이 쏟아져 내렸다. 해미는 플랫폼에 인파가 빠져나가는 동안 몸을 숨기고 있다가 강태원을 찾았다. 누군가 해미의 어깨를 잡았고, 돌아보니 강태원이었다.

"어디 있었나? 한참 찾았네?"

"제가 여쭤볼 말입니다. 어떻게 된 겁니까?"

"마주치고 싶지 않은 사람이 열차에 탔지 뭔가."

"선생님도요?"

"자네도 그랬는가?"

"네, 말도 마십시오. 우리가 앉았던 좌석 맞은편에 아는 사람들이 탔지 뭡니까? 알은척하기에는 껄끄러운 관계라 자는 시늉을 하느라 화장실도 못 가고 혼났습니다. 그런데 선생님이 자리를 뜬 뒤 일행 중 한 명도 자리를 떴는데 열차가 정차할 때까지 돌아오질 않는 거예요. 그래서……."

"덕배가 자리로 돌아오지 않았다고?"

강태원이 놀란 표정으로 물었다.

"선생님이 그 덩치 큰 동승객 이름을 어떻게 아십니까?"

"그런 자넨 어떻게 그 사람들을 알게 된 것인가?"

"개인적으로는 모릅니다. 생고무 원료를 운반해야 할 때만 연락이 오곤 했으니까요. 그때마다 연락받고 나가 물건만 운반해줬을 뿐이고요. 생고무 원료를 합법적인 방법으로 거래하는 사람들 같지 않아 일부러 피한 겁니다. 알은척해봤자 서로 불편하니까요. 그런데 선생님은 그 사람들을 어떻게 아십니까?"

해미는 뭔가를 골똘히 생각하며 뒷짐을 진 채 천천히 걸으며 대답했다.

"다음에 얘기해줌세. 근데 그 사람들 늘 그렇게 둘이 붙어 다니나?"

강태원이 속도를 맞춰 걸으며 대답했다.

"그럼요. 그 덩치 큰 남자가 힘쓰는 일은 다 하니까요."

"그게 생고무 원료였군. 그 트럭 기사도 자네이고 말야."

"그 트럭 기사라니요?"

"자네가 짐을 실었던 그 배가 내가 타고 온 밀항선이었네. 숨어서 지켜보고 있었지."

"그러셨군요. 목구멍이 포도청이다 보니. 그날 약속 시간을 지키지 못했습니다."

해미가 피식 웃자 강태원도 멋쩍게 웃었다. 강태원이 해미를 가로막듯 껑충껑충 뒤로 걸으며 속을 열었다.

"그 사람들 생고무 원료를 얼마나 사재기해놓았는지 창고가 세 군데나 됩니다."

"창고가 또 있단 말인가? 그 물건들을 다 팔면 얼마나 될 것 같은가?"

"글쎄요. 뭐, 아마도 배 두세 척은 사지 않을까요?"

해미는 걸음을 멈추고 정색하며 물었다.

"정말인가?"

강태원이 능글스럽게 대답했다.

"무장봉기에 필요한 자금으로는 안성맞춤인 물건이겠죠? 구린 물건이니……."

해미가 갑자기 걸음을 빨리하며 물었다.

"자네, 그 창고 있는 곳을 알고 있는가? 세 군데 모두 말일세?"

"그럼요. 여러 번 운반했는걸요."

"그럼 됐네. 일단 가세."

해미의 걸음이 다급해졌다. 강태원의 걸음도 덩달아 빨라졌다.

"어디로 말입니까?"

"일단 본부부터 들르세."

대답하며 걷는 해미의 보폭에 힘이 느껴졌다.

재일본조선인총연합회 중앙본부는 상업지역이 밀집해 있는 치요다구에 자리 잡고 있었다. 해미가 사무실에 들어서자 모두가 해미를 반겨주었다. 독립운동할 때 알고 지낸 사람들이었다. 해미가 얼마나 폭넓게 활동했는지 일면을 보는 것 같았다. 해미는 위원장과도 일면식이 있었다. 섬 상황에 대해 한참을 이야기 나눈 뒤에 의약품과 무기 구매, 구할 물품 품목들 그리고 그것을 싣고 갈 배를 알아봐달라고 부탁하고 사무실을 나왔다. 강태원이 따라 나오며 걱정 섞인 표정을 지으며 물었다.

"어쩌시려고요? 우리에겐 이명철 사장이 준 자금뿐입니다."

"불평도 자꾸 하다 보면 자라는 법일세."

"제 말은 발바닥에 땀이 배도록 다녀도 그 많은 물품을 구할 자금은 얻을 수 없다는 겁니다. 자금에 큰 기대를 걸면 실망도 큰 법입니다."

강태원의 말에 해미의 가슴에 통증이 일었다. '전 요즘 기대에 부풀어 문을 잠그지 않고 외출합니다. 문을 열 때마다 가슴이 두근거립니다. 혹시 그녀가 와 있을지 몰라서요.' 기대에 부풀어 말하던 강태원의 표정이 아른거렸다.

"내가 자네한테 죄를 지은 것 같군."

"네?"

"서두르게. 자네 트럭이 요긴하게 쓰일 것 같군."

강태원이 손발 들었다는 듯 한숨을 내쉬며 대꾸했다.

"도대체가 선생님과 얘기하다 보면 정신이 하나도 없습니다."

"그런가? 일단 자네 집부터 가서 트럭을 끌고 나와 창고 있는 곳

으로 가세. 아 참! 이명철 사장에게 연락부터 하게. 생고무 원료를
어떻게 처리하면 좋을지."

"설마 지금 그 창고를 부수고 생고무 원료를 도둑질해오자는 말
씀은 아니시죠?"

"왜 아닌가. 부술 필요까진 없네. 열쇠는 내게 있으니."

"선생님이 그 창고 열쇠를 가지고 계시단 말입니까?"

농담이겠지! 하는 표정으로 강태원이 물었다. 강태원의 얼굴 위
로 자꾸만 질레의 얼굴이 겹쳐 보여 해미는 걸음을 크게 떼며 동문
서답을 했다.

"불평도 자라는 법일세!"

강태원이 아닌 해미 자신에게 한 말이었다. 조직의 일 앞에서 개
인의 감정을 배제해야 한다고. 불편한 마음에 스스로 최면을 건 말
이었다.

새로 태어난 아이들

조 회장을 실은 용달차가 곽병원 앞에서 거칠게 멎었다. 뇌졸중 전조 증상으로 실려 온 조 회장은 응급 처치를 끝낸 뒤 링거액을 꽂고 병실로 옮겨졌다. 직원이 돌아가자, 간병인도 없이 병실에는 조 회장 혼자 남았다.

용달차로 물건을 운반하는 철공소 직원이 때마침 사무실에 있었기에 병원으로 실려 올 수 있었다. 만약 집에서 쓰러졌다면 신속한 조치조차 어려웠을 것이다. 넓은 한옥에는 조 회장 혼자 기거하고 있었기 때문이다. 일하는 노파가 있지만, 거의 식사 때나 마주치는 정도였다. 전에 일하던 곰 할망은 세상을 뜨고 새로 들어온 식모도 노파였다. 목청이 뚝배기 깨지듯 카랑카랑해서 뚝배기 할망이라 불렀다. 조 회장 집에서 일하는 식모는 금자를 제외하고 모두 노파였다.

조 회장 집에는 일상 속에 평범함이 없었다. 식모를 노파만 고집한 것도 그렇고, 쥐죽은 듯 고요한가 하면 한없이 시끄러웠기 때문이다. 극진이는 밤낮을 한심하게 보냈다. 조 회장은 아들 극진이가 못마땅해서 볼 때마다 눈을 흘겼다. 극진이는 조 회장과 맞닥뜨릴 때면 말 겨루기라도 하듯 말꼬리를 잡고 이죽거렸다. 부자는 앙숙 같았다. 극진이는 최순복에게도 미천한 사람을 대하듯 함부로 대했다. 패악까지도 서슴지 않는 자식이었다. 최순복은 뼈를 깎는 듯 고통스러워했다. 극진이가 며칠째 집에 들어오지 않던 어느 날, 천박하게 꾸미고 속된 말씨를 쓰는 여자가 집에 찾아와 극진이가 일본으로 떠났다는 말을 전해주었다. 여자는 말을 전하러 온 목적보다는 꾸어준 뱃삯이며, 외상 술값이며, 주저리주저리 열거하며 자신의 방문 목적에 더 열심이었다.

극진이가 고향을 버리고 일본으로 떠나버린 뒤 최순복은 매일 밤 흉몽을 꾸었다. 부랑자가 된 극진이가 길거리를 헤매는 꿈이었다. 어린 쌍둥이 형제를 다리 밑에 버린 죗값을 금쪽같은 극진이가 대신 받는 것 같아서 최순복은 괴로웠다. 정신적인 고통을 제공한 사람과 그 고통을 나누고 싶었다. 최순복은 조 회장을 들볶기 시작했다.

"당신 때문이오! 어린 년한테 미친 당신 때문에 이렇게 됐소!"

모든 고통의 시작은 어린 년한테 미친 조 회장으로부터 비롯됐노라고, 최순복은 관 속에 들어가는 날까지 지긋지긋하게 되뇌었다. 최순복은 뼛속까지 찌르는 송곳 같은 말로 비아냥대다가 죽었다. 문상객은 미어터질 정도로 많았지만, 곡소리도 없는 건조한 장례식이었다. 어찌된 일인지 공장장만이 한쪽 구석에 홀로 앉아 손수건으로 연신 눈물을 훔쳐냈다. 연락할 방도를 찾지 못해 극진이는 상주 노릇을 하지 못했다. 죽음은 지겨움까지 희석시키는 것일까? 미워해줄 사람마저 없다고 생각하자 조 회장은 더없이 쓸쓸했다. 아무리 깊은 상처도 시간이 치유해주는 것일까? 상처가 아물기 전에 고름이 터지듯 조 회장은 쓰러지고 말았다. 흉터를 남겨야짜지는 고름이었다.

　곽 원장은 조 회장의 몸 상태를 진단한 뒤 당분간 입원하라고 조언했다. 조 회장이 입원하게 되자, 소식을 듣고 찾아온 방문객들로 북적였다. 간병인도 없는 병실에 방문객들만 많았다. 경찰서장이 다녀가고, 경무계장이 다녀가고, 은행 조합장이 다녀가고, 국회의원 후보가 다녀가고, 우체국 국장이 다녀가고, 선거위원 대표가 다녀가고, 면사무소 계장이 다녀가고 서북청년단 대표가 다녀갔다. 조 회장 병실에는 아부에 가까운 물건들이 가득 쌓였다. 면회 온방문객들은 하나같이 같은 말을 한마디씩 하고는 눈으로 벽시계를 올려다보다가 바쁜 일정을 변명으로 늘어놓고 가버렸다. 텅 빈 병실에 홀로 누워 있는 조 회장의 혼탁한 눈이 고독하다고 말하고 있었다.

광조가 조 회장 병실 문을 열고 들어선 건 입원 다음 날, 저녁 무렵이었다. 광조는 일본에서 돌아오자마자 누군가에게 들었는지 헐레벌떡 달려왔다. 무척 초췌한 모습이었다. 광조는 죄인처럼 절절매며 풀죽은 음성으로 말했다.

"제가 없을 때 이런 일이 생겨 죄송합니다."

조 회장은 자는 시늉을 하며 대꾸조차 하지 않았다. 광조는 한동안 말없이 서 있다가 말했다.

"밖에 있겠습니다. 필요하실 때 부르십시오."

광조의 음성은 유리알로 침묵을 깨는 것처럼 들렸다. 광조는 침침한 실내등이 켜져 있는 병실 복도 의자에, 호주머니 깊숙이 손을 찔러 넣은 자세로, 그야말로 멀뚱히 앉아 있었다. 가끔 손을 호주머니 속에서 빼내서는 피곤으로 까칠해진 볼을 세수하듯 문질렀다. 간병인들이 지루한 병실을 지키며 하품하는 동작 따위와는 뭔가 달랐다. 광조의 표정은 허탈해 보였다.

송이는 병실을 드나들며 복도에 꿈쩍도 않고 앉아 있는 광조를 보았다. 광조의 깊은 눈빛이 송이에게 향할 때가 있었다. 간호원 송이와 코흘리개 똘마니 송이를 연결 짓지 못한, 그저 무심하면서도 깊은 시선이었다. 일전에 남수가 송이의 셋방에 다녀갔다. 남수가 조 회장과 광조, 태수의 변한 모습을 그림을 그리듯 세세히 설명해주었다. 해미에 대한 걱정과 걸똘마니 시절의 추억과 아픔을 회상하는 시간이었다. 만약 그런 대화가 없었다면 송이도 광조를 알아보지 못했을 것이다. 창백한 피부에 버짐이 핀 광조의 옛 모습은 온데간데없고 멀끔해져 있어서였다.

　이튿날 혈압 측정 도구를 든 송이는 조 회장 병실 앞에서 걸음을 멈추었다. 무섭게 내지르는 소리가 병실 밖까지 새어 나와서였다. 송이는 빼꼼 열린 문틈으로 병실 안을 엿보았다. 조 회장은 집에서 키우는 개를 때려잡듯 서류를 들고 서 있는 광조를 몰아세우고 있었다. 조 회장은 평온히 있다가도 광조만 보면 심기가 팽팽해졌다. 광조는 공손히 듣고 있었다. 지나친 공손은 상대를 기만하는 태도라는 걸 모르는 것 같았다. 송이는 왠지 야단맞는 광조보다 혼을 내는 조 회장이 더 가엾게 여겨졌다. 앙상한 몸이 볼품없어서만은 아니었다. 호랑이처럼 소리를 지르고 있지만, 거죽에 불과해 보였기 때문이다.

　갑자기 광조가 병실 문을 벌꺽 열고 나오는 바람에 문밖에 서 있던 송이와 부딪힐 뻔했다. 송이는 때맞춰 온 것처럼 태연히 병실 안으로 들어섰다. 조 회장은 송이를 보자 안정을 찾아가며 간호복에 부착된 명찰을 보고 물었다.

　"이름이 송인가?"

　"네, 회장님. 하도 작아서 송이라고 부르게 됐대요."

　송이의 상냥한 대답에 조 회장 입가에 희미한 미소가 번졌다.

　"예전에 송이란 아이가 우리 집에 동냥밥을 얻으러 오곤 했는데……."

조 회장은 먼 기억을 더듬듯 말하며 어두운 표정을 지었다.

"어머, 저처럼 부모에게 버림받은 아인가 보네요?"

송이의 의도적인 말에 조 회장의 눈빛이 흐려졌다. 송이는 말을 던져만 놓고 커튼을 걷어드릴까요? 하고 활기차게 물었다. 채 대답을 듣기도 전에 커튼을 걷으며 말했다.

"햇볕을 많이 쐐야 기분이 좋아진대요. 기분이 좋아져야 몸도 빨리 회복되고요."

조 회장은 창문으로 쏟아져 들어오는 햇살 때문에 눈살을 찌푸리면서도 푸근한 미소를 잃지 않으려고 노력하는 듯했다. 무척 외로워 보이는 미소였다. 혈압 측정 도구와 주삿바늘을 쟁반에 담아 돌아서려는데 조 회장이 송이를 붙잡듯 물었다.

"간호원은 형제가 몇인가?"

송이는 잠시 망설이다가 대답했다.

"쌍둥이 오빠와 저 셋입니다."

"쌍둥이 오빠가 있단 말인가?"

조 회장이 눈을 크게 뜨며 물었다.

"쌍둥이 오빠 이름이 뭔가? 내…… 내가 알고 있는 쌍둥이 이름과 같은지, 아니 그럴 리는 없지만, 그저 궁금해서……."

조 회장은 말까지 더듬었다. 조 회장은 분명 쌍둥이들의 소식을 궁금해하는 눈치였다. 눈앞에 서 있는 송이라는 간호원이 쌍둥이

들을 따라다니던 그 계집아이와 동일인이길 은근히 기대하며 묻고
있었다. 송이는 어떻게 답변해야 할지 판단이 서지 않았다. 그때
잠시 밖으로 나갔던 광조가 찬바람을 몰고 들어섰다. 광조는 조 회
장의 유일한 보호자였고 간병인이었다. 송이는 대답을 미룬 채 병
실을 나와 진료실로 향했다.

곽 원장은 진료 중이었다. 진료는 볕이 잘 들고 통풍이 잘되는
대청마루에서 보았다. 환자들은 대청마루에 앉아 순서를 기다리며
마당 풍경에 시선을 두고 있었다. 마당에 잔디가 푸릇푸릇했다. 담
장 밑으로는 꽃들이 흐늘거렸다. 여린 꽃잎 위로 나비가 옮겨 다니
는 곽병원의 모습은 평화로워 보였다.

퇴근을 목전에 둔 송이는 약과 체온계를 쟁반에 받쳐 들고 조 회
장의 병실 문을 열었다. 광조는 없었다. 조 회장은 송이를 기다리고
있었다는 듯 궁금한 것을 이것저것 한꺼번에 질문했다. 가령 송이
의 집은 어딘지, 쌍둥이 형제와 같이 사는지, 섬에 오기 전에 어디
서 어떻게 성장했는지 등 호구조사와 같은 질문이었다. 송이는 권
할머니와 함께 살며 시장 노인들을 접할 기회가 많았다. 노인들은
대체로 남의 이야기에 관심이 많았다. 그런 시장 노인들에 익숙해
져 있어 조 회장의 질문에 거부감은 들지 않았지만, 대단해 보이는
조 회장이 시장 노인들과 별다르지 않다는 생각에 처량함이 느껴졌
다. 송이의 마음을 읽었는지, 조 회장이 변명하듯 말했다.

"쌍둥이들 곁에는 늘 송이란 아이가 있었지. 셋은 남매처럼 붙어

다니곤 했어. 이름이 같은 걸 보고 내 잠깐……. 그 아이들이 생각
난 모양이야. 아니야. 난 그 아이들을 한순간도 잊은 적이 없네. 한
순간도…… 가슴이 답답하지 않은 적이 없었지. 정신적인 고통은
사람을 불안하게 만들더군. 그 아이들이 어디서 어떻게 살고 있는
지……."

조 회장은 말하다 말고 눈물을 감추기 위해 고개를 돌렸다. 나
이보다 훨씬 늙어버린 조 회장이 가엾게 느껴졌다. 송이는 조 회장
을 보며 자신을 버린 부모는 어떤 사람일까? 생각했다. 조 회장처
럼 아파하며 후회하고 있을까? 사연 없이 자식을 버리지는 않았겠
지만, 어떤 경우라도 자신을 버린 부모를 절대 용서하지 않겠다는
생각에는 변함이 없었다. 그런 감정과 별개로 조 회장이 가여웠다.
자식을 버린 부모도 부모라는 생각이 들었다. 송이는 나가려다 말
고 쟁반을 내려놓았다. 해미를 위해 모든 것을 털어놓아야겠다는
결심이 서서였다. 섬은 나날이 상황이 심각해지고 있었다. 막막한
현실에 맞닥뜨려 기댈 사람은 조 회장밖에 없었다. 송이는 침대맡
에 있는 의자에 걸터 앉으며 말했다.

"쌍둥이 오빠와 저는……."

조 회장은 송이에게 시선을 고정한 채 침묵했다. 어서 말해보라
고! 침묵은 재촉의 의미리라. 송이는 평소와 같이 밖에서 있었던
일들을 하나하나 세세히 권 할머니에게 조잘대었듯, 조 회장에게
들려주기 시작했다.

"저희 남매는 제주가 고향입니다. 저흰 부모로부터 산지천 다리 밑에 버려져 동문시장과 성내를 쏘다니며 동냥밥을 구걸하며 자랐습니다. 그러던 어느 날 제가 다섯 살 되던 해 쌍둥이 오빠들과 함께 목포로 출항하는 배에 몰래 숨어들었답니다."

배에 오르기 전, 오빠들은 다투었다. 난 영문을 알지 못해 발발 떨기만 했다. 남수 오빠는 엄마를 찾으러 목포로 가자고 했고, 해미 오빠는 아버지를 두고 떠날 수 없다고 했다. 옥신각신하다가 화물창 안으로 숨어들었다.

몰래 탄 배에 몸을 싣고 목포로 갔다. 쌍둥이 오빠들이 엄마를 찾아간 곳은 목포 기차역이었다. 기차역에만 가면 금세 엄마를 만날 수 있으리라 믿었지만 아무리 둘러보아도 나물을 팔고 있는 금자란 이름의 목포댁은 없었다. 우리는 기차역 주위를 배회했다. 언제고 목포댁이 나물 바구니를 머리에 이고 나타날지도 모른다는 희망에 부풀어 있었다. 목포에 와서 맞는 첫겨울은 유난히 추웠다. 그해 겨울 새벽, 기차역 앞에서 권 할머니를 만나지 못했다면 우리는 어떻게 됐을까?

기차역에는 귀청을 찢는 듯한 기적 소리가 시간 맞춰 울렸다. 우리는 기차역 주변을 배회하다 열차에서 뿜어내는 기적 소리가 나면 만사를 제쳐놓고 역을 향해 뛰었다. 열차도 뿌연 연기를 뿜으며 우리를 향해 달려오는 듯했다. 마치 경주라도 하듯 열차가 홈에 정차하기 전에 먼저 당도하려고 사력을 다했다.

　기차가 정차하자 양손에 보따리와 여행 가방을 든 인파가 쏟아져 내렸다. 인파가 많은 곳에 '목포댁을 찾습니다. 목포댁 이름은 금자입니다!'라고 쓰인 푯말을 들고 서 있었다. 우리는 붐비는 인파에 밀쳐졌다. 푯말에 주목하는 사람은 없었다. 기차역에서 운반권은 생존권이나 한가지였다. 지게꾼들은 손님의 짐을 빼앗듯 서로 자신의 지게에 실으려 했다. 쌍둥이 오빠들은 여행 가방이나 소소한 보따리를 운반했다. 나는 푯말을 들고 서서 기다렸다. 인파가 빠져나간 뒤 운 좋으면 바닥에 동전이나 지폐가 떨어져 있는 행운을 누릴 때도 있었다. 그런 날은 그런대로 허기를 물리칠 수 있었다. 돈벌이도 없고 동전 줍는 행운도 누리지 못한 날은 식당 주변을 배회했다. 음식 냄새를 맡으면 배가 부른 착각이 들어서였다.

　구걸하다 물바가지를 뒤집어쓰고 쫓겨나던 날이었다. 마르지 않은 옷이 동태처럼 뻣뻣해지자, 몸이 떨리며 이가 부딪혔다. 오한과 구토, 설사로 아무것도 할 수 없었다. 깜깜한 밤이 돼서야 기차역 화장실 안으로 숨어들 수 있었다. 우리는 기차역 화장실 안에서 잠을 자왔다. 암모니아 냄새로 숨쉬기가 힘들었지만, 청소도구를 모아놓은 화장실 칸막이 속은 아늑했다. 몹시 떨고 있는 모습을 본 남수 오빠가 신문지와 종이를 주워 와 불을 피웠다. 불은 금방 사그라들었지만, 일시적일지라도 불꽃은 훈훈했다. 그렇지만 입김에서 뿜어져 나오는 열보다는 뜨겁지 않았다. 보다 못한 남수 오빠가 약을 구해 오겠다며 뛰쳐나가서는 날이 밝아오는데도 돌아오지 않았다.

아침 근무자들이 출근하기 전에 기차역 밖으로 빠져나가야 했다. 해미 오빠와 나는 일어나려고 버둥댔지만, 몸이 말을 듣지 않았다. 대합실에 불이 환하게 밝혀지고, 우리를 발견한 청소 직원의 자지러지는 비명이 터졌다. 해미 오빠와 난 들개처럼 더러웠다. 더군다나 화장실 안은 종이를 태운 매캐한 냄새로 꽉 차 있었다. 새벽 근무자로 보이는 직원이 청소 직원을 향해 윽박지르는 소리가 환청처럼 들렸다. 관리 소홀이라며 책임을 추궁하는 소리였다.

직원은 우리를 대합실 한가운데로 끌어냈다. 인파가 하나둘 모여들기 시작했다. 인파는 우리를 구경했다. 우리를 재차 역 밖으로 끌어내려 할 때 남수 오빠의 우렁찬 음성이 꺼져가는 의식 속으로 들렸다.

"제 동생들이에요. 함부로 하지 마세요!"

남수 오빠가 구경꾼들 사이를 비집고 나오며 소리쳤다. 나는 힘겹게 눈을 떠 남수 오빠를 바라보았다. 밤새 약을 구하러 다녔는지 남수 오빠는 눈사람이 돼 있었다. 직원이 소리쳤다.

"너희들 때문에 기차역에 불날 뻔했어!"

남수 오빠가 무릎을 풀썩 꺾으며 호소했다.

"죄송해요. 제 동생들이 너무 추워서 그랬어요. 한 번만 용서해주세요."

직원은 옆에 몽둥이라도 있으면 휘두를 기세로 윽박질렀다.

"기차역은 거지들의 숙소가 아니야! 너희들이 기차역에 불까지 낼 뻔했다고! 조금만 늦게 발견했어도 역이 몽땅 불탈 뻔했어!"

구경꾼들이 웅성거렸다. 세상에! 세상에! 하면서. 세상에란 말이 뜻하는 바를 새삼 풀이할 수 없을 만큼 복잡하게 들렸다. 우리는 결국 역 밖으로 끌어내졌다. 남수 오빠가 직원의 바짓가랑이를 움켜잡고 늘어졌다.

"안 돼요. 내 동생들 이렇게 두면 얼어 죽어요. 제발 하루만요."

직원이 남수 오빠를 밀쳤다.

남수 오빠가 온몸으로 직원을 가로막았다. 화가 난 직원이 허수아비처럼 가벼운 남수 오빠의 멱살을 움켜잡자 두 발이 번쩍 들렸다. 남수 오빠는 힘없이 버둥댔다. 직원은 남수 오빠를 눈밭에 패대기친 뒤 발길질을 해댔다. 우리는 그 모습을 보고 일어나려고 몸부림쳤다. 어떻게 된 일인지 몸이 생각처럼 움직여지지가 않았다. 직원은 대합실 안으로 들어가다 말고 바락바락 분이 나는지 악을 썼다.

"너희들 때문에 재수 없게 옷 벗을 뻔했다고! 나나 되니까 봐준 줄 알아! 다른 직원에게 걸렸으면 방화 미수죄로 감방에 처넣어버렸을 거야!"

남수 오빠 볼에 굵은 눈물이 흘러내렸다. 아무리 힘들어도 울지 않던 남수 오빠의 눈물이었다.

"그만해요! 이러다 애들 얼어 죽겠소!"

머리가 흰 할머니 한 분이 다가오며 직원을 향해 점잖게 꾸짖었다.

"여보세요. 직원 양반, 아픈 아이들한테 너무하는구려. 오죽 갈데 없었으면 그랬겠소. 수레꾼! 수레꾼! 이 아이들을 좀 실어보구려. 이 아이들이 다 죽게 생겼으니 일단 내 집으로 옮깁시다."

솜을 넣은 무명 두루마기 차림의 할머니였다. 입성은 허술했지만, 점잖고 단아했다.

우리는 그렇게 권 할머니를 만났다. 권 할머니는 목포시장에서 쌀가게를 운영하고 계셨다. 양철로 지붕을 얹은 쌀가게는 조그맣고 아담했다. 우리는 따끈따끈한 방에 두툼한 솜이불을 덮고 누웠다. 권 할머니가 의사를 불러 왕진까지 오게 했다. 의사는 청진기로 맥박 소리를 확인한 뒤 굵은 주삿바늘로 엉덩이를 따끔하게 찌른 뒤 약을 처방해주고 돌아갔다. 한숨 자고 일어난 우리는 거짓말처럼 나았다. 남수 오빠는 고마운 마음을 어떻게든 보답하기 위해 쌀도 배달하고, 가게 앞도 쓸고, 일손이 될 만한 일을 눈치껏 거들었다. 권 할머니는 그런 남수 오빠를 무척 대견히 바라보셨다.

알부자라고 소문난 권 할머니는 시래깃국과 김치만 드셨는데, 우리를 데리고 있기 시작한 날부터 정육간에 들러 고기도 끊어 오고 흰쌀밥도 짓기 시작했다. 살강 위 바구니에는 곶감이며, 사탕이며 아이들이 좋아할 물건들이 자리를 잡기 시작했다. 쌍둥이 오빠들과 나는 점차 볼에 살이 붙고 얼굴빛과 표정이 밝아졌다.

겨울이 가고 봄이 온 어느 날 눈을 떠보니 윗목에 생일상이 차려져 있었다. 붉은 팥고물로 버무린 시루떡과 푸릇푸릇한 나물과 고기볶음, 미역국과 흰쌀밥이. 우리는 말끔히 씻은 뒤 권 할머니가 사주신 새 옷으로 갈아입었다. 상 앞에 고물고물 둘러앉아 있는 우리를 권 할머니는 흐뭇하게 바라보시며 말씀하셨다.

"이제부터 오늘이 너희들 생일이니라."

권 할머니는 아셨던 거다. 우리가 생일이 없다는 것을. 그날 권 할머니는 우리를 데리고 면사무소로 향했다. 면사무소로 들어서자 계장이 직접 나와 반겨주었다. 권 할머니와 우리는 내실로 안내됐다. 여직원이 쟁반에 따끈한 차와 고급스러운 과자를 들고 와 놓고 갔다. 편히 먹으라며 계장이 손수 과자를 집어주었다. 우리는 얼떨떨하여 권 할머니를 바라보았다. 권 할머니는 인자한 미소를 지으며 끄덕이셨다. 그래도 된다는 뜻이었다.

권 할머니는 찾아온 용건을 계장에게 말했다.

"이 아이들을 출생 신고하러 왔소."

"어르신 앞으로 말입니까?"

"그렇소. 이제 이 아이들은 내 자식이오."

계장은 권 할머니에 관한 서류를 챙겨 들고 와 들추며 말했다.

"어르신, 우리 법이 아버지 성을 따르게 돼 있습니다."

출생 신고는 생각처럼 쉽지 않았다. 권 할머니는 여태 혼자 살아

남편이 없었다.

"그래서, 안 된단 말이오? 방법이 없겠소?"

계장은 곤란한 표정을 짓다가 은밀한 톤으로 말했다.

"방법이 있긴 합니다만."

"뭐요?"

"징용에 끌려가거나 고향을 등지고 떠난 이들 중에 행불자가 된 사람들이 있습니다. 잊혀진 사람들이지요."

"나더러 죽었을지도 모르는 사람과 혼인신고를 하란 말이오?"

권 할머니는 한동안 난감한 표정을 짓고 계셨다. 이내 결심을 굳힌 듯 말씀하셨다.

"그럽시다. 까짓것. 이 아이들을 호적에 올릴 방법이 그 길뿐이라면 못 할 것도 없지 않겠소."

"그런데 그게……."

계장은 난감한 표정을 지으며 턱을 쓸었다. 눈치 빠른 권 할머니가 가방을 열고 준비해 온 봉투를 건넸다. 계장은 마지못한 듯 봉투를 받아 넣더니 호적부를 가져와 기록하기 시작했다.

"어르신, 이 아이들 성은 뭐가 좋겠습니까?"

대화 내용을 듣고 있던 해미 오빠가 권 할머니에게 말했다.

"할머니, 전 '조'씨 성을 갖고 싶어요."

남수 오빠가 재빨리 끼어들며 말했다.

"전 싫어요. 전 '조'씨 성만 아니면 돼요. 할머니!"

쌍둥이 오빠들이 성을 선택하는 일을 놓고 옥신각신하기 시작했다. 그것을 물끄러미 바라보고 계시던 권 할머니가 혀를 차며 말씀하셨다.

"쯧쯧, 어찌 두 형제 생각이 이리도 다른고."

권 할머니는 한동안 말씀이 없다가 계장에게 말했다.

"이 아이들이 원하는 대로 해주시오."

계장은 서류에 기록했다. 남수 오빠와 나는 '남'씨 성으로, 해미 오빠는 '조'씨 성으로. 권 할머니는 결혼을 두 번 한 것으로 기록됐다.

권 할머니를 따라 면사무소를 나와 곧장 학교로 향했다. 교장은 환대에 가깝게 반겨주었다. 어디든 권 할머니와 함께 가면 모두가 친절했다. 그런 권 할머니가 곁에 있어 얼마나 든든한지 몰랐다. 새 책을 들고 집으로 돌아오는 길에 시장 입구에 있는 문방구도 들렀다. 권 할머니가 문방구 주인에게 말했다.

"이 아이들이 오늘 학교에 입학했는데 뭐가 필요한지 골라주시겠소?"

문방구 주인은 호들갑스럽게 친절했다. 연필과 지우개, 필동과자, 공책 등을 고루고루 내보이며 마음에 든 것으로 선택하라고 했다. 우리는 눈이 휘둥그레져 아주 사소한 것조차 고를 수 없었다. 그러자 권 할머니가 말씀하셨다.

"한번 골라보거라. 사람 사는 일은 선택을 하는 일에 달릴 때가 많으니라. 선택을 할 때는 많은 고민보다는 자신의 직감에 맡기는 것도 좋은 방법이다. 고민을 많이 하고 내린 선택도 그 절반은 후회를 하게 된단다."

우리는 학용품을 골랐다. 뭔가를 고른다는 것이, 선택한다는 것이 자유 같았다. 날아갈 듯이 기뻤다. 모든 것이 새것이었다. 남이 쓰다 버린 것만 주워 갖다가 처음으로 새것이란 걸 가져보았다. 생일도 새것이요, 성도 새것이요, 교과서도 새것이요, 학용품도 새것이었다. 권 할머니는 우리에게 새 삶을 선물해주셨다.

권 할머니는 쌀가게뿐만 아니라 일수놀이도 하셨기에 가게는 늘 북적였다. 저녁 무렵이면 가게는 눈코 뜰 사이 없이 바빴다. 돈을 융통해 쓴 시장 상인들이 장사를 마친 뒤 쌀가게에 들러 일수를 찍고 갔기 때문이다. 권 할머니는 코끝까지 내려온 안경을 걸치고서 장부에 기록했다. 그 모습이 무척 멋져 보였다. 권 할머니는 속정이 깊었지만, 신용을 잃은 사람에게는 박정하게 대했다. 신용이 없는 사람에게는 돈을 빌려줘서는 안 되고, 또 갚을 능력이 없으면 남의 돈을 쓸 생각도 말아야 한다고 엄벌하듯 말했다. 일의 특성상 어쩔 수 없는 일 같았다. 우리는 대쪽 같은 권 할머니의 성격까지 존경했다.

그런 권 할머니에게 크나큰 불행이 닥친 건 어느 날 아침 밥상 앞에서 이런저런 대화 끝에 해미 오빠가 무심코 던진 말 때문이었다.

"할머니, 요즘 제 짝꿍이 학교에 나오지 못해서 속상해요. 짝꿍

뿐 아니라 학교에 나오지 못한 아이들이 부쩍 늘고 있어요. 가정 형편이 어려워 월사금을 내지 못해서래요."

권 할머니는 밥을 드시다 말고 격양된 음성으로 물으셨다.

"그게 정말이냐?"

권 할머니는 그날 당장 교장을 찾아가 따져 물었다.

"가난한 학생들에게 공부할 기회를 주려고 해마다 장학금을 기부했건만 월사금을 내지 못해 학교에 나오지 못한 아이들이 늘고 있다니, 도대체 어떻게 된 영문입니까?"

교장은 대비해놓은 것처럼 기계적으로 답변했다.

"어르신, 흥분을 가라앉히십시오. 저희는 어르신이 주신 기부금을 공정하게 쓰고 있습니다. 믿지 못하시겠다면 장학 명단을 열람해드리겠습니다."

권 할머니는 명단을 들여다보며 물었다.

"이 학생들에게 장학금을 준 기준이 뭡니까?"

"다 줄 수는 없어 모범적인 학생과 성적이 우수한 학생들을 선발하여 기회를 줬습니다."

할 말을 잃은 권 할머니는 집으로 돌아왔다. 그날 저녁 권 할머니는 모두가 앉은 자리에서 해미 오빠에게 물었다.

"해미야, 모범적인 학생과 성적이 우수한 학생에게 장학금이 주어진다고 하더구나. 네 짝꿍은 거기에 해당되지 않았나 보지!"

"할머니, 누구보다 제 짝꿍은 공부도 잘하고 성실해요. 그런데도 한 번도 장학금을 받지 못했어요. 대부분 선생님 앞에서 착한 척하는 아이들과 큰 음식점을 운영하는 사장, 은행 지점장, 고등계 경찰 등에 종사하는 부모가 있는 집 아이들이 장학금을 받았어요. 저희 반에 길수란 아이도 아버지가 고등계 경찰이래요. 길수는 경찰인 아버지 흉내를 내느라 지휘봉을 휘두르며 힘없는 아이들을 괴롭혀왔는데도 장학금을 받았어요."

남수 오빠가 말을 거들었다.

"할머니, 선발 과정에 문제가 있는 건 사실인 것 같아요."

침통한 표정으로 듣고 계시던 권 할머니가 침착한 톤으로 말씀하셨다.

"그러니까, 내 기부금이 공정하게 쓰이지 않았다는 말이로구나."

권 할머니는 그날 밤 한숨도 주무시지 못하고 몸을 뒤척이셨다. 다음 날 다시 학교로 찾아갔다.

"일언하고 기부금을 돌려받아야겠소! 마음 같아선 지금까지 기부한 것을 전부 회수하고 싶은 심정이오! 앞으로는 내가 직접 도울 것이오!"

권 할머니의 선언에 언제나 친절했던 교장이 안면을 바꾸며 말했다.

"준 것을 돌려달라는 말씀은 어린 학생들도 하지 않는 점잖지 못한 언사 같습니다. 그동안 예우해드렸더니, 제가 어르신을 과대평가한 모양입니다."

권 할머니는 그 무례한 말에 분하고 괘씸해서 하지 말아야 할 말을 뱉고 말았다.

"그렇소! 난 시장통에서 쌀이나 파는 장사꾼이오! 배우지 못한 내가 입지도, 먹지도 않고 모아 기부해왔던 것은, 어려운 형편의 아이들을 돕고 싶었기 때문이오! 재력 있고 권력 있는 집안의 아이들을 도우려 한 게 아니란 말이오! 배웠다는 교장 선생님께서 이렇게 일을 처리하시다니 한심합니다!"

교장의 얼굴이 붉으락푸르락 변했다. 비록 시장에서 쌀가게나 운영하는 장사치에 불과했지만, 권 할머니는 결코 만만한 상대가 아니었다.

그때부터 권 할머니의 운명은 꼬이기 시작했다. 며칠 뒤, 경찰들이 쌀가게로 들이닥쳐 할머니를 연행해 갔다. 일수놀이를 꼬투리 잡았다. 권 할머니는 불법적인 방법으로 돈놀이를 했다는 죄목을 뒤집어썼다. 문제는 거기서 끝나지 않았다. 경찰이 또다시 찾아와 쌀가게를 검열한다며 쑥대밭을 만들어놓았다. 쌀 양을 줄이려고 되를 속여 판다는 제보를 받았다는 것이다. 권 할머니는 어처구니가 없어 항변했다.

"말도 안 된다. 내가 무엇을 속였단 말이냐! 트집을 잡고 싶으면 제대로 잡아라!"

경찰은 권 할머니의 말을 귓등으로 들으며 쌀가게 폐업 처분을 내린 뒤 벌금까지 부과하고 돌아갔다. 쌀가게도 폐업되고 일수놀이도 못 하게 되자 권 할머니는 팔다리가 잘린 사람처럼 외부와 단절돼버렸다. 뻔질나게 드나들던 사람들마저 발걸음을 끊었다. 불똥이 튈까 봐 몸을 사린 것이었다. 모아놓은 재산은 금이 간 물항아리처럼 새 나가기 시작했다. 빌려준 돈도 회수하지 못했다. 갚지 않으려고 피해 다니거나 억지스러운 말로 오리발을 내밀었기 때문이다. 우리가 대신 받아 오겠다고 하자, 권 할머니가 만류했다.

여러 날을 앓아누워 계시던 권 할머니가 수척한 얼굴로 두루마기를 챙겨 입으시며 말씀하셨다.

"따라나서거라."

쌍둥이 오빠들이 영문도 모른 채 따라간 곳은 은행이었다. 권 할머니는 저축해놓은 돈을 모두 해지해 왔다. 어두컴컴한 저녁이 되자 권 할머니는 장독대 밑을 파기 시작했다. 돈을 비닐로 단단히 싸서 땅에 묻었다. 우리는 말없이 일손을 거들었다. 권 할머니가 혼잣말처럼 중얼거리셨다.

"이 돈만큼은 어떤 일이 있어도 뺏기지 않을 것이다. 부지런히 배우거라. 힘을 가지려면 배워야 한다."

학부모 중에 은행장이 있다는 해미 오빠의 말을 기억하고 해지해 온 것이었다. 모든 일은 학교의 분풀이에서 비롯되었고, 배후에는 학부모들이 있다고 판단했다. 권 할머니의 판단을 증명이라도 하듯 이튿날 경찰이 들이닥쳤다. 그 많은 돈을 어디에다 쓰려고 해지해 간 것이냐며, 권 할머니를 연행해 갔다.

권 할머니는 노발대발했다.

"세상에 이런 법은 없소! 개인 재산이오! 내가 해지를 하든, 저축을 하든 당신들이 상관할 바가 아니오!"

권 할머니는 꼿꼿이 앉아 따져 물었다. 고지식한 권 할머니의 기를 꺾기 위해 경찰은 육체적 고통을 가하기 시작했다. 독립자금을 댄 출처를 밝히라며. 여러 날이 돼도 권 할머니가 석방되어 돌아오지 않자 시장 사람들이 수군거렸다.

"알고 보니 독립군을 도왔다더군!"

우리는 매일 권 할머니를 찾아갔지만, 만날 수 없었다. 억울하게 끌려간 권 할머니를 위해 뭔가 해야 했다. 뭔가를 정하는 일에 있어 쌍둥이 오빠들은 종종 생각이 달랐다. 해미 오빠는 경찰서 앞에서 시위하길 원했고, 남수 오빠는 그런 방법은 권 할머니를 더 힘들게 하는 거라며 반대했다. 힘든 상황일수록 침착하자고. 해미 오빠는 몸을 사리는 거냐고 불같이 반박했다. 그러나 현실은 아무것도 할 수 없는 상황이었다. 경찰서 주변을 며칠이고 서성대며 안 사정을 알아보려 해도 알려주는 사람이 없었다.

며칠 뒤 권 할머니는 석방됐다. 권 할머니를 혼내주기 위해 독립자금을 핑계 삼아 벌였던 일이라 며칠 고초를 겪게 하는 일은 마무리되었다. 백발이 성성한 권 할머니는 얼마나 고초를 겪었는지 몹시 야윈 데다 다리까지 심하게 절고 계셨다. 해미 오빠는 아무 말도 못 하고 꺽꺽 울음을 삼키기만 했다. 그런 일이 있고, 해미 오빠는 학교 가는 것을 즐거워하지 않았다. 밥상 앞에서 불행의 불씨 같은 말만 하지 않았어도 권 할머니가 그런 고초는 당하진 않았을 거라고 자책했다. 해미 오빠는 컴컴한 골방에 틀어박혀 말수까지 적어진 채 하루하루를 죽이고 있었다.

권 할머니도 넋이 나간 듯, 의지를 잃은 듯 무료한 시간을 보냈다. 권 할머니는 아무 일도 할 수 없었다. 쌀가게도, 일수놀이도, 찾아온 사람도 없어 가게는 적막한 공기만 감돌았다. 매사 진지하고 신중한 남수 오빠는 무서울 정도로 공부에만 몰두했다. 분노를 확실하게 표출하는 방법은 힘이라고 믿었다. 힘이 없는 분노는 그저 가슴앓이하는 울분일 뿐이라 생각했다.

남수 오빠는 법학전문학교에 진학했다. 해미 오빠는 권 할머니 사건이 있고부터는 학교 생활도, 공부에도 집중하지 못하고 겉돌았다. 학교 공부보다는 민족 독립의 사상적 토대가 되는 사회주의 사상에 심취해 마르크스(자본론)니 마르크스-레닌주의니 하는 사상 서적을 탐닉했다. 뜻을 같이하는 동지들과 어울려 다니며 일제 치아에서 억압받는 민족의 현실에 울분을 토하기도 하고 처한 현실을 잊으려는 듯 술에 젖어 있기도 했다.

권 할머니는 그런 해미 오빠를 측은하게 여겼다. 곧은 나무보다 삐뚤어진 나무가 원형 같을 때가 있듯이. 모난 돌 그대로의 원석 같은 아름다움을 해미 오빠에게서 발견했던 것이다. 하루하루를 위태롭고 불안한 나날을 보내던 해미 오빠가 일본으로 가야겠다고 절실히 토해냈다. 남수 오빠와 난 말렸지만, 권 할머니는 조용히 듣고만 계셨다.

"할머니, 여기서는 제가 할 수 있는 일이 없습니다. 일본으로 가서 제가 할 일을 찾아보겠습니다."

일본으로 떠나보내던 날 권 할머니는 야윈 손으로 해미 오빠의 손을 감싸 쥐고는 한사코 놓으려 하지 않았다. 해미 오빠가 일본으로 떠나버리자 가게는 더욱 적막해졌다. 폐업된 쌀가게는 가정집으로만 사용했지만, 간판만은 떼지 않았다. 쌀가게는 권 할머니의 존재였기 때문이다. 존재를 박탈당한 권 할머니는 무료한 나날을 보냈다. 무료함 속에서 하루하루 야위어갔다. 어느 날은 내 손을 꼭 붙드시며 말씀하셨다.

"우리 송이는 어떤 일을 하고 싶누?"

"음…… 저는 간호원이 될래요. 그래야 할머니를 잘 보살필 수 있으니까요."

"그래 기특도 하지."

"저……, 저…… 할머니 저희가 엄마라고 부르지 않는 게 섭섭지 않으세요?"

"아니다. 인연이 순탄치 못해 같이 살진 못했지만, 너희를 낳아주신 부모가 있는데 내가 그 자리까지 욕심내려고……. 너희들과 같이하는 것만도 이 할민 어디에도 비할 데가 없다."

권 할머니는 등도 굽고, 몸도 야위고 기침까지 날로 심해졌다.

고문 후유증으로 다리까지 절어 문밖출입도 겨우 했다. 난 가여운 권 할머니를 위한 일이라면 뭐든 할 수 있었다. 그러나 내가 간호원 양성소에 합격한 해에 내 간호도 받아보지 못하고 다시는 볼 수 없는 곳으로 떠나버리셨다. 떠나던 날에도 쌀가게 앞에 한참을 서 계셨다. 해미 오빠가 일본으로 떠난 뒤 권 할머니는 가게 문을 잠그지 않으셨다. 매일 저물녘이면 쌀가게 앞에 서서 골목 쪽에서 들리는 발소리에 귀를 기울이며 서 계셨다. 그날도 쌀가게 앞에 우두커니 서서 골목 모퉁이를 오래도록 바라보시다가 조용히 들어와 주무시다 가셨다. 권 할머니는 해미 오빠를 매일 그렇게 기다리다 돌아가셨다.

"권 할머니가 돌아가신 해는 해방된……."

광조가 들어선 바람에 송이는 하던 말을 중단해야 했다. 송이는 쟁반을 들고 병실을 나왔다. 말이 길어졌다. 하다 보니 자잘한 말까지 하게 됐다. 해미와 남수 오빠의 아주 작은 사소한 것이라도 조 회장 가슴에 심어주고 싶었다. 부자 간에 끊어진 연을 한 가닥이라도 이어주고 싶었다. 한마디라도 더 전하고 싶은 간절함이, 조급함이 마음을 다그쳤다. 말하는 동안 조 회장의 감은 눈가로 눈물이 흘러내리는 것을 보았다.

퇴근 시간이 훌쩍 지나 있었다. 모두 퇴근하고, 곽 원장은 외출했는지 진료실에는 불마저 꺼진 채 아무도 없었다. 송이는 교교히

떠 있는 달빛을 받으며 병원 밖으로 나왔다. 관덕정 광장 뒷길부터 동문시장 뒷길까지 산지천 길이 이어져 있었다. 송이는 그 길을 따라 걸었다. 반쪽 달이 송이를 따라 움직였다. 송이는 비탈길 앞에서 걸음을 멈추었다. 옛 기억을 떠올리며 억새가 우거진 가파른 비탈길로 발을 내디뎠다. 움막의 흔적은 없고 바람만이 냉담하게 반겨주었다. 바람이 억새를 흔들자 억새잎이 닭 볏처럼 나부끼며 나슬나슬 몸을 떨었다. 쉬리릭! 소리에 송이는 머리끝이 쭝긋 섰다. 잡풀 더미에서 들렸다. 송이는 재빨리 비탈길을 기어올랐다. 쥐나 고양이의 움직임이라 해도 머리끝이 섰다.

쫓기듯 정신없이 오른 뒤 얼기설기 밀집해 있는 인가 쪽으로 걸음을 쟀다. 걷다가 신기루처럼 불쑥 솟은 한라산 능선을 돌아보았다. 능선은 건장한 사내의 골격처럼 보여, 해미가 송이를 바라보고 있는 것만 같았다.

일본으로 떠났던 해미는 권 할머니의 부고 소식을 듣고서야 고국으로 돌아왔다. 해방되던 해였다. 해미의 몸은 탄력 있고 단단했다. 눈빛에서 맹렬한 매서움이 느껴졌다. 그것은 사물을 정확히 꿰뚫는 눈빛 같은 것이었다. 늘 피해 다니고, 숨어 다녀서일까? 해미의 눈빛은 평상시에도 날이 서 있는 듯했다. 그 강렬한 눈빛에 송이는 가슴이 두방망이질 쳤다. 얼굴까지 붉어졌다. "조그맣던 것이 이렇게 컸다니?" 해미가 와락 송이를 끌어안으며 말했다. 해미의 품에 안긴 송이의 심장이 마구 뛰었다. 심장 뛰는 소리를 들키지 않으려고 송이는 해미를 밀어내며 말했다. "어머, 이 땀 냄새!" 몸을 날쌔게 빼내는 송이를 보며 헤벌쭉 웃는 해미의 표정은 무장을 풀고 여동생을 어여쁘게 바라보는 눈빛으로 변했다. 해미의 강렬한 눈빛이 탐스러운 송이의 가슴에 잠시 머물렀다. 시선을 느낀 송이는 머리 단장이라도 하듯 귀 뒤로 긴 머리를 쓸어 넘겼다. 타오르는 듯한 해미의 눈빛이 성숙한 숙녀가 된 송이를 애중히 바라보았다. 송이의 얼굴은 주책없이 자꾸만 붉어졌다.

"해미 오빠!"

송이는 능선을 바라보며 옹알이처럼 그리운 이름을 불러보았다. 불쑥 솟은 능선은 무심한 듯 대답이 없었다.

그날

조 회장은 곽병원을 나와 차에 올랐다. 호젓한 병실에 누워 있자니 온갖 잡생각이 치고 올라와 퇴원을 서둘렀다. 운전대를 쥐고 있는 광조의 표정이 침울해 보였다. 조 회장도 복잡한 생각에 창밖으로 시선을 던졌다. 차 안에는 침묵이 감돌았다. 조 회장과 광조는 내면에 양극단의 성격을 지닌 공통점이 있었다. 그 성격은 관계를 조합하기도 분리하기도 했다.

조 회장은 쌍둥이들이 목포에서 쌀가게를 하는 권 할머니를 만나 성장한 사연을 송이를 통해 들을 수 있었다. 쌍둥이들은 비교적 잘 성장한 듯했다. 세세한 것까지 물을 순 없었지만, 송이는 쌍둥이들을 따라 섬에 내려온 것 같았다. 이 혼란스러운 시국에 무엇 때문에 쌍둥이들이 내려왔을까? 창밖 거리 분위기는 정지된 듯 스산했다. 거리를 바라보자 극진이가 보낸 편지가 생각났다.

아버지, 어머니 저는 조극진이란 조선 이름을 버렸습니다. 요사마로 개명하여 일본 국적으로 귀화하였습니다. 일본 여자와 결혼도 했습니다. 이로써 저는 조 씨 가문의 사람이 아님을 통보 드립니다.

조 회장이 쓰러진 날 극진이의 편지를 받았다. 그날따라 몸이 무기력해서 오후 늦게서야 집을 나와 사무실까지 걸었다. 철공소는 방파제 부근에 있고 사무실은 곽병원 건너편 경찰서 옆 골목에 있었다. 사무실만 성내 한복판으로 옮긴 건 온종일 돌아가는 기계 소음 탓도 있지만, 최순복이 세상과 작별하는 순간까지 곽병원에 입원해 있어서였다. 최순복의 기분은 죽이 끓듯 변덕스러워 일하다가도 다급히 병원으로 가야 할 때가 많았다.

조 회장이 사무실 계단을 오르고 있을 때, 뒤따라오는 집배원과 맞닥뜨렸다. 그는 인사를 꾸벅 하고는 일본에서 편지가 왔다며 낡고 허름한 갈색 가방을 무릎 위에 올려놓고 편지를 꺼내주었다. 그러고는 무거워 보이는 가방을 어깨에 도로 둘러메고는 허리를 꾸벅하고 계단을 재빠르게 뛰어 내려갔다.

조 회장은 편지를 들고 계단을 올랐다. 사무실 문을 열자 공장에서 배달 일을 하는 직원이 기다리고 있었다. 직원의 인사를 받는 시늉을 하며 허겁지겁 앉자마자 편지를 개봉했다. 손끝이 떨렸다. 극진이가 집을 나간 뒤 최순복은 시름시름 앓다가 세상과 작별했다. 그 사실을 모르는 극진이는 어머니에 관한 안부 따윈 없었다. 냉정한 편지였다. 넋을 놓고 앉아 있는 조 회장 곁으로 서류를 든 직원이 다가왔다. 조 회장은 서류를 살피다 말고 의식을 잃고 쓰러졌다. 놀란 직원이 다급히 회장님! 하고 부르는 소리가 사무실의 정적을 흔들었다. 직원이 조 회장을 둘러업고 정신없이 계단을 뛰어 내려갔다. 눈을 떠보니 곽병원이었다.

광조가 일본에 가고 없을 때였다. 광조는 극진이 행방을 알아보고 오겠다며 한 해에도 여러 번 일본에 다녀왔다. 광조는 일본에 갈 때마다 조 회장이 알지 못하는 배편을 이용했다. 광조가 극진이 행방을 알아보러 가는 데에 있지 않고 다른 목적이 있다는 걸 알수 있었다. 조 회장이 알아선 안 되는 일을 꾀하고 있는 게 분명했다. 광조는 매번 덕배를 대동하고 갔다.

광조는 모르고 있겠지만 조 회장은 덕배와 교류하고 있었다. 조 회장은 조용히 덕배를 집으로 불렀었다. 늦은 시간 일을 마친 덕배가 집으로 찾아왔다. 잔뜩 긴장한 표정으로 조 회장 앞에 무릎을 꿇고 앉았다. 덕배의 눈빛을 보니 유순해 보였다. 곁에 두고 부리기에는 영특한 사람보다 유순한 사람이 수월하기에 광조가 덕배를 대동하고 다니는 이유일 것이다. 덕배는 철공소에서 일하기 전부터 광조 주위를 배회하고 있다가 광조의 일을 대신하고는 했다. 덕배가 철공소에서 일하게 된 것은 광조가 철공소에서 일하기 시작한 지 이태가 지나서였다. 한날은 광조가 덕배를 조 회장에게 소개

했다.

"부모 없이 자라 배운 것은 없지만 성실한 아우입니다. 제몫은 충분히 해낼 겁니다. 회장님!"

덕배는 순박하고 우직해 보여 누가 보아도 믿음이 가는 인상이었다. 조 회장에게는 믿음이 가는 모습보다 부모 없이 자랐다는 말이 더 무겁게 다가와 일하게 했다. 철공소에서는 수리 업무와 생산 업무가 있었다. 덕배는 우둔한 인상과 달리 손끝이 야무지고 눈썰미가 있어 정비 업무를 배우게 했다. 덕배는 신뢰와 성실함을 보여주며 선주들과 친화력 있게 지내고 있었다.

"일은 할 만한가?"

덕배는 네! 하고 우직하게 대답했다. 덕배를 일하게 한 뒤 멀찍이서 지켜만 보았을 뿐 마주 앉아 대화를 나눠본 건 처음이었다. 더구나 늦은 밤 얼굴을 맞대고서. 조 회장은 기름때가 묻은 덕배의 투박한 손에 자신의 손을 올려놓으며 말했다.

"내가 자네에게 부탁할 말이 있어 이리 보자 했네."

덕배는 어떤 부탁인지 묻지도 않은 채 무슨 말이든 들어주겠다는 듯 덥석덥석 고개를 끄덕였다. 조 회장이 광조의 일거수일투족을 보고해달라고 하자 덕배가 네! 하고 넙죽 대답했다. 조금의 고민도 없는 대답이었다. 걸똘마니 시절 덕배는 바보스러울 만큼 순박함 때문인지 벗들에게 괴롭힘을 당했다. 그때마다 쌍둥이 형제들이 힘이 돼주었다. 덕배는 당시를 기억하고 있는 것일까? 쌍둥이와 조 회장이 부자 관계라는 것을 알고 있는 것일까? 아니라면 지금 광조와 하는 일이 자신의 본성을 속이는 일이라고 생각해서일까? 생각 외로 쉽게 대답했다. 그날 조 회장은 덕배를 통해 많은 것을 알아냈다. 광조가 목포 고무신 공장에서 횡령한 자금을 가지고 일본으로 건너가 생고무 원료를 밀거래하고 있었다. 광조가 뭔가 일을 벌이고 있을 거란 짐작대로였다. 돌이켜보면 극진이가 본격적으로 삐뚤어진 것도 광조와 가까이 지내면서였던 것 같다.

16년 전, 광조가 조 회장을 찾아와 일할 수 있게 해달라고 청했다. 나름 때깔을 부리고 온 것 같았으나 꾀죄죄했다. 눈빛만큼은 영민해 보여 철공소에서 일하게 했다. 광조는 기계 다루는 일에는 재능이 없었다. 대신 눈치가 빨라 운전을 가르쳐 수족처럼 부렸다. 그때부터였다. 광조가 조 회장 집에 드나들기 시작한 건. 광조는 집에 들락거리면서 극진이를 동생처럼 위했다. 혼자 자란 극진이는 광조를 친형처럼 따르더니 광조 등에 업혀 들어오는 날이 잦았다. 광조는 극진이를 위한답시고 술친구가 되어 있었다.

비정하고 무심한 아비를 보고 자라서일까? 극진이는 잘 성장하지 못했다. 곧잘 하던 공부마저 손을 놓더니 학교마저 작파해버렸다. 하는 일이라고는 종일 빈둥대는 일뿐이었다. 매일 인사불성이 되도록 술을 퍼마신 뒤 술집 계집아이를 데리고 와서 보듬고 자기도 했다. 새벽녘에서야 술집 계집아이는 어스름한 골목으로 사라지고는 했다. 극진이는 아버지의 눈을 의식하지 않았다. 아니다.

의식해서 그랬다. 술집 계집아이는 예전에 금자 나이쯤 돼 보였다. 극진이의 행동은 아버지에 대한 반항이자 시위였는지도 모른다. 분노와 불신, 외로움으로 똘똘 뭉친 극진이는 자기 살처럼 대하는 광조를 믿고 의지했다. 극진이는 술에 만취해 속내를 털어놓았을 것이고, 광조는 극진이를 통해 집안 내막을 속속들이 알아갔을 것이다.

극진이가 술을 퍼마시고 들어올 때마다 조 회장은 입에 담지 못할 욕설을 퍼부었다. 한심한 놈! 술 벌레 같은 놈! 아무짝에도 쓸모없는 놈! 너 같은 자식은 내 아들도 아니다. 꼴도 보기 싫으니 나가거라! 끝말만은 하지 말았어야 했을까? 극진이는 조 회장의 말을 실행이라도 하듯 한마디 말도 없이 일본으로 훌쩍 떠나버렸다. 극진이가 집을 나갈 결심을 굳힌 것도 광조 탓 같았다. 위로한답시고 부모에 대한 불신을 부추긴 것은 아닐지. 그러나 모든 건 심증뿐이었다.

광조는 일본에 다녀와서도 이런저런 말이 없었다. 덕배와 함께 오지 못했다는 말만 했다. 도쿄행 기차 안에서 덕배가 어디론가 사라져버렸고 그 뒤로 연락이 안 돼 혼자 돌아왔다고만 했다.

덕배가 광조를 따라 일본에 가기 전날 밤도 조 회장은 덕배를 집으로 은밀히 불렀었다. 그날도 덕배는 조 회장 앞에 무릎을 꿇고 앉았다. 몸집이 좋은 덕배의 넓적다리는 근육질로 탱탱해 보였다. 강인한 체구를 의지하듯 조 회장은 한 무릎 덕배 앞으로 다가갔다.

"광조가 일본에 보관 중인 생고무 원료를 다시 원상태로 돌려놓아야겠네. 내가 믿고 부탁할 사람은 자네밖에 없네. 도와주게."

잠시 말이 없던 덕배는 결심을 굳힌 듯 무겁게 대답했다.

"제가 어떻게 하면 되겠습니까?"

"고베로 가서 나가토 사장을 만나주게. 나가토 사장과는 내 장인인 최 회장님 때부터 거래해오고 있었네. 광조가 밀거래해놓은 생고무 원료를 나가토 사장에게 넘겨주게. 물론 광조의 물건이 아닌, 내가 한국으로 들여오기 위해 준비해놓은 물건처럼 해서 거래를 성사시켜보게. 거래가 성사되면 나가토 사장에게 내게 직접 전화로 확인해달라고 부탁하게. 전화를 받지 못하면 실패한 것으로 알고 있겠네."

"네, 알겠습니다."

조 회장은 믿음을 주려는 듯, 덕배의 믿음을 얻으려는 듯 덕배의 손을 꽉 움켜쥐며 말했다.

"몸조심하게."

덕배가 몰래 나가토 사장을 만나 은밀히 거래를 시도하려다가 광조에게 발각된 것일까? 발각돼 봉변이라도 당한 것일까? 그래서 돌아오지 못한 것일까? 광조가 설마 덕배를……. 조 회장은 이런저런 생각에 마음이 어지러웠다.

곽병원에서 출발한 차는 조 회장 집 앞에서 정차했다. 광조가 차에서 내려 대문을 흔들었다. 안에서는 아무런 인기척이 없었다.

광조가 뚝배기 할망의 거처로 가는지 높게 쌓인 담장 모퉁이를 돌고 있었다. 뚝배기 할망은 조금만 힘들어도 일하다 말고 자신의 거처로 가서 누워 있고는 했다. 근래에 들어 집을 비워놓은 날이 잦았다.

조 회장은 소지하고 있던 열쇠를 꺼내 문을 열었다. 여러 날 집을 비워둔 모양인지 마당에 들어서자 수북이 쌓인 가랑잎이 사람을 반기듯 오르르 굴렀다. 미닫이문을 열고 방으로 들어서자 바닥의 냉기가 온몸으로 전해졌다. 방 공기가 초겨울 날씨처럼 찼다.

뚝배기 할망의 거처와 통하는 샛문으로 광조가 집 안으로 다급히 들어섰다. 조 회장이 몸을 떠는 것을 보고 서둘러 담요를 꺼내 왔다. 담요 촉감마저 선뜩선뜩했다. 온기라고는 찾아볼 수 없어 조 회장은 불편한 심기를 드러냈다. 뚝배기 할망의 발기척을 듣고 광조가 불을 피운다며 방을 나갔다. 미닫이문 밖에서 광조와 뚝배기 할망의 두런거리는 소리가 들렸다. 퇴원한다는 것을 미리 알려주지 않았다고 책망하는 소리였다. 갑작스러운 심기 변화로 퇴원을 서둘렀기 때문에 광조로서도 알릴 경황이 없었을 것이다. 부지런히 움직이는 뚝배기 할망의 발기척과 뒤란에서 광조의 장작 패는 소리가 나자 사람 온기가 느껴졌다.

깜박 잠이 든 것일까? 조 회장은 마른기침을 하느라 잠에서 깼다. 기침 소리를 듣고 뚝배기 할망이 저녁상을 들고 들어왔다. 갈치 미역국과 갈치조림이었다. 고춧가루를 듬뿍 넣어 조린 갈치조림이 넓적한 질그릇에 담겨 있었다. 막 퇴원한 환자에게 붉은 갈치조림이라니. 마음을 헤아릴 줄 모르는 사람은 융통성도 없는 것일까?

"광조는 갔습니까?"

조 회장은 습관처럼 광조를 찾았다.

"주무시는 것 같다며 내일 일찍 온다고 그냥 갔구면요."

조 회장은 알았다는 의미로 고개를 끄덕였다. 방이 훈훈했다. 장작을 패는 소리가 나더니 광조가 방에 불을 넣고 간 모양이었다. 뚝배기 할망은 설거지를 끝낸 뒤에도 눈치를 보느라 평소보다 늦게 자신의 거처로 돌아갔다. 뚝배기 할망마저 가버리자 집은 다시 적막해졌다. 마당에 있는 잡풀 속에서 풀벌레가 대신 슬프게 울었다. 목침을 벤 조 회장은 뒤척이다 달빛이 미닫이문에 스며드는 쪽으로 돌아누웠다. 미닫이문에 그림자가 졌다. 그것이 금자의 형체 같았다. 미닫이문 밖에서 쭈그리고 앉아 킥, 하고 웃던 금자의 환영 같았다.

"회장닝!"

금자는 조 회장을 부를 때마다 코맹맹이 소리를 냈다. 마치 어리광을 부리는 것 같았다. 코끝을 살짝 찡그리며 웃는 버릇이 있었는데, 그럴 때면 무척 애교스러웠다. 금자는 유독 조 회장을 따랐다. 그날이 생각났다. 금자가 미닫이문 밖에서 킥, 하고 웃던 날. 최 회장이 세상을 뜬 후로는 큰 집에 조 회장과 어린 극진이, 금자 셋뿐이었다. 최순복은 절에 있는 날이 많았다. 그날도 달그림자가 미닫이문에 스며들었다. 그날 조 회장은 금자가 받아놓은 목욕물로 몸을 씻었다. 비를 흠뻑 맞고 들어온 날이었다. 조 회장은 하얀 수증기가 피어오르는 목욕통에 몸을 담갔다. 목욕통에서 나와 방으로 들어섰을 때였다. 아니다. 잠들기 직전이었다. 그날의 일과 금자란 이름이 조 회장 가슴에 조각처럼 새겨져 있는데도, 조 회장은 그날 일이 자꾸만 가물가물했다. 붉은 치마 금자를……, 식모 금자를……, 한 번도 잊은 적 없으면서 생각이 가물가물했다. 사람 사는 일에는 천국이 있고 지옥이 있었다. 금자와의 시간이 천국이었다면, 금자와의 시간 때문에 훗날은 지옥이 됐다.

금자는 사촌 집에 얹혀살며 빨래도 하고, 밥도 짓고 하다가 식모로 온 아이였다. 금자는 조 회장 집에 오게 된 것을 행운처럼 여겼다. 사촌 집에서는 식구가 많아 빨래도, 설거짓거리도 많았는데 조 회장 집은 식구가 단출하다며 좋아했다. 게다가 먹을 것도 풍족하다며 좋아했다. 눈치 볼 사람이 없다며 좋아했다. 금자는 최순복의 눈치를 봤지만, 다행히 절에 있는 날이 많았다.

금자가 해야 할 일은 많았다. 여수댁이 했던 일을 다 해야 했다. 더군다나 최 회장까지 몸져누워 있어 병시중까지 들어야 했다. 단출하지도 않고 일도 많았지만, 금자는 모든 것이 좋게만 느껴졌는지 별거 아니라며 솔선해서 일했다. 조 회장 집에서는 일만 하면

되지만, 사촌 집에서는 일도 하고 구박도 받아야 했다. 사촌 집 딸이 금자와 또래였는데 시기도 많고 심성이 고약해 빨래를 물통에 처박아놓고는 금자가 학교 가는 것을 질투해서 그런 거라고 모함을 하곤 하여 혼나는 일이 잦았다. 일하는 수고에 비해 보잘것없이 제공되는 삼시세끼는 배곯음 정도 피할 수 있는 호사였지만 그것마저 밥을 축낸다는 눈치를 받아야 했다. 금자는 사촌 집에서 진 빚을 몸으로 대신 갚기 위해 팔려온 것이나 다름없었다.

사촌은 금자를 팔아넘기는 데 양심의 가책이 들었던지 금자에게 장딴지까지 내려온 붉은 치마와 하늘색 물방울이 박힌 흰색 블라우스를 사 입혀 보내왔다. 오랜 기간 사촌 집 일을 도맡아 한 대가 치고는 미약했다. 빚 청산을 위해 팔려온 보상으로도 너무나 초라한 것이었다. 그러나 금자에게는 이 세상 어떤 색동저고리보다 더 화려하고 곱게만 느껴졌다.

생기가 넘치는 금자와는 다르게 최순복은 늘 골골거렸다. 심리적인 탓인지, 타고난 체질 탓인지 겉으로 드러나는 확실한 병명은 없었다. 조 회장이 최순복과 결혼하기 전부터 최 회장은 딸의 건강을 위해 목포에 있는 집을 두고 제주로 내려와 살고 있었다. 제주 집도, 철공소도 최 회장이 땅을 매입해 지은 것이었다. 최 회장은 일제에 부역하며 사업을 확장한 거부였다. 그런 최 회장에게 고민이 있다면 건강이었다. 잦은 술 탓일까? 조금만 움직여도 피로를 느끼며 눈알이 붉어졌다. 최 회장은 그러는 자신보다 늘 골골거리는 딸 최순복을 더 걱정했다. 최 회장에게 피붙이는 최순복밖에 없었다.

조 회장은 장인인 최 회장을 일본에서 만났다. 제주가 고향인 조 회장이 일본으로 유학 가서 학업을 마칠 무렵 아버지가 타고 나간 배가 풍랑을 만나 조 회장의 운명과 함께 바닷속으로 가라앉았다. 아버지의 죽음에 심신이 상할 대로 상한 어머니마저 병으로 눕자 조 회장은 졸지에 가장 역할을 해야 했다. 일본으로 찾아오는 조선 사업가들의 통역을 해주며 하루하루를 버티는 신세가 됐다. 학업을 중단하고 고국으로 돌아가 어머니를 돌봐야 할지, 일본에 남아 학업을 마저 마쳐야 할지 답답하기만 할 때 최 회장을 만났다. 고베에 있는 고무신 공장을 운영하는 나가토 사장의 통역 일을 하고 있을 때였다. 통역을 하다 보니 자연 술자리에 동석할 일이 생겼다. 최 회장을 만난 것도 술자리에서였다. 사업차 일본에 온 최 회장은 술자리에 따라 나온 조 회장을 눈여겨보았다. 학업을 중단하고 통역 일을 하게 된 사연을 듣고 조 회장에게 호의를 표하며 자신의 공장에 와서 일할 생각은 없냐고 제안했다. 결심이 서거든 찾아오라며 명함까지 주었다. 곁에서 어머니를 돌봐주고 싶은 마음에 조 회장은 귀국을 결심했다.

고국으로 돌아온 조 회장은 곧바로 최 회장을 찾아갔다. 최 회장은 목포 고무신 공장에 머무르고 있었다. 목포에 있는 고무신 공장은 생각보다 규모가 컸다. 공장 옆의 한옥이 최 회장 집이었다. 최순복도 그때 보았다. 최순복의 얼굴색은 밀랍처럼 하얬다. 코끝이 뾰족하고 몸이 앙상했다. 새가슴인 데다 마른 통나무처럼 몸이 일 자였다. 눈만이 유독 컸다. 그녀는 자신의 신체 중에 눈이 가장 자 신 있다고 믿는지 큰 눈을 수시로 끔뻑거렸다. 부자연스러웠지만 본인은 전혀 깨닫지 못한 눈치였다. 최순복은 부끄러운 표정까지 지어가며 미소로써 못된 성격을 감추고 있었다. 반면에 조 회장은 어깨가 쩍 벌어지고 훤칠했다. 눈이 가늘고 길었으며, 코가 크고 오뚝했다. 입술이 일자고 귓불이 두툼했다. 외모에서부터 귀한 인 상이 풍겼다. 게다가 침착한 행동과 배움 있게 쓰는 말씨가 최 회 장 마음에 쏙 들었다.

　최 회장은 기분이 좋은지 상다리가 휘어지게 음식을 차리게 했 다. 한 입만 마셔도 머리가 핑 도는 양주까지 가져오라 수선을 떨 었다. 백 년은 족히 된 술이라며, 귀한 손님 외에는 꺼내놓지도 않 은 양주라며, 기분을 붕 띄운 다음, 이제 나는 늙고 기력이 없다네! 그러면서 최순복에게 조 회장 잔에 술까지 따르게 했다. 자연스럽 게 결혼 말까지 오고 갔다. 최 회장은 이제 나는 늙고 기력이 없다 네, 라는 말을 후렴처럼 반복했다. 내색하지는 않았지만 조 회장 또한 그 결혼이 성사되지 않을까 봐 노심초사해졌다.

　콩을 볶아 먹듯 최 회장의 서두름 속에 결혼식을 올렸다. 그러 나 결혼 생활은 즐겁지 않았다. 최순복을 안고 있으면 생선 뼈를 안고 있는 것처럼 불편했다. 성격까지 예민해서 말 붙이기도 힘들었다. 사사건건 불만이 많았고 좋은 말도 꼬아 해석했다. 그러니 자연 최순복과는 대화가 끊어지기 일쑤였다. 더러운 오물을 피하 듯 될 수 있는 대로 말을 아끼고 필요한 말만 하게 됐다. 최 회장은 온갖 좋다는 약들을 구해와 최순복의 몸을 위했다. 손주를 빨리 보고 싶은 최 회장의 조바심이었다. 그래서일까? 최순복은 결혼하 고 1년도 안 되어 극진이를 낳았다.

그렇게 겉만 평화로운 삶 속으로 금자가 파고들었던 것이다. 금 자는 자그마한 체구에 까무잡잡했다. 납작한 콧잔등까지 주근깨가 까뭇까뭇 박혀 있었다. 한눈에 봐도 못난이였다. 그렇지만 조 회장 눈에는 참새처럼 조잘대는 금자가 예뻐 보이기만 했다. 무엇보다 성격이 밝아 좋았다. 조 회장만 보면 만개한 꽃처럼 활달하게 웃으 며 코맹맹이 소리를 냈다. 사소한 질문에도 필요 이상의 말까지 보 태어 조잘대는가 하면, 자신이 자라온 얘기까지 묻지도 않았는데 도 지껄였다. 그럴 때마다 조 회장은 흐응, 하며 코웃음으로 호응 해주고는 했다.

금자는 극진이도 잘 돌봤다. 극진이가 서너 살 때였던가. 극진이 는 금자를 잘 따랐다. 둘은 마치 오누이 같았다. 어느 날 극진이는 금자와 했던 장난처럼 엄마를 놀려주고 싶어 통 안에 개구리를 넣 어두었다. 금자처럼 깜짝 놀라 뒤로 벌렁 넘어지며 까르륵 웃어줄 엄마의 모습을 기대하며. 그것이 화근이 됐다. 절에서 내려온 최순 복이 통을 열어보고는 놀라 기절해버린 것이다. 물 한 사발을 끼얹고 정신이 든 최순복은 금자를 탓하며 오만 신경질을 부렸다. 놀란 극진이는 서럽게 울다 식은땀까지 흘리며 잠들어버렸다. 조 회장은 참견하지 않으려고 문을 닫아버렸다. 조 회장은 금자가 사촌 집에서 누명을 쓰고 자주 야단맞았다는 말이 생각났다. 금자는 좀 덜렁대고 조신하지 못했지만, 악의가 있지는 않았다. 만약 조 회장이 끼어들었다가 금자를 역성든다는 악다구니를 들어야 할지도 몰랐다. 그렇게 되면 금자를 더욱더 힘들게 할 것 같아 입을 봉해버렸다. 그것이 도리어 금자를 두둔한 꼴이 되고 말았다.

이튿날 아침 풀이 죽은 금자가 회장닝! 하며 코를 찡긋거리며 신문을 가져다주었다. 그 모습이 무척 애처로워 보였다. 금자는 여전히 붉은 치마를 입고 있었다. 저녁에 빨았다가 아침에 입는 것인지 매일 같은 옷만 입고 있었다. 붉은 치마는 수명을 다하듯 낡아갔다. 어떤 날은 금자가 붉은 종이 인형 같다는 생각마저 들 때가 있었다. 만지면 힘없이 구겨지는 종이 인형.

그날, 비가 몹시 오던 날 집에서 나갈 때는 햇볕이 쨍쨍 내리쬐더니 낮부터 장대 같은 소나기가 퍼붓기 시작했다. 조 회장은 비를 흠뻑 맞고 집에 돌아왔다. 금자가 회장닝! 하며 맨발로 뛰어나와 대문을 열어주었다. 금자 손에는 우산이 들려 있었다. 키가 작은 금자는 조 회장이 성큼성큼 걸음을 옮길 때마다 깨금발로 키를 세워 쫓아오며 우산을 치켜올렸다. 우산을 높이 쳐드느라 금자의 겨드랑이 사이로 맨살이 보였다. 조 회장은 시선을 딴 곳으로 돌리며

바짝 붙어 따라오는 금자를 표나지 않게 팔꿈치로 밀어냈다. 금자
는 눈치가 없는 것인지. 회장닝, 비 맞아요! 하며 더욱 바짝 붙어서
우산을 치켜들고 덤벙덤벙 뒤쫓아왔다. 조 회장은 흠흠거리며 극
진이는 자냐고, 딴청을 부렸다. 금자는 극진이 말이 나오자 온종일
놀았던 이야기를 하느라 한 곡조 톤이 높아져서는 호들갑스레 조
잘댔다. 극진이가 잠자리를 그렇게 잘 잡더란 이야기였다. 살금살
금 다가가는가 하면, 엄지와 검지를 조심스레 오므려 무려 세 마리
나 잡았다고 했다. 최순복이 절에서 돌아오지 않았는지 금자는 조
잘거리는 것을 멈추지 않았다. 금자가 활달하게 조잘거릴 때는 최
순복이 집에 없을 때였다.

금자는 바닥에 물 자국을 찍어가며 목욕탕으로 들어가 뜨거운
물을 출렁출렁 받아놓고 나왔다. 조 회장은 물이 뚝뚝 떨어지는 겉
옷을 벗었다. 금자는 붉은 치마를 양손으로 움켜쥔 채 발꿈치를 들
고 다가와 젖은 겉옷을 받아들었다. 조 회장은 목욕탕으로 들어가
뜨거운 물에 몸을 담갔다. 금자가 목욕탕 밖에서 경쾌하게 물었다.

"회장닝, 식사는요?"

금자의 코맹맹이 소리가 전신을 휘감는 듯했다. 조 회장은 감전
된 듯 무슨 말인가를 했지만 뭐라고 했는지 기억나지 않았다. 마음
이 진정되지 않아 눈을 완전히 감은 채 목욕물에 얼굴을 처박았다.
숨을 참아가며 꼬르륵거리다가 머리를 솟구쳐 빼내며 참았던 숨을
몰아쉬었다. 조 회장은 뜨거운 물에서 몸을 빼내 도망치듯 목욕탕

에서 나왔다. 문을 열자, 마른 옷이 얌전히 놓여 있었다. 금자의 손길이 닿은 옷을 입자 그 손이 살결에 닿는 것 같았다. 조 회장은 수분이 마르지 않은 몸을 고슬고슬한 요 안으로 밀어 넣었다. 잡념을 떨치려고 이불을 머리끝까지 풀렁 끌어올렸다. 뒤란 쪽에서 장독 뚜껑을 두드리는 빗소리가 투덕거렸다. 빗방울 소리와 맥박 뛰는 소리가 중첩되어 쿵쾅댔다.

"회장닝!"

금자의 코맹맹이 소리가 들렸다. 빗소리라고 생각하며 귀를 틀어막고 이불을 머리끝까지 뒤집어썼다. 금자의 코맹맹이 소리가 또다시 들렸다.

"회장닝!"

"어…… 음."

조 회장은 목구멍까지 뜨거운 것이 치밀어 올라와 어버버. 거렸다.

"끽!"

금자가 웃음을 참지 못하고 내는 소리였다.

"회장닝, 물요, 여기다 놓고 갈게요."

"물?"

"네, 아까 물 달라고 하셨잖아요?"

"물, 물 좀…….."

조 회장은 몹시 갈증이 났다. 물컵을 쟁반에 받쳐 든 금자가 미닫이문을 열었다. 금자의 맨발이 어둠이 깔린 방바닥을 찍으며 다가왔다. 다가오는 맨발 위로 종아리가, 종아리 위로 붉은 치마가, 붉은 치마를 입은 종이 인형이 조 회장 앞에 다가와 섰다. 우르릉 천둥이 사납게 쳤다. 번개가 조명처럼 번쩍였다. 우르릉대는 천둥 소리가 심장 뛰는 소리와 중첩되어 들렸다. 번개가 사납게 치자 붉은 치마가 붉게 타올랐다. 조 회장의 가슴에서 타오르는 불이 붉은 치마에 옮겨붙은 듯했다. 조 회장은 불을 끄기 위해 붉은 치마를 힘껏 잡아당겼다. 붉은 치마가 훌러덩 벗겨지며 물그릇이 엎질러졌다. 물에 젖은 붉은 치마가 종이 인형처럼 녹아내렸다. 이제 붉은 치마는 없고, 보드라운 맨살만이 촉감으로 만져질 뿐이었다.

그날 그 일이 있고, 금자는 봄날 암탉처럼 졸았다. 가슴이 찐빵처럼 토실토실해졌고 골반이 벌어졌다. 밴댕이 젓갈을 상 위에 올려놓을 때면 입을 틀어막았다. 여자에게는 직감이라는 게 있었다. 최순복이 절에서 내려와 금자를 보고 단박에 임신했다는 걸 알아챘다. 최순복은 회초리를 그러쥐었다.

"누구냐?"

떡갈나무 휘는 소리는 태풍 소리 같았다. 휘휘! 거리는 소리가 조 회장 방까지 들려왔다. 금자는 의외로 입이 무거웠다. 금자의 입이 봉해질수록 떡갈나무 휘는 소리가 더욱더 기승을 부렸다. 조 회장은 방 안에서 꼼짝하지 않았다. 최순복은 입에 담지 못할 욕설을 퍼부었다. 조 회장은 심기가 불편했다.

"누구냐? 이런 파렴치한 짓을 한 놈이!"

떡갈나무가 맨살에 붙었다 떨어지는 소리가 밤새 들렸다. 분이 가실 때까지 후려칠 기세였다. 금자는 모질게 견디고 있었다. 이튿날 아침, 조 회장은 이불을 뒤쳐쓴 채 눈을 떴다. 인기척이 나고, 미닫이문 앞에 신문을 갖다 놓는 소리가 바스락! 하고 났다. 그러고는 소리가 없자 조 회장은 슬그머니 일어나 미닫이문을 열었다. 금자가 싸늘한 새벽공기를 온몸으로 견디며 디딤돌 위에 무릎 다리를 한 채 쭈그리고 앉아 있었다. 조 회장은 신문을 집어 들며 슬쩍 금자의 낯을 보았다. 밤새 울었는지 눈과 얼굴이 퉁퉁 부어올라 있었다. 조 회장은 헛기침을 하며 신문을 펼쳤다.

"회장닝, 이름 하나만 지어주세요."

금자의 목소리는 쉰 듯 꺼끌꺼끌했다.

"?"

조 회장은 금자가 무슨 말을 하는지 이해력이 부족한 사람처럼 생각을 더디 했다.

"아이 이름요."

조 회장은 길게 뜸을 들인 뒤 읽고 있던 신문을 접어 넘기며 불뚝거리는 어투로 말했다.

"해미!"

"네……?"

"나, 나…… 남수. 둘 중 아, 아무거나 맘에 든, 걸로 지어!"

조 회장은 아무렇게나 말한 뒤 최순복이 들을까 봐 얼른 미닫이 문을 닫아버렸다. '해'는 해방이란 단어에서, '미'는 미국이란 단어에서, '남'은 남쪽이란 단어에서, '수'는 수량이란 단어에서. 그저 신문에서 본 글자를 조합한 것이었다. 그런 뒤 누가 들을세라, 최순복이 들을세라, 극진이가 깨어 들을세라, 냉정하게 문을 닫아버렸다.

그렇게 이름을 지어준 날, 조 회장은 여객선을 타고 목포로 가버렸다. 당장에 처리할 일도 없으면서 집에 있는 것이 불편해서 일을 핑계 삼아 목포로 갔다. 조 회장은 장인이 해온 일을 가업처럼 이어 했다. 최 회장은 광주보호관찰소 촉탁 보호사로 사상범 교화에 앞장섰고, 여수상공회 대표를 지내며 일제 경찰에 전화 가설비를 받쳤고 그 부역 대가로 기념장을 수여받기도 했다. 조 회장은 장인이 예전에 하던 대로 기득권을 지키며 막강한 재력으로 승승장구했다. 조 회장은 공장 일 말고도 권력에 끈을 대느라 이곳저곳 기웃거리기에 바빴다.

사나흘을 목포에 머물다가 돌아왔다. 조 회장이 돌아왔을 때 집은 텅 빈 듯 적막했다. 집 안의 온기마저 금자를 따라간 것인지 냉기만이 감돌았다. 조 회장은 금자의 행방을 묻지 않았다. 극진이만이 금자 누나 어디 갔느냐고 칭얼댔다. 금자를 대신해서 곰 할망이 그 자리를 차지했다. 곰 할망은 최순복이 직접 구한 식모였다. 최순복은 여전히 절에 있는 날이 많았다. 극진이는 새로 들어온 곰 할망이 돌봤다.

금자가 떠나고 4년 뒤, 동문시장 다리 밑에 다섯 살배기 쌍둥이 형제가 버려졌다. 동문시장 사람들은 그 쌍둥이를 해미라 부르고 남수라 불렀다. 조 회장이 금자에게 지어준 이름이었다. 절로 데려간 금자는 어디로 보내졌는지 행방이 묘연한 채 쌍둥이들만 다리 밑에 버려진 채 돌아왔다. 조 회장과 금자가 나눈 대화를 엿들었든, 금자가 그리 지어달라고 부탁했든 쌍둥이는 해미와 남수라는 이름을 버젓이 달고 버려졌다. 그것도 조 회장 집과 멀지 않은 동문시장 다리 밑에. 최순복은 조 회장에게 금자와의 일을 추궁하는 대신 무언의 독기 서린 고문을 하기 위해 때를 기다렸는지도 몰랐다. 잔혹한 여자였다. 더 잔혹한 건 조 회장 자신이었다. 어린 자식이 눈앞에서 밥을 동냥하며 다니는데도 외면해버렸기 때문이다. 이목이 두려웠다. 소문이 두려웠다. 진짜 두려웠던 건 그런 소소한 이유가 아닌지도 몰랐다.

과거를 회상하다가 조 회장은 일어나 앉았다. 과거의 기억은 늘 조 회장을 괴롭혔다. 갑갑증이 난 조 회장은 밖으로 나와 마당을 서성였다. 출처를 알 수 없는 불안감이 엄습해왔다. 서성이던 걸음을 멈추었다. 쌍둥이들이 밥을 동냥하러 올 때마다 서 있던 자리였다. 자신도 모르게 걸음을 멈춘 것이었다. 미닫이문을 반쯤 열어놓고 신문을 읽는 척하던 자신을 쌍둥이들이 뚫어지게 바라보며 서 있던 자리. 그때 어떤 마음으로 바라보며 서 있었을까? 당시 조 회장은 쌍둥이들의 새까만 눈망울이 두렵기만 했다. 그 어떤 눈빛보다도 두려웠다.

조 회장은 극진이를 마음껏 사랑해주지 못했다. 단 한 번도 온전히 품어주지 못했다. 그것은 쌍둥이들에 대한 죄책감 때문이었다. 극진이가 음식을 투정하면 무섭게 노려보았다. 학교에 가지 않으려고 꾀병을 앓을 때면 무섭게 호통쳤다. 쌍둥이들이 마음에 걸려서였다. 쌍둥이들은 제대로 먹지도, 배우지도 못하고 있는데, 극진이는 풍족했다. 풍족해서 부족함을 몰랐다. 부족함을 몰라서 풍족한 것에 대해 감사할 줄 몰랐다. 누리고 있는 것을 당연하게 여겨 괘씸했다. 모든 일에 치열하지 않아 한심했다. 그런데도 노력하며 사는 사람들보다 더 많이 누렸다. 극진이는 저절로 얻은 것에 대해 소중함을 몰랐다. 그것을 깨우쳐주려고 뭐든 안 된다고 했다. 이건 이래서 안 되고……, 저건 저래서 안 되고……. 조 회장은 극진이에게 인색했다. 극진이는 아버지가 자신을 미워한다고 생각했다.

최순복은 그런 조 회장을 용서하지 않았다. 자신을 원망하는 대신 극진이를 미워한다고 생각했다. 그럴수록 최순복은 극진이에게 집착했다. 조 회장이 안 된다고 한 것마다 보란 듯이 해주었다. 극진이는 무엇 하나 부족한 것이 없었지만 행복해하지 않았다. 정작 갖고 싶은 건 물질이 아닌 까닭이었다.

언젠가 조 회장 집에 쌍둥이들이 밥을 동냥하러 왔을 때 최순복은 오물이 묻은 개를 몰아내듯 사납게 내쫓았다. 마당에 있는 잔돌을 던져가며 굴욕스럽게 내쫓았다.

"거지새끼들이 여기가 어디라고!"

그 말은 조 회장 들으라는 말이나 다름없었다. 어린 극진이도 모든 것을 안다는 듯 만류했다.

"엄마, 쌍둥이들을 그렇게 내쫓지 마세요. 그렇게 내쫓으면 다신 오지 않잖아요."

최순복은 극진이의 말이 무슨 뜻인지 금세 알아챘다. 그 뒤로 쌍둥이들이 동냥하러 오면 더욱 신경 써 음식을 싸주라고 곰 할망에게 일렀다. 그 뒤로 조 회장 집에는 언제나 쌍둥이들이 동냥하러 왔다. 조 회장은 매번 동냥 온 쌍둥이들을 보지 않으면 안 됐다. 극진이가 원하는 바였다. 최순복이 원하는 바였다. 최순복과 극진이가 조 회장을 증오하는 방법이었다.

어느 날부턴가 쌍둥이들이 밥을 얻으러 오지 않았다. 직접 알아볼 수도, 사람을 시켜 알아볼 수도 없는 일이라 궁금하면서도 언젠가는 밥을 얻으러 오겠지 하고 기다렸다. 해가 바뀌어도 쌍둥이들은 오지 않았다. 쌍둥이들의 행방을 아는 사람은 아무도 없었다. 최순복도 쌍둥이가 사라진 사실을 모르는 눈치였다. 조 회장은 금자가 와서 몰래 데려간 것일 수도 있다고 추측했다. 그렇지 않고서는 어린 쌍둥이들이 갈 만한 곳이 없었기 때문이다.

쌍둥이들이 그렇게 떠나버리고 극진이마저 떠나버렸다. 몇 년 간을 몸져누워 있던 최순복마저 세상과 작별해버리자 조 회장에게 남은 건 재력뿐이었다. 가난으로부터 승리했다는 생각보다 승복당한 기분이었다. 그런 잔혹한 세월의 곡절이 있었으면서도 조 회장은 자신의 잘못을 광조에게 돌렸다. 미워하는 것으로 모든 잘못을 광조에게 돌리고 싶었는지도 모른다.

샛문

지프 한 대가 도청 안으로 급히 들어섰다. 지프가 멎자 김익렬 연대장과 남수가 차에서 내렸다. 둘은 맨스필드 중령 사무실 앞에서 걸음을 멈춘 뒤 노크했다. 안에서 짧은 대답이 새어 나오자, 벌컥 문을 열고 들어섰다. 각도를 세워 거수하자 맨스필드 중령이 하던 일을 멈추며 자리에서 일어나 소파 쪽으로 팔을 뻗었다. 맨스필드 중령이 먼저 자리에 앉자 김익렬과 남수가 뒤따라 착석했다. 맨스필드 중령은 호출한 용건을 말하기 전 안경을 한참 동안 만지작거렸다. 마음속에 떠오른 여러 가지 복잡한 생각을 정리할 때마다 습관처럼 하는 행동이었다. 한참 동안 말이 없던 맨스필드 중령은 낮은 톤으로 말을 시작했다.

"제9연대는 경찰과 협력하여 무장 폭동을 색출하는 데 협조하게! 한 가지 더! 무장대 총책인 김달삼과 접촉을 시도하여 항복을 유도해내게!"

맨스필드 중령의 지시는 간명했다. 남수는 김익렬 쪽으로 얼굴을 돌려 중령의 지시를 통역했다. 김익렬은 하달받은 명령을 실행에 옮기기 위해 서둘러 사무실을 나와 지프에 올랐다.

남수는 해미를 도울 방법이 제주에 주둔 중인 군에 자원하는 길밖에 없다고 생각했다. 제9연대에 자원하여 배치된 남수는 금방 김익렬의 눈에 띄었다. 법학전문학교 출신에 영어까지 능통한 인재가 군에 자원 입대하는 경우는 드물었다. 김익렬의 부관이 된 남수는 제주 상황과 좌익 활동을 하는 무장대의 정보에 쉽게 접근할 수 있었다. 남한 단독선거 반대를 위해 해미는 제주에서 활동 중이었다. 해방 후 남과 북의 독자적 정부 수립을 놓고 대립이 본격화되고 있을 때였다. 남수 눈에는 늘 해미가 아슬아슬해 보였다. 옳고 그른 것을 떠나 해미가 하는 일은 위태위태했다. 해미가 하는 활동이 극단으로 치닫는 상황을 지켜볼 수만 없었다. 남수는 평화협상이 성공적으로 실현될 수 있도록 전력을 다했다. 평화협상만이 해미를 구할 수 있는 유일한 길이라 믿었다. 제9연대 안에도 남로당 활동을 돕는 세포들이 있었다. 남수는 그들과의 접촉도 마다하지 않았다. 어떻게든 안전하게 해미를 구해내고 싶은 간절함 때문이었다.

부대로 돌아온 김익렬은 무장대 총책 김달삼과의 접촉 방법을 타진했다. 김익렬은 섬에서 일어나고 있는 폭동이 서북청년단의 횡포와 경찰에 맞선 민간인의 충돌임을 간파하고 있었다. 한편에 선 협상 대표로 젊은 군인인 김익렬이 지목된 것에 불만을 터트렸다. 김익렬의 성향에 불안감을 느낀 강경파들이었다. 강경파들은 섬에서 일어나고 있는 일은 빨갱이들의 선동으로 이루어진 폭동이니, 평화협상을 시도하는 쪽보다 군인들을 증파해서 강경 진압을 해야 한다고 주장했다. 내심으로는 선거에 미칠 영향을 최소화하기 위해 조기에 수습하려는 의도도 숨어 있었다. 김익렬은 경찰에 협조하는 형식을 취하면서 강경파의 우려대로 경찰과 무장대 그 어느 쪽에도 기울지 않고 중립적인 입장에서 무장대 지도부 김달삼과 교섭을 시도했다.

회담 날 김익렬은 가족 앞으로 유서를 써놓고 회담 사실을 군과 경찰에 공표한 뒤 무장대 측이 정한 회담 장소로 향했다. 사열한 장병들을 물리고, 무기를 소지하지 않은 채 부관인 남수만을 대동하고 지프에 올랐다. 무장대 측에서 제안한 조건이었다. 지프는 제9연대 본부를 벗어나 해안 길을 달렸다. 한참을 달리자 확 트인 바다가 차창 밖으로 보였다. 한라산 중턱은 뿌연 안개로 뒤덮여 있어 지프는 제 이름값을 못 하고 느리게 굴렀다. 덜컹대며 한라산 기슭에 오르자 대정읍 구억리 구억국민학교가 보였다. 지프는 정문 앞에서 멈춰 섰다.

남수와 김익렬이 차에서 내리자 기다리고 있던 해미가 다가와 손을 내밀었다. 김익렬과 해미는 손에 힘을 주며 손 인사를 했다. 해미의 얼굴이 낯익어 김익렬은 남수를 힐긋 보았다. 남수는 빳빳한 군복에 모자를 쓰고 있었고, 살집이 있는 데다 피부가 하얬다. 해미는 누더기 차림에 삐쩍 말랐고 긴 머리카락으로 얼굴 반을 가리고 있었다. 상반된 모습이지만 묘하게 닮아 보였다.

해미는 박력 넘치는 걸음으로 앞장섰다. 학교는 텅 비어 있었다. 해미는 긴 복도를 걷다가 한 교실 문 앞에서 걸음을 멈추었다. 문을 두 번 두드리자 안에서 짧은 대답이 새어 나왔다. 해미가 벌컥 문을 열자 김달삼이 자리에서 일어나며 김익렬을 맞았다. 둘은 예를 갖춰 손 인사를 나눈 뒤 긴 탁자를 사이에 놓고 마주 앉았다. 해미는 김달삼 옆에, 남수는 김익렬 옆에 착석했다. 남수는 뼈만 남은 듯한 야윈 해미를 애처롭게 바라보았다. 해미는 반가움과 놀라움으로 남수를 바라보았다. '남수 형이 제주에, 그것도 군인으로 와 있다니.' 형제는 짧게 시선을 교환했다.

지도부 김달삼과 김익렬은 짧게 담소를 나눈 뒤 회담에 들어갔다. 회담이 본격화되자 험악한 말들이 오고 갔다. 해미는 김달삼 다음으로 중책의 지위에 있었다. 김익렬 입에서 폭동이라는 말이 나오자 해미가 자리에서 벌떡 일어나며 맞받아쳤다.

"폭동이라니요? 민족반역자인 경찰들이 자신의 횡포를 은폐하기 위해 도민의 의거를 폭동으로 음모하고 있단 말입니다! 협상 대표로 나왔으면 김익렬 연대장이야말로 사리 분별을 똑바로 해야 하지 않겠소!"

김익렬 연대장도 자리에서 벌떡 일어서며 격분했다.

"지금 뭐라고 했소? 말 삼가시오!"

"말을 삼가지 않은 건 김익렬 연대장 당신이오! 협상하러 와서 폭동이니, 공산당이니. 지금 뭐 하자는 것이오! 그것이 지금 협상하러 온 자세란 말이오?"

"탕! 진정들 하시오! 오늘 회담은 없던 것으로 합시다!"

무장대 총책인 김달삼이 주먹으로 탁자를 내리치며 말했다.

침묵을 지키고 앉아 있는 남수의 등에 식은땀이 뱄다. 남수는 문초라도 하듯 해미를 응시해 바라보았다. 해미도 남수를 향해 눈살을 쏘았다. 협상 분위기는 살벌했다. 접점을 찾기 어려웠다. 김익렬은 초조해하며 수시로 손목시계를 들여다보았다. 돌아갈 시간을 정해놓고 와서였다. 자신이 약속한 시각까지 돌아가지 못할 경우, 암살된 것으로 추정하고 무장대 소탕에 임하라는 명령을 내리고 와서였다. 남수는 안타까운 심정으로 해미와 김익렬을 번갈아 바라보았다. 이대로 회담이 결렬되면 해미는 물론이고 도민들까지 위험에 빠지게 될 것이다. 김익렬이 자존심을 꺾으며 말했다.

"서로 감정을 누르고 긍정적인 방안을 모색해봅시다."

본격적인 협상이 시작됐다. 협상 합의 내용은 다음과 같았다. 하나, 72시간 내 전투를 완전히 중지하되 산발적으로 충돌이 있으면 연락 미달로 간주하고 5일 이후에 전투는 배신 행위로 간주한다.

둘, 무장 해제는 단계적으로 하되 약속을 위반하면 즉각 전투를 재개한다. 셋, 무장 해제와 하산이 원만히 이뤄지면 주모자들의 신변을 보장한다. 김익렬은 끝으로 '범법자 명부의 제출과 전원 즉시 자수'를 안건으로 내놓았지만, 무장대 김달삼이 단칼에 거절했다. 팽팽한 의견과 충돌 속에서 타협점을 찾기란 쉽지 않았다. 나온 안건을 주합의 내용으로 하고 귀대한 김익렬은 도청으로 향했다. 맨스필드 중령이 평화협상 안건을 확인하고 승인했다.

평화협상이 있은 지 5일째 되던 날 오라리 방화 사건이 터져 협상은 파기되고 말았다. 김익렬과 남수가 현장으로 달려가 확인해본 결과 경찰과 우익청년단원의 소행임이 명백했지만, 경찰 측이 오라리 방화사건은 무장대 짓이라고 우겼다. 또한, 김익렬의 보고는 전부 거짓이며 공산당과 한패라고까지 모함했다. 김익렬은 분노했다. 선거를 앞둔 미 군정은 사태를 조기 진압하기 위해 잘잘못을 가리지도 않고 사건을 덮어버렸다. 게다가 최고 수뇌 회의를 통해 미국 딘 장군이 강경 진압 토벌 작전으로 방침을 선포해버렸다. 다음 날 김익렬은 해임되고 박진경 중령이 후임에 앉았다. 연대장이 된 박진경은 취임하자마자 무고한 도민까지 희생시켜가며 중산간 마을을 악랄하게 초토화하기 시작했다.

섬은 하루도 조용할 날이 없었다. 유난히 오늘 밤에는 개 짖는 소리가 극성스러웠다. 여러 마리의 개가 동시에 짖어 중첩된 소리가 골목을 채웠다. 조 회장은 안절부절 마당을 서성였다. 서북 패거리들이 밤거리를 활보하고 있어서인가? 토벌대들이 곳곳에 검문을 서고 있어서인가? 시커먼 그림자들을 보고 개들이 놀라 짖는 것인가? 그런 거라고 마음을 달래보지만, 조 회장의 심장은 마구 뛰었다. 마당을 서성이던 조 회장은 무릎이 풀썩 꺾여 주저앉았다. 일어서려고 마당에 박힌 잔디를 한 움큼 쥐었다. 잔디는 생각보다 나약했다. 잔디도 늙는 모양인지 뿌리째 뽑혔다.

　겨우 몸을 세운 조 회장은 뒤란으로 향했다. 발밑으로 자갈 으깨지는 소리가 사그락댔다. 뒤란에는 장독대와 담장을 따라 장작이 쌓여 있고, 빈 개집이 있었다. 빈 개집의 주인은 덩치가 커다란 황구였다. 황구는 최순복이 세상을 떠난 날 입안 가득 허연 거품을 물고 죽었다. 모든 죽음에 이유나 원인이 있진 않았다. 조 회장은 황구의 죽음이 최순복의 죽음보다 더 슬펐다. 같은 죽음을 보고도 감정이 달랐다. 조 회장은 샛문의 묵직한 빗장을 만져보았다. 풀어놓은 빗장을 뚝배기 할망이 자신의 실수로 여겨 도로 채워놓지 않을까 걱정하는 게 요즘 하나의 일과였다. 조 회장은 풀어놓은 빗장을 여러 번 확인했다. 완전히 풀어놓으면 뚝배기 할망이 보고 도로 채워놓을 수 있어서 문이 열릴 만큼만 표나지 않게 풀어놓고는 그것을 몇 번이고 재확인했다. 개들이 어둠을 뚫듯 요란하게 짖어대는 소리가 고샅길 쪽에서 시끄럽게 들렸다. 심장이 콩닥거렸다. 이 시각 누군가 쫓기고 있는 게 분명했다. 해미는 아니겠지? 해미라면……, 해미 눈에 이 샛문이 보인다면……. 그래서 뒤쫓아오는 토벌대를 피해 이 문을 열고 숨어들 수만 있다면……. 조 회장은 샛문이 열려 있는 것을 여러 번 확인한 뒤, 뒤란을 돌아 나왔다.

앞마당으로 나온 조 회장은 디딤돌에 올라 미닫이문을 열었다. 컴컴한 방을 더듬듯 들어와 보료에 엇누웠다. 숨죽은 듯 한동안 꿈쩍 않고 있다가 몸을 뒤척여 미닫이문 쪽으로 돌아누웠다. 달그림자가 미닫이문에 스며들었다. 그것이 금자의 형체 같았다. 아니다. 송이의 형체 같았다. 송이가 한 말이 생각났다.

'해미 오빠가 독립운동을 하겠다며 일본으로 떠난 뒤 권 할머니는 가게 문을 잠그지 않으셨답니다. 매일 저녁이면 쌀가게 앞에 서서 골목 쪽에서 들리는 발소리에 귀를 기울이며 서 계셨답니다. 권 할머니는 해미 오빠를 매일 그렇게 기다리셨답니다.'

조 회장은 권 할머니를 대신하듯 샛문의 빗장을 풀어놓은 것이다. 매일 밤 뒤란으로 가서 샛문이 잘 열려 있는지 확인하는 것이다. 개가 짖으면 해미가 쫓기고 있지는 않은가 가슴을 졸이는 것이다.

사나운 개들이 오글거리며 달려들었다. 뾰족한 주둥이로 조 회장을 물어뜯었다.

"억!"

꿈이었다. 설핏 잠들었다가 개한테 물리는 꿈을 꾸었다. 등에 촉

촉이 밴 식은땀을 식히느라 한참을 멍하니 앉아 있는데, 전화벨 소리가 요란하게 울렸다. 조 회장은 자신도 놀랄 만큼 다급히 수화기를 낚아챘다. 목포에서 걸려 온 전화라고 교환의 말소리가 들렸다. 조 회장은 서둘러 전화기를 바꿔 쥐었다. 잠시 뒤 낮은 음성이 새어 나왔다.

"회장님, 접니다. 덕뱁니다."

덕배는 속삭이듯 말했다.

"덕밴가? 지금 어딘가?"

조 회장도 조심스러운 음성으로 속삭이듯 물었다.

"목폽니다. 회장님 댁에 와 있습니다."

"살아 있었나? 광조 말로는 도쿄행 열차 안에서 사라졌다고 하던데……. 자네가 잘못된 게 아닌가 걱정했네."

반가움과 궁금증으로 몰아붙이듯 물었다.

"죄송합니다. 너무 늦게 연락 드려서……."

"그럴 만한 사정이 있었겠지."

"회장님? 그런데……."

"뭔가? 말해보게."

"일본에 갈 때 해미와 같은 배를 탔습니다."

뜬금없는 덕배의 말에 조 회장은 가슴이 두근거렸다.

"해미라니? 해미가 그럼 일본에 있단 말인가?"

조 회장은 해미의 존재를 모른다고 부정하지 않았다.

"지금쯤 해미는…… 제주로 돌아왔을 겁니다. 그런데……."

"그런데? 어서 말해보게."

조 회장이 재촉했다. 불길한 꿈 때문인지 심장이 마구 뛰었다.

"배에 탄 해미는 누더기 차림이었습니다. 알은척을 하지 못하고 헤어졌는데 이튿날 도쿄행 열차 안에서 또다시 해미를 보게 됐습니다. 배에서 본 해미와 전혀 다른 모습이었습니다. 위장하며 다니는 모습이며, 광조와 절 알은척하지 못하는 것으로 보아 해미가 남로당 조직원인 것 같았습니다."

잠시 머뭇거리던 덕배가 말을 이어갔다.

"왕초, 아니 광조 실장님과 늘 붙어 다니다 보니 나가토 사장을 만날 기회가 없었습니다. 회장님께서 지시하신 일이 뜻대로 되지 않아 어떻게 해야 할지 막막했습니다. 그러던 중 기차 안에서 해미를 보자 저도 모르게 창고 열쇠를 건네주고 말았습니다. 아마 해미는 그것을 전부 처분해서 제주로 돌아왔을 겁니다. 죄송합니다. 해미를 돕고 싶은 마음에 그만……."

덕배는 지금 무슨 말을 하는 것인가. 광조가 목포 공장에서 횡령한 자금을 가지고 일본으로 건너가 사재기한 생고무 원료를 해미가 대신 처분하여 무장봉기 활동 자금으로 쓰고 있다는 말을 하는 것인가. 누구도 광조 독단으로 밀거래를 하기 위해 생고무 원료를 사재기한 것이라고, 생각하지 않을 것이다. 어찌 됐든 목포 공장에서 나온 자금이 어떤 형태로든 무장대 쪽으로 흘러갔다는 말이 아닌가. 보통 일이 아니었다. 그러나 조 회장은 덕배를 나무라지 않았다.

"자네!"

"네, 회장님!"

"자네 곁에 지금 누가 있는가? 이 통화 내용을 우리 말고 누가 듣고 있는 사람이 있는지 묻는 것이네."

"없습니다. 저 혼잡니다. 공장장이 자는 것을 확인하고 몰래 나와 전화한 겁니다."

"이 일을 자네와 나 외에 아무도 몰라야 하네."

"알고 있습니다."

"덕배! 자네에게 한 가지 중요한 부탁이 있네."

"말씀하십시오. 회장님!"

"배 한 척을 급히 알아봐주게. 아무래도 제주 상황이 좋지 않아 배가 필요할 것 같네. 해미 일도 그렇고……."

"무슨 말씀인지 알겠습니다. 준비해놓겠습니다."

"고맙네, 자네만 믿겠네!"

통화를 끝내고 수화기를 내려놓자, 풀벌레 울음소리가 선명히 들렸다. 조 회장은 사지를 감싸듯 몸을 웅크린 채 보료에 누었다. 생각을 정리하기 위해 지그시 눈을 감았다. '어쩌자고…….' 생각할수록 보통 일이 아니었다. 풀벌레가 야릇한 가락으로 울어댔다. 신경이 거슬렸다. 미닫이문 밖에서 바스락 소리가 들리는 듯했다. 누군가 숨어 통화 내용을 엿들은 것인가 하고, 주의 깊게 귀를 쫑긋 세웠다. 지나가는 바람에 낙엽 구르는 소리였다. 밤이슬이 풀잎을 적시는 소리였다. 달빛이 구름에 숨으며 아침이 오는 소리였다. 조 회장은 뜬눈으로 아침을 맞았다.

죽음의 섬

대청소라도 하려는 것일까? 싸리 빗자루를 든 뚝배기 할망이 이른 아침부터 대문을 활짝 열어놓고 마당 쓰는 시늉을 했다. 조 회장은 뚝배기 할망의 환송까지 받으며 차에 몸을 실었다. 집에서 사무실까지 도보 10분 거리밖에 안 됐지만, 광조가 있을 때는 차로 출근했다.

늘 다니던 길을 광조는 서성댔다. 광조의 표정은 얼이 빠진 듯 보였다. 일본에다 사재기해놓은 생고무 원료를 몽땅 도둑맞았기 때문이다. 횡령한 자금으로 사재기한 것이기에 하소연도 못 하고 속앓이를 하고 있었다. 남쪽이 농업 중심지라면 북쪽은 광공업 중심지였다. 화력발전소의 주요 연료인 석탄 생산량이 많은 북쪽은 일정량의 전기를 남쪽에 공급해주며 구리와 여분 물자, 특히 생고무 원료를 공급받길 원했다. 생고무 원료는 경제 성장에 필요한 물

자일 뿐 아니라 쓰임이 다양한 물자라 돈이 되었다.

지프 두 대가 진입로를 가로막고 있어서 조 회장 차는 경찰서 옆 골목 입구에서 정차했다. 지프는 어디론가 출동하기 위해 준비 중이었다. 조 회장은 차에서 내렸다. 하필 내린 곳이 하수구 맨홀 뚜껑 위였다. 맨홀 구멍에서 풍기는 악취로 불결한 냄새를 맡고 파리 떼가 꼬여 들고 있었다. 경찰서 마당에서 경사면을 타고 거무튀튀한 핏물이 흘러 내려오고 있었다. 끈적끈적한 핏물은 선지 덩어리 같았다. 조 회장은 자신도 모르게 다리를 후들후들 떨며 경찰서 마당이 보이는 정문 가로 다가갔다. 신원을 알 수 없는 시체들이 볏가마처럼 쌓여 있었다. 누더기 차림에 머리카락이 벌집처럼 헝클어진 시신은 구더기가 눈알을 파먹었는지 시커멓게 뚫려 있었다. 참혹한 광경이었다. 설마, 해미는 아니겠지! 시신을 보자 어젯밤 덕배와 통화한 내용이 생각나 심장이 벌렁거렸다. 배에서 본 해미는 누더기 차림에 장발이더라고 했다. 얼굴색이 납빛으로 변한 조 회장은 경찰서 담벼락에 몸을 기댔다. 차를 주차해놓고 허겁지겁 달려온 광조가 조 회장을 부축했다.

광조는 조 회장의 수행 기사였다. 그런데 주제 파악을 못 하고 날뛰었다. 조 회장은 몇 년 전부터 건강이 좋지 않았다. 심신이 지쳐, 배 타는 일마저 힘에 부쳤다. 철공소는 그런대로 관리할 수 있었지만, 목포에 있는 고무신 공장이 문제였다. 생각해보면 문제

랄 것도 없었다. 공장장은 누가 보나 안 보나 묵묵히 일만 하는 성실한 일꾼이었기에 제때 생고무만 대주면 공장은 별 탈 없이 굴러갔다. 결재할 서류가 밀려 있는 것 말고는 문제 될 게 없었다. 애초 광조에게 심부름을 시킨 게 불찰이었다. 시급히 처리할 일이 생길 때마다 광조를 보내 살피게 했다. 공장장은 일하는 데는 성실했지만, 사무적인 일에는 능력을 발휘하지 못해서였다.

광조는 목포 고무신 공장을 심부름 명목으로 오가며 업무적인 부분까지 손대기 시작했다. 광조에게 뭐라 할 수는 없었다. 예리한 눈썰미로 문제점을 집어내고 그것을 보완해내는 업무 능력이 탁월했기 때문이다. 문제는 보고하지 않고 독단적으로 일을 처리한다는 점이었다. 그것을 트집 잡자니 일이라는 것이 그랬다. 일일이 보고 못 하고 처리해야 할 상황이 있는 법이었다. 그런 점을 고려해 한두 번 눈감아준 것이 으레 그러려니 돼버렸다. 가장 큰 문제는 기존 직원을 자르고 새로운 직원을 영입하는 일을 광조 선에서 처리해버린 것이었다. 엄연히 주제넘은 짓이었다.

하루는 그것을 꼬투리 잡아 호통쳤다. 그러자 광조가 변명을 늘어놓았다. 사정이 생겼다며 일하던 직원이 그만둬버리자, 납품 날짜를 맞추기 위해 서둘러 충원한 것이라고. 자신은 사람 보는 안목이 부족하고 또 공장에 누가 되는 직원을 뽑지나 않을까 심려되어 임시로 일하게 했으니, 몇 달의 말미를 두고 지켜본 다음 채용 여부를 결정해달라고 했다. 그러니 계속 야단만 치기에도 궁색했다.

그런 일이 잦아지자 광조는 어느새 목포 공장에 실세가 돼 있었다. 인사권을 쥐고 흔드니 그럴 수밖에 없었다. 잘 다니던 직원들이 왜 갑자기 그만둔단 말인가? 광조는 자신이 들인 직원들로 물갈이하며 자신의 영역을 넓히고 있었다. 목포 공장에서 광조가 들인 직원이 아닌 사람은 공장장뿐이었다. 광조는 공장장마저 내쫓을 궁리를 하는 눈치였다. 최 회장 때부터 일해온 공장장은 고무신 공장의 터줏대감이었다. 공장장만 없으면 목포 공장은 광조가 장악했다고 봐도 틀리지 않을 것이다.

공장장은 말을 더듬긴 해도 소처럼 우직해 신뢰가 갔다. 공장장마저 광조의 교묘한 시달림에 못 이겨 그만둬버린다면 고무신 공장은 광조 손아귀에 놀아나고 말 것이다. 조 회장은 어떻게 해서든 공장장을 붙들어놓고 싶은 마음에 '수고가 많소! 공장장만 믿겠소!'라는 당부의 말을 습관처럼 하게 됐다. 전화로 공장 돌아가는 상황을 물을 때마다 공장장은 최대한 말수를 줄여가며 필요한 말만 전했다. 사적인 질문에는 즉답을 피하며 머뭇거렸다. 그런 면이 답답하면서도 신뢰가 갔다.

언제부턴가 직원들이 광조를 부장님이라고 부르고 있었다. 뭣 때문에 그렇게 부르게 됐는지 의문이었다. 광조를 두고 저번에 다녀간 분, 그때 오셨던 분이라고 하다가 누군가가 아! 부장님 말인가요? 라고 답했다. 그 뒤로 이쪽저쪽 모두가 광조를 놓고 부장님이라고 부르고 있었다. 조 회장을 가까이서 수행하고 있어 실세로 착각하게 하는 호칭이었다. 치밀한 방법으로 사람의 심리를 조종한다고 생각하자 광조가 더욱더 괘씸했다. 그런데도 조 회장은 그 호칭을 바로잡아주지 않았다. 그러니 결과적으로 승인해준 것이나 다름없었다.

조 회장은 매사에 그런 식이었다. 처가 덕분에 부와 권력을 한꺼번에 얻었지만 큰 인물은 되지 못했다. 그저 본연의 일에 충실할 수 있는 보통 인물일 뿐이었다. 그런 탓일까? 언제부터인지 광조의 능력에 의지하고 있었다. 모든 일에 손 떼라고 하고 싶지만 그러기에는 광조의 존재가 너무 커버렸다. 광조는 서북에 가담한 태수를 이용해 경찰과 인맥을 쌓으며 자신의 위치를 다져놓았다. 어쩌다 광조를 두려워하게 됐단 말인가?

광조의 부축을 받고 사무실에 들어선 조 회장은 휘청거리며 창가로 다가갔다. 창문을 열자 길 건너 동그마니 있는 곽병원이 보였다. 2층 건물에서 내려다보니 길 건너까지 훤히 보였다. 조 회장은 책상에 앉자마자 수화기를 낚아챘다.

"아, 곽병원 좀 연결해주게."

전화를 받은 사람은 송이가 아닌 동료 간호원이었다.

"아, 나 조 회장이네. 남송이 간호원 좀 바꿔주게."

동료 간호원은 송이가 출근 전이라고 했다. 아파서 출근 못 한 것이냐고 묻자, 잘 모르겠다고 했다. 조 회장은 초조해져 벽시계를 올려다보았다.

"출근하면 연락드리도록 하겠습니다."

간호원이 말했다.

"그렇게 해주겠나? 그런데 혹 남송이 간호원이 아파서 못 나온 건 아닌가?"

묻고 보니, 방금 물어본 말이었다. 조 회장은 전화를 끊으려다 말고 다급히 물었다.

"아, 남송이 간호원 집 주소를 좀 알려주게."

"잠시만요."

간호원이 수화기를 내려놓는 소리가 들렸다. 주소를 알아보러 갔거나, 알려줘도 되는지 확인하러 간 것임이 분명했다. 수화기 너머로 분주한 소리가 들렸다. 조 회장은 수화기를 귀에 대고 기다렸다. 잠시 뒤 분주한 소리와 함께 간호원의 음성이 새어 나왔다. 조 회장은 들고 있던 만년필로 주소를 받아적었다. 섬 집 주소는 간단했다. 마을 이름 다음 번지수가 고작이었다. 차라리 정육점 옆에 감나무 집, 포목점 옆에 목련나무 집, 이라고 알려주느니만도 못한 것이 섬 주소였다. 집배원이 아니라면 벽에 적힌 번지수를 찾기 위해 골목을 헤매야 할지도 몰랐다. 셋집에 산다면 더더욱.

조 회장은 퇴원 후에도 종종 곽병원으로 전화해서 송이가 받으면 안부 따위를 묻곤 했다. 쌍둥이들의 소식이 알고 싶었으나 에둘러 송이의 안부만을 물었다. 그때마다 송이는 친절하게 응대해 주었다. 그런 송이가 출근 전이란 말을 듣는 순간 불길한 생각이

들었다. 경찰서 앞마당에 쌓여 있는 시신들을 보아서일까?

전화를 끊고 여직원을 불러 차를 대기시키라고 일렀다. 광조는 대금 회수 심부름을 구실 삼아 나가서는 사무실 옆 길다방에 죽치고 앉아 있을 때가 많았다. 길다방은 서북의 아지트였다. 차를 대기시키라고 말할 때마다 여직원이 길다방까지 가서 광조를 데려오고는 했다. 광조는 여직원을 어떻게 구슬려놓았는지, 그 번거로운 일을 마다하지 않고 했다. 그것을 사무실 유리창을 통해 몇 번이나 보았다.

광조가 헐레벌떡 들어섰다. 차를 대기해놓겠다며 서둘러 나갔다. 조 회장이 뒤따라 사무실을 나가려 할 때, 전화벨이 울렸다. 송이 전화였다.

"남송이입니다. 회장님!"

'회장님'이란 억양에 살짝 코맹맹이 소리가 섞여 '회장닝'으로 들렸다. 순간 금자 생각이 났다. 이렇듯 순간순간마다 금자가 마음속에 침입했다.

"회장님께서 전화 주셨다고 들었습니다. 무슨 일이신지?"

"출근 전이라고 하던데 무슨 일이 있는 건가?"

"아닙니다."

"아, 그럼 퇴근 후 집으로 와줄 수 있겠나? 긴히 상의할 일이 있네."

"알겠습니다."

송이는 이유를 묻지 않고 대답했다. 조 회장은 내친김에 사무실을 나왔다. 정강이에 힘이 풀려 후들거리는 다리로 계단을 내려가자 광조가 다급히 조수석 쪽 뒷문을 열었다.

"집으로 가게!"

차에 오른 조 회장은 시트에 등을 기대며 말했다. 하마터면 동문시장 쪽으로 가자고 말할 뻔했다. 간호원이 주소로 알려준 송이의 집은 동문 다리 뒤 산지천이 있는 부근이었다.

차는 골목을 빠져나왔다. 지프는 어디로 출동한 것인지 보이지 않고, 경찰서 앞은 스산했다. 마당 안으로 접근하지 못하게 철망이 쳐져 있고, 경찰서 담벼락에는 '빨갱이 머리에 개당 오천 원'이란 현상금을 건 전단이 덕지덕지 붙어 있었다. 평화협상이 무산되자, 무장대 지도부 김달삼은 소리 소문 없이 섬을 빠져나가버렸다. 몇 명의 무장대원들만 지도자도 없이 산에 숨어 있었다. 사상은 신앙처럼 맹목적이라 지도자란 실체가 없어도 투철한 사상적 무장만으로 각자가 지도자처럼 움직였다. 해미도 그럴 것이다. 스산한 바람이 불자 거리에 떨어진 전단들이 낙엽처럼 굴렀다. 누구도 그것을 주워 보는 사람은 없었다.

차는 집 앞에서 멎었다. 조 회장이 내리자 광조가 다급히 뛰어가 대문을 흔들었다. 안에서 아무런 인기척이 없자 발 빠른 광조가 뚝배기 할망의 거처가 있는 쪽으로 뛰었다. 그사이 조 회장은 허리를 숙여 발밑에 구르는 전단을 집어 들었다. 뚝배기 할망의 거처를 통해 들어온 광조가 대문을 열었다. 조 회장은 마당으로 들어섰다. 서둘러 뒤쫓아온 뚝배기 할망이 눈치를 보느라 눈을 힐끔거렸다. 싸리 빗자루를 들고 요란하게 환송까지 하더니, 마당은 쓸다 말았는지 낙엽이 수북했다. 잔머리를 써가며 일하는 뚝배기 할망이 교활해 보였다. 조 회장은 표정 가득 불만을 표출하며 방에 들어와 전단을 펼쳤다.

경고문
친애하는 경찰관들이여! 탄압하면 항쟁이다. 제주도 유격대는 인민들을 수호하며 동시에 인민과 같이 서고 있다. 양심 있는 경찰원들이여! 항쟁을 원치 않거든 인민의 편에 서라. 양심적인 공무원들이여! 하루빨리 선을 타서 소요된 임무를 수행하고 직장을 지키며 악질 동료들과 끝까지 싸우라. 양심적인 경찰원, 대청원들이여! 당신들은 누구를 위하여 싸우는가? 조선 사람이라면 우리 강토를 짓밟는 외적을 물리쳐야 한다. 나라와 인민을 팔아먹고 애국자들을 학살하는 매국매족노들을 거꾸러뜨려야 한……

광조의 인기척이 나자 조 회장은 읽던 전단을 탁자 밑으로 밀어넣었다. 광조의 밀착이 싫은 건 최순복의 시선 속에 평생을 살아서일 것이다. 미간을 찌푸리며 그만 가보라고 하자, 광조는 말을 무시한 채 허리를 굽혀 방바닥을 짚어보며 말했다.

"이모에게 불을 더 넣어달라고 해야겠어요."

뚝배기 할망이 그새 점심상을 들고 들어왔다. 광조가 벌떡 일어나 상을 받아 조 회장 앞에 내려놓았다. 뚝배기 할망은 쌕쌕 가쁜 숨을 몰아쉬며 광조에게 점심 전이냐고 물었다. 대답을 미루는 것을 보니 내친김에 밥까지 먹고 갈 모양이었다. 조 회장은 뚝배기 할망에게 저녁에 손님이 올 것이니, 저녁 준비를 해놓으라고 말하려다 그만두었다. 상을 물릴 때쯤이면 광조가 간 뒤일 것이고 그때 천천히 해도 될 말이었다. 송이가 집에 오는 것을 광조가 알게 하고 싶지 않았다.

조 회장은 수저를 들었다. 음식이 입에 맞는지 뚝배기 할망이 물었다. 해물을 넣어 끓인 누룽지탕이었다. 먹을 만하다고 하자, 그것이 몸에 좋다는 것을 말하려고 밥상 앞에서 가르치듯 수선을 떨었다. 당연히 해야 할 일로 생색이란 생각에 조 회장은 거만하게 수저질만 했다. 뚝배기 할망은 말하다 말고 숭늉을 가져오겠다며 방을 나갔다. 뚝배기 할망의 등은 굽었으나 걸음걸이만은 다부졌다. 광조가 뒤따라 나갔다. 광조가 싫으니 뚝배기 할망마저 싫었다. 이렇듯 조 회장은 자신도 조절하지 못할 만큼 성질이 고약해져갔다.

"이모, 제가 도울 일은 없나요?"

광조의 음성이 미닫이문 밖에서 들렸다. 광조는 뚝배기 할망을 이모라고 불렀다. 호칭이 마음에 드는지 뚝배기 할망은 광조를 피붙이인 양 위했다. 둘은 스스럼없어 보였다. 뚝배기 할망은 광조가 심어놓은 조 회장 집의 첩자인지도 몰랐다.

　송이가 찾아온 시각은 여섯 시가 훌쩍 지나서였다. 뚝배기 할망이 문을 열어주느라 빗장 푸는 소리가 덜그럭거리며 났다. 뚝배기 할망이 알릴 새도 없이 조 회장은 미닫이문을 열고 송이를 맞았다. 송이는 뚝배기 할망 뒤에 서서 수줍게 미소 짓고 있었다. 조 회장은 어서 저녁 준비를 하라며 뚝배기 할망을 부엌으로 돌려세운 뒤 송이를 방으로 안내하는 손짓을 했다. 송이는 디딤돌 위에 신발을 가지런히 벗고는 방 안으로 들어섰다. 두툼한 방석에 앉기 전에 들고 온 꽃다발을 건넸다.
　"꽃을 보면 기분이 좋아진대요."
　"원 늙은이한테……."
　말과는 달리 조 회장의 표정이 밝아졌다. 무릎을 꿇으며 앉던 송이가 불편한지 다리를 옆으로 포갰다. 한 손은 습관처럼 배를 감싸고 있었다.
　"집이 너무 멋져요. 회장님!"
　조 회장은 대답 대신 미소로 화답했다. 송이는 눈으로 방 안을 일별하며 말하고 있지만, 들어오면서 본 정원을 두고 한 말이었다. 조 회장 집에는 담장을 빙 둘러 둘레가 큰 나무가 줄지어 서 있고, 푸르른 잔디가 마당을 덮고 있었다.
　송이는 뚝배기 할망이 차려 온 저녁을 탐스럽게 먹었다. 후식으로 내온 떡과 차까지 쉼 없이 먹었다. 조 회장이 곽병원에 입원해 있을 때만 해도 송이가 임신 중이란 것을 눈치채지 못했다. 그사이 송이의 배는 바가지를 엎어놓은 듯 볼록했다. 누구의 아이를 밴 것일까? 조 회장은 속으로 생각하며 조심스럽게 말문을 열었다.

"송이 양, 내가 바로 해미와 남수의 아비 되네. 해미가 독립운동을 하기 위해 일본에 갔다고 하지 않았는가? 그렇다면 남로당 활동을 하기 위해 이곳에 내려온 것인가? 어느 정도는 나도 짐작되는 게 있으니 내게 다 털어놔주게. 그래야 내가 도울 수 있지 않겠나. 설마 남수까지 무장대 활동을 하고 있는 건 아니겠지?"

송이는 들고 있던 찻잔을 천천히 상 위에 내려놓았다. 짐작은 하고 왔지만, 이렇듯 단도직입적으로 물어보리라고는 예상치 못해서였다.

"송이 양, 싸움은 승패가 결정됐네. 이미 경비사령부를 설치해 본토에서 군 병력을 증파시키고 있네. 11월 17일부터는 계엄령이 선포될 것이네. 해안선에서 5킬로미터 이상 지역은 적성 지역으로 간주하여 그곳을 넘게 되면 총살하겠다는 포고문이 발표될 예정이네. 11월 17일 이후부터는 중산간 지대에 있는 도민들은 한 발자국도 해안 쪽으로 나오지 못한단 뜻이네. 이제 이곳은 죽음의 섬이 되었네. 계엄령이 선포되기 전에 해미를 산에서 내려오게 해서 섬을 빠져나가게 해야겠네. 어디 있는가? 해미는? 남수도 이곳에 있는가?"

"……!"

답답한 침묵이 흘렀다. 송이의 손은 부른 배를 감싸고 있었다. 조 회장이 타이르듯 말을 이었다.

"이 못난 아비에게 자식을 도울 기회를 줄 순 없겠나?"

송이는 여전히 납처럼 무겁게 입을 다물고 있었다.

"송이 양도 어디 있는지 모르는 것인가? 그럼 송이 양이라도 목포로 가 있겠나? 이곳은 위험하니 곧 태어날 아이를 위해서라도 목포 집에 가 있게. 내 어떻게든 섬을 빠져나갈 배편을 알아보겠네."

조 회장은 덕배를 떠올리며 말했다. 송이는 대답 대신 고개를 내저었다. 그러고 싶지 않다는 것인지. 어찌해야 할지 모르겠다는 것인지. 도무지 의미를 알 수 없는 고갯짓이었다. 한참 만에야 송이가 잠긴 목소리로 입을 열었다.

"해미 오빠는 가지 않을 거예요. 혼자 살겠다고 도망치지 않을 거예요. 제가…… 해미 오빠를 찾아가 설득해볼게요. 곧 태어날 이 아이를 위해서라도 함께 가자고……."

송이는 부른 배를 양손으로 감싸며 눈물을 쏟았다.

"송이 양? 그 아이가 해……."

조 회장의 말을 끊듯 미닫이문 밖에서 광조의 음성이 들렸다. 뚝배기 할망의 음성도 들렸다. 광조가 이 시각에 무슨 일로 또 온 것일까? 성가신 녀석이다. 송이는 수습하듯 눈물을 훔치며 일어섰다. 불청객 같은 광조 때문에 대화가 끊기고 말았다. 송이는 배를 끌어

안으며 조심스럽게 디딤돌로 내려섰다. 신발을 꿰어 신으며 광조를 향해 살짝 목 인사를 했다. 조 회장이 뒤따라 나오며 말했다.

"곽 원장에게는 내 따로 감사의 인사를 전하겠네. 의논 준 것은 내 도울 수 있는 데까지 돕지."

마당까지 따라 내려온 조 회장은 어리둥절 탐색하듯 바라보고 서 있는 광조를 의식하며 말했다. 곽 원장의 심부름을 온 것처럼 하기 위해서였다. 뒷말은 송이의 눈물 자국에 대한 변명이었다. 송이가 개인적인 일로 의논하다가 눈물을 보인 것처럼 하기 위해서였다. 광조는 자신의 머리를 쥐어짜며 나름의 풀이를 해볼 것이지만, 적어도 해미에 관한 일이라는 건 짐작도 못 할 것이다. 송이가 알아채고 대답하는 것인지 답례의 인사말을 보탰다.

"저녁까지 대접해주시고, 뭐라 감사를 드려야 할지……."

조 회장은 송이의 부른 배를 바라보았다. 저 아이가 해미의 자식이란 말인가? 내 손주란 말인가? 조 회장은 혈육의 감정이 끓어 올라 콧잔등이 시큰거렸다. 곧 눈물이 쏟아져 나올 것만 같아 서둘러 말문을 열었다.

"밤길 살펴 가게."

조 회장이 손님을 문밖까지 배웅하는 일은 전에 없던 일이었다. 그래서일까? 뚝배기 할망까지 둘러서서 배웅했다.

"제가 태워다 드리겠습니다."

광조는 타고 갈 사람의 의향도 묻지 않고 태워다 주겠다며 앞서 나가서는 차 몸체를 비스듬히 돌려 송이가 골목을 빠져나가지 못하게 장벽처럼 대놓았다. 서북이 거드름을 피우며 활동할 시각이라 위험하긴 했다.

"길이 어두우니 타고 가는 게 좋겠군."

송이는 썩 내키지 않는지 머뭇거리며 차에 올랐다. 광조는 고개 인사를 꾸벅 하고는 내빼듯 골목을 빠져나갔다. 뚝배기 할망은 목에 두른 스카프를 매만지며 사라지는 차를 향해 손 인사를 했다. 못 보던 스카프였다. 광조가 일본에 다녀오며 선물로 사다 준 모양이었다. 국내에서는 보기 드문, 얼른 봐도 수입품이었다. 뚝배기 할망이 더덕 뿌리 같은 뭉툭한 손가락 마디로 스카프를 쓸어내리는 것을 보며 조 회장은 이 시각 광조가 무슨 일로 온 것이냐고 물었다. 전복이 떨어져 사다 달라고 부탁한 것이라고 했다. 그러냐는 의미로 조 회장은 고개를 끄덕였다. 아침 식사로 전복죽이 부드럽고 좋지 않냐며 뚝배기 할망이 너스레를 떨었다. 또 전복죽을 쑬 모양이다. 최순복은 병상에 누워 생명줄을 놓는 날까지 전복죽으로 생명을 연장했다. 조 회장은 전복죽 냄새를 맡으면 추깃물 냄새를 맡는 것 같았다. 그 진절머리 나는 냄새를 뚝배기 할망이 알 리 없었다. 수긍하듯 아무런 대답도 하지 않은 까닭은 어느덧 지겨움도 습관이 된 탓이리라.

광조는 송이를 집 앞까지 바래다주었다. 송이의 셋집은 억새가 나부끼는 둑길이 길게 뻗어 있는 산지천 맞은편에 있었다.

광조는 동문시장에 들러 전복을 사 오는 길에, 꽃다발을 안고 조 회장 집으로 향하는 송이를 발견했다. 송이를 보는 순간 자석에 이끌리듯 뒤를 밟았다. 송이가 조 회장 집으로 들어가는 것도 의외였지만, 들어간 뒤 한참이 지나도 나오지 않아 더 의아했다. 조 회장이 곽병원에 입원해 있을 때부터 둘 사이가 남달라 보였다. 뭔가 긴한 대화를 나누다가도 광조가 병실에 들어서면 하던 말을 급하게 마무리 짓고는 했다. 광조는 송이가 금방 나오리라 생각하며 차에서 기다렸다. 한참이 지나도 나오지 않자 들어가본 것이다. 송이는 무슨 일로 조 회장 집에 온 것일까?

광조는 발길을 돌리지 못하고 길 쪽으로 난 송이의 방 창문을 우두커니 바라보았다. 불빛이 창문 밖으로 새어 나왔다. 창문으로 새어 나온 불빛이 광조의 가슴을 밝혔다. 창문을 부수고 뛰어들어가 송이를 품에 안고 싶은 충동이 일었다. 불빛은 송이의 품 같았다. 무척 따뜻할 것 같았다. 그래서 그 품을 소유하고 싶어졌다.

광조는 짙은 한숨을 내쉬며 걸음을 옮겼다. 차가 있는 곳까지 터덕터덕 걷는 동안 기분이 쓸쓸했다. 슬픈 감정까지 드는 까닭은 왜일까? 광조는 걷다 말고 뒤돌아서 불빛을 향해 뛰었다.

꽝! 꽝!

광조는 소란스럽게 창문을 두들겼다. 소리에 반응하느라 개들이 먼저 여기저기서 짖어댔다. 송이의 그림자가 창가로 다가와 머뭇거리다가 슬며시 창문을 열었다.

"무슨 일……?"

송이의 얼굴은 종이 인형처럼 창백했다. 광조가 송이의 목을 와락 감았다. 이어 뜨거운 입술이 포개졌다. 당황한 송이는 밀쳐내려했지만 뜨거운 입술은 깊게 포개 들어왔다. 두 남녀는 창문 안과 밖에 서서 입술을 포갠 채 오랜 시간 서 있었다. 개가 놀라 컹컹 짖어대는 속에서. 광조의 팔에서 풀려난 송이는 배를 끌어안으며 무너지듯 주저앉았다. 광조는 아무런 변명도 없이 돌아섰다.

차로 돌아온 광조는 한동안 어둠 속을 응시했다. 눈이 어둠에 적응되자 담장 밖으로 뻗은 나무 형체가 보였다. 광조는 눈을 둘 데없는 사람처럼 그 형체를 뚫어져라 응시했다. 그러자 16년 전 걸똘마니 시절이 생각났다. 간호원 송이와 걸똘마니 시절 꼬맹이 송이의 모습이 겹쳐졌다. 송이는 쌍둥이들과 어느 날 섬에서 사라졌다. 돈까지 훔치려 하다가……. 어디로 가려고 돈을 훔치려 했던 것일까? 쌍둥이 형제와 송이는 깜깜한 저녁이 돼도 움막으로 돌아오지않았다. 다음 날도, 그다음 날도…….

그렇게 사라진 쌍둥이 해미를 16년 만에 일본으로 가는 배 안에서 보았다. 해미라고 확신한 건 화장실 쪽으로 걸어가는 뒷모습을 본 순간이었다. 해미와 남수는 얼굴과 키, 체격이 같았지만, 걸음걸이가 달랐다. 더 정확히 말하면 몸동작이 달랐다. 손동작, 앉은자세, 눈 깜박임, 말투, 웃는 모습 등이……. 같이 생활한 걸똘마니들만이 구분할 수 있었다. 해미는 큰 보폭으로 성큼성큼 걸었고, 활달한 성격에 자존심이 강했다. 자기주장을 내세우면 좀처럼 굽히지 않는 완고한 고집까지 있어 따르는 걸똘마니들이 많았다.

남수는 반대였다. 호주머니 속에 손을 찔러 넣은 채 고개를 땅에 박고 걸었다. 늘 뭔가를 골똘히 생각하는 표정이었고, 말이 적고 신중했다. 그런 남수가 태수에게 무섭게 화를 낸 적이 있었다. 태수가 어린 송이를 희롱했을 때였다. 그것을 본 해미가 태수와 맞붙었다. 태수가 힘에 부치자 돌을 집어 해미의 머리를 찍었다. 그러자 남수가 미친 듯이 태수에게 덤벼들었다. 남수에게 그런 사나운 근성이 숨어 있는 줄 몰랐다. 남수는 마치 그런 순간을 준비해온 것처럼 숨겨둔 힘을 발휘해 해미를 보호했다. 태수가 긁어 부스럼을 만든 격이었다. 가만있는 남수를 건드려 걸똘마니들 앞에서 남수가 힘이 강하다는 걸 입증해준 계기가 됐기 때문이다.

태수의 힘은 곧 광조의 힘이므로 다리 밑 기강이 무너지는 일일 수도 있었다. 다행히 남수는 아무 때나 힘을 과시하지 않았다. 해미와 송이를 괴롭히지만 않으면 남수의 힘은 저장된 곡식처럼 미동도 하지 않았다. 당장에 위세가 뒤바뀌진 않았지만, 어찌 됐든 남수의 힘이 강하다는 것을 입증한 사건이었다.

해미와 남수가 섬에서 사라진 뒤, 다리 밑 걸똘마니들이 하나둘씩 흩어지기 시작했다. 마치 다리 밑 걸똘마니들의 왕초는 해미와 남수였던 것처럼. 움막에는 광조와 태수, 덕배 셋만 남았다. 태수는 걸돌마니들을 한두 명씩 붙잡아 끌고 왔지만, 밤사이 도로 도망쳐버렸다. 강제로 붙들어놓는다는 것은 불가능한 일이었다. 움막 생활 유지가 불가능해지자, 광조는 철공소로 찾아갔다. 조 회장은 누더기 차림인 광조를 경멸 대신 깊은 눈으로 바라보았다.

"잘 곳은 있느냐?"

광조가 대답을 찾느라 말을 못 하고 있자, 철공소 안에 직원들이 쓰는 방이 있으니 형편이 될 때까지 그곳을 쓰라고 했다. 광조는 태어나 그런 호의는 처음 받아보았다. 광조는 감격에 겨워 심장이 뛰었다. 설렘이었다. 인정받고 싶은 욕구가 솟구쳤다. 아들이 아버지에게 인정받고 싶은 욕망과 흡사한 감정이었다. 그러나 그날부터 지금까지, 아무리 잘해도 조 회장은 철저히 거리 두기를 했다. 단 한 번도 광조를 직원 이상으로 생각하지 않았다. 조 회장은 의심이 많았다. 광조는 그저 운전기사이고 심부름꾼에 지나지 않았다. 조 회장이 곁을 허락하지 않자 아버지로부터 버림받은 광조의 숨겨진 상처가 겉으로 드러나기 시작했다. 인정받고자 하는 욕구는 서서히 희미해지고 분노와 복수의 감정이 광조의 모든 것을 지배했다. 광조가 해미를 알은척하지 않은 건 밀거래하는 것을 들키고 싶지 않은 것도 있지만, 원망과 질투의 감정 때문이었다.

광조는 조 회장을 대신해 목포 공장을 오가며 장부 조작을 통해 회삿돈을 빼돌렸다. 점점 대범해졌고, 밀거래까지 손을 댔다. 덕배는 철공소에 드나드는 선주들과 친화력 있게 잘 어울렸고 다양한 배편도 잘 알고 있었다. 광조는 덕배를 걸똘마니 시절부터 지금까지 자신이 통제할 수 있는 부하라고 생각했다. 그런 덕배에게 생고무 원료를 털리고 말았다. 인간은 자신만의 관점으로 상대를 해석하려는 오류를 범한다. 덕배에게 그런 대담함이 있었다니! 아니다. 덕배에게는 그만한 배포가 없다. 누군가의 사주를 받고 한 게 분명하다. 그가 누구란 말인가.

도쿄행 열차 맞은편 좌석에 앉아 있던 사람은 분명 해미였다. 변장을 했어도 알아볼 수 있었다. 덕배가 사라진 것도 그 열차에서였다. 해미가 자리를 뜨자 이어 덕배가 자리를 떴다. 열차가 역에 도착했는데도 덕배와 해미는 자리로 돌아오지 않았다. 광조는 덕배를 기다렸다. 정차한 열차 안에서, 열차에서 내려 역에서……. 덕배는 끝내 돌아오지 않았다. 다음 날 광조가 창고로 가보았을 때는 빈 창고만 덩그러니 남아 있었다. 덕배를 사주한 사람이 해미란 말인가. 둘은 언제부터 연락하고 있었던 것일까?

생고무 원료만 생각하면 광조는 울화가 치밀었다. 믿었던 덕배를 생각하자 씁쓸했다. 태수만이 변함없이 자신을 따랐다. 이제 그 악마의 마음에만 광조가 있었다. 길다방으로 가볼까? 태수의 아지트는 길다방이었다. 태수는 쌍화차 한 잔을 시켜놓고 종일 죽치고 앉아 빈둥댔다. 여종업원을 뒷방으로 끌고 가 뒹굴다가 어스름해지면 빨갱이를 잡겠다며 성내 이곳저곳을 들쑤시며 다녔다. 태수의 아이를 밴 여자는 한둘이 아니었다. 길다방 여종업원도,

북촌마을의 질레도 태수의 아이를 뺐다. 태수는 전부를 부인했다. 태수와 같은 좀비들이 섬에 한둘이 아니었기 때문이다.

광조의 아버지도 태수와 같이 부인했었다.

"날 안 닮았어!"

그렇게 말하면서도 아버지는 배에 물건을 잔뜩 실은 뒤 돌아갈 때는 포동포동한 닭 한 마리를 사놓고 갔다. 엄마는 혼례 때 사용하는 닭이라며 신령스러운 의미를 담아 정성껏 키웠다. 엄마 몸에서는 늘 닭 냄새가 났다. 닭은 달걀을 낳았고, 달걀은 모자의 생계를 도왔다. 몇 달 뒤 아버지가 다시 찾아왔다. 배에 물건을 잔뜩 실은 뒤 또다시 닭 한 마리를 사놓고 갔다. 아버지가 사놓고 간 닭은 그저 숙박비에 지나지 않았지만, 엄마는 믿고 싶은 대로 해석했다. 뒤뜰에 풀어놓은 닭이 모이를 쪼아 먹는 걸 볼 때마다 닭이 엄마의 심장을 쪼아 먹는 것 같았다. 닭이 아버지로 보였다. 아버지가 또 왔고, 또 갔다. 그리고 또 왔고, 이번엔 엄마가 아닌 다른 젊은 여자에게 피둥피둥한 닭을 사주고 갔다. 엄마는 헤엄을 쳐서라도 아버지를 따라가고 싶었던 것일까? 아버지가 떠나던 날 엄마는 바다에 뛰어들었다. 그런 엄마를 아버지가 물살로 밀어냈는지, 엄마는 파도에 휩쓸려 죽어서 돌아왔다. 엄마가 세상을 떠나버리자 광조는 혼자가 됐다. 혼자가 된 광조는 닭의 날개를 움켜쥐고 걸똘마니들이 모여 사는 움막으로 향했다. 위로받고 싶었다. 동질감을 느끼고 싶었다. 걸똘마니들에게. 그때 광조 나이 열세 살이었다.

송이를 볼 때마다 걸똘마니 시절 꼬맹이 송이가 생각났다. 아니다. 송이를 볼 때마다 엄마가 생각났다. 병원에서 처음 송이를 봤을 때 엄마를 보는 것 같았다. 그래서일까? 말 한마디 섞어보지 못한 송이를 혼자서 좋아하고 말았다. 임신까지 한 송이를……. 송이는 누구의 아이를 밴 것일까? 극진이가 한 말이 생각났다.

"아버지는 어린 금자 누나를 임신시켰어. 질투심에 이성을 잃은 엄마는 금자 누나가 낳은 쌍둥이들을 다리 밑에 버려버렸지. 아버지는 그것을 알면서도 모른 척했어. 난 그런 아버지와 사는 엄마를 가엾게 여겼지. 그런데 형! 알고 보니 엄마도 위선자였어!"

'송이는 누구의 아이를 밴 것일까? 설마?'

광조는 갑자기 화가 치밀었다. 자신을 버린 아버지에 대한 원망인지. 조 회장에 대한 원인 모를 질투인지, 아니면 미움인지, 덕배에 대한 배신 때문인지. 출처가 불분명한 분노였다. 광조는 난폭하게 차를 몰기 시작했다. 억새가 길게 뻗어 있는 산지천을 벗어나 해안 길을 달렸다. 광폭하게 차선을 넘나들었다. 지프 한 대가 뒤에 바짝 따라붙었다. 거칠게 옆을 스쳐 광조 차를 앞질렀다. 광조는 보복이라도 하듯 앞차를 앞지르며 위협했다. 그런가 하면 갑자기 속력을 멈추기도 하여 뒤따라오는 지프 바퀴에서 끽, 소리가 나도록 유도했다. 승리감에 가슴이 뻥 뚫렸다. 후련한 기분도 잠시, 다시 부아가 치밀었다. 어느덧 성미까지 조 회장을 닮아가고 있다는 걸, 광조 자신만 몰랐다.

개집

조 회장은 한곳에 서 있지 못하고 발 가는 대로 사무실 안을 배회하다 수화기를 낚아챘다.

"아 곽병원 좀 연결해주게."

교환을 불러 전화를 연결해놓고 또다시 서성거리기 시작했다. 어제 송이와 대화를 나누던 중 광조가 오는 바람에 하던 대화가 중단됐다. 해미의 정체가 들통나기 전에 해미의 아이를 밴 송이를 안전한 곳으로 도피시켜놓아야 한다는 생각에 조 회장의 머릿속은 복잡하고 초조했다. 시계의 초침이 심장박동처럼 째깍거렸다. 전화가 연결된 건 시계 종이 열두 시를 알릴 때였다.

"네, 곽병원입니다."

전화기 너머로 몹시 분주한 곽 원장의 음성이 새어 나왔다. 송이의 음성이 아닌 곽 원장이었다. 송이를 바꿔달라고 할 수 없어 함

께 점심이나 하자고 둘러댔다. 그러자 곽 원장은 환자가 유독 많은
데다 남송이 간호원까지 결근한 바람에 정신이 없다며, 함께 식사
하지 못한 상황을 친절히 늘어놓았다. 조 회장은 통화를 끊고 다급
히 여직원을 불렀다.

"최 양, 광조는 어딨나? 얼른 차 대기시키라고 해!"

평소와 다르게 역정을 내며 말했다. 여직원이 허둥대며 사무실
을 나갔다. 조 회장은 초조해서 다시 서성대기 시작했다. 송이가
해미를 찾기 위해 중산간 마을로 갔을 거란 생각이 뇌리를 스쳐서
였다. 걸음을 창가로 옮겼다. 여직원이 종종걸음을 치며 길다방 쪽
으로 가는 모습이 조그맣게 보였다. 조 회장은 겉옷을 낚아챘다.
사무실 문을 열고 계단을 휘청거리며 내려와 광조를 기다렸다. 조
금 지나자 광조와 여직원이 길다방 쪽에서 걸어오는 모습이 보였
다. 조 회장을 발견한 광조의 걸음이 빨라졌다.

"송이 양 집으로 가게!"

조 회장은 다급히 차에 오르며 말했다. 차는 관덕정 광장을 지나
동문시장 쪽으로 진입했다. 어젯밤 광조가 송이를 바래다주었기
에 주소를 따로 알려줄 필요는 없었다. 차는 산지천 다리 밑 움막
이 있던 곳을 지나쳤다. 걸똘마니들의 옛 터전이었던 곳에는 억새
가 숲처럼 우거져 있었다. 광조가 차를 정차시킨 곳은 주택들이 옹
기종기 모여 있는 길 초입이었다.

차에서 내린 광조가 길을 안내하듯 앞장섰다. 몇 걸음 걷다가 초가집 앞에서 걸음을 멈추었다. 출입문에는 하나의 막대기가 가로질러 있었다. 제주에서는 정낭이라는 나무 막대기를 출입구에 가로질러놓음으로 주인의 출타 유무를 표시했다. 정낭이 하나이면 주인이 마을로 마실 갔거나 밭일하러 나간 표시고, 두 개면 이웃 마을 정도의 거리로 외출한 것이고, 세 개면 며칠 걸리는 먼 거리로 출타 중이라는 표시였다. 조 회장과 광조는 가로막을 넘어 안으로 들어섰다. 송이가 기거하는 셋집은 돌담을 경계로 주인집과 분리돼 있었다. 그렇다고 완전히 분리된 것은 아니었다. 마당을 경계로 좁은 통로가 있었다. 마당 담장을 경계로 분리된 형태였다.

방은 부엌 안쪽에 있었다. 좁은 부엌은 소꿉놀이라도 하듯 정갈했다. 광조가 인기척을 냈다. 반응이 없자 조심스럽게 방문을 열었다. 방은 굴처럼 깜깜했다. 광조가 방으로 들어가 벽을 더듬자, 불빛이 좁은 빈방을 가득 채웠다. 조 회장이 뒤따라 들어가 방 안을 둘러보았다. 방 안은 반듯하게 정돈되어 있었다. 조 회장은 통나무처럼 뻣뻣하게 선 채 벽 모서리에 걸려 있는 바지에 시선을 고정했다. 얼른 보아도 남자 옷이었다. 쌍둥이를 보는 것 같아 가슴이 먹먹해졌다. '제가 설득해볼게요. 이 아이를 위해서라도…….' 조 회장은 송이의 말이 생각났다. 송이는 해미를 설득하기 위해 중산간 마을로 들어갔단 말인가? 어쩌자고 이 비상시국에 그런 몸을 해가지고…….

11월 17일 선포될 계엄령을 대비해 비상경비사령부 통합 지휘 아래 제주 제9연대, 부산 제5연대, 대구 제6연대의 각 1대대와 해군함정, 경찰대가 섬에 포진 중이었다. 몇 남지도 않은 무장대를 잡기 위해 몇백 명의 토벌대들을 증파시켜놓았다. 무장대들은 식량도 떨어지고 체력도 소진된 상태였다. 토벌대들이 마을에 불을 지른 까닭은 무장대들이 식량을 약탈해 가지 못하게 하려는 것과 무고한 도민들을 빨갱이들의 조력자로 의심해서였다. 토벌대들을 피해 산으로 도망친 도민들은 살기 위해 무장대에 합류했다. 도망조차 칠 수 없는 노약자와 어린아이는 집에서 불타 죽었다. 밭일 나온 엄마는 일하다 말고 총에 맞아 죽었다. 조 회장은 우익단체 임원이라는 직함에 다리를 걸쳐놓고 있는 터라 상황 돌아가는 것쯤은 꿰뚫고 있었다.

검게 탄 마을에 서북들이 들어가 진을 치고 있었다. 무장대 머리에 개당 현상금 오천 원이 걸려 있어서였다. 서북들은 산 입구를 봉쇄해놓고 가축들을 끌어다가 구워 먹고 삶아 먹었다. 송이는 해미를 만나기도 전에 포진해 있는 서북 패거리들에게 붙잡혀 곤욕을 치르게 될 게 뻔했다. 그런 살벌한 곳에 홑몸도 아닌 채 들어갔단 말인가. 이 일을 어쩐단 말인가. 자식을 돕고자 했던 게 도리어 해를 끼친 것일까? 눈치 빠른 광조가 뭔가 짐작되는 것이 있는지 송이의 소지품을 뒤졌다. 가지런히 꽂아둔 책들을 뽑아 바쁘게 넘기다 전단과 사진 한 장이 책갈피 사이에서 떨어졌다. 노파를 중심으로 앳된 송이와 쌍둥이 형제가 동그마니 둘러서서 찍은 사진이었다. 그것을 본 광조의 동공이 커졌다.

　송이가 짐을 챙겨 중산간 마을로 향한 건 점심때쯤이었다. 계엄령이 선포되기 전에 해미를 만나 도망치자고 설득해야 했다. 송이는 아침 일찍부터 바빴다. 우선 해미에게 입힐 솜바지부터 사야 했다. 임신해서인지 다리가 시려서요. 배가 불러와서 큰 치수가 좋을 것 같아요. 실은 남자 옷을 입으면 사내아이를 낳는다고 해서……. 송이는 묻지도 않은 말을 주절거리며 솜바지를 샀다. 입산한 가족을 주려고 산 것으로 오해받을 수 있어서였다. 복잡한 시장을 빠져나온 송이는 셋집으로 돌아와 짐을 쌌다. 솜바지와 내복은 부피를 줄이기 위해 발로 밟았다. 감자도 삶고, 말린 곶감도 챙겨 넣었다. 큰 호박만 한 보자기를 품에 안고 바깥 동태를 살폈다. 사람들이 없는 한산한 틈을 타 셋집을 빠져나왔다.
　억새가 지천으로 덮여 있는 산지천 쪽으로 걸음을 옮겼다. 바람이 휘휘 억새를 흔들었다. 송이의 마음도 불안으로 흔들렸다. 빨리 걸으면 오해를 살까 봐 느슨히 걸었다. 산지천 길을 따라 걷다가 해안 길로 접어들었다. 인적 없는 길은 한산했지만, 누군가 불쑥 튀어나와 통행을 제지할 것만 같아 두려움에 온몸이 긴장됐다. 가을 중순이라 바람이 찼다. 숨까지 차올라 입김이 연기처럼 뿜어져 나왔다. 불안을 제어해보려 해도 마음만 가지고는 제어가 되지 않았다. "이봐? 거기, 어디 가는 거야?" 누군가 가는 길을 제지하며 묻는다면, 잔뜩 긴장한 심장이 펑! 소리를 내며 터질 것만 같았다. 심장이 두방망이질 쳤다. 어느새 어스름이 송이의 몸을 내리덮기 시작했다.

5킬로미터쯤 걸었을까? 소나무 숲이 있는 길 사이로 올망졸망한 집들이 한두 채 보였다. 굴뚝으로 뿌연 연기가 올라오는 것을 보자 송이는 배가 고팠다. 해미는 얼마나 배가 고플까? 산에는 무장대원들뿐 아니라 토벌대를 피해 도망친 도민들도 있었다. 이유를 불문하고 산에 들어가면 입산이며 빨갱이였다. 가족의 소식이 궁금해서 들어가도 빨갱이였다.

산길에 어두운 송이는 어슬어슬해질 즈음 북촌마을에 당도했다. 땅거미가 마을을 뒤덮고 있었다. 마을이 숯검정으로 변해버려서일까? 무서운 생각에 온몸이 오그라들며 머리끝이 쭈뼛 섰다. 바람이 홰홰 불 때마다 뿌연 연기가 노릿한 냄새를 품고 떠다녔다. 연기는 망자의 형체 같았다.

"해미 오빠!"

송이는 자욱한 연기 속에서 그리운 이름을 속삭이듯 불러보았다. 그러면 연기 속에서 쉿! 하고 나타날 것만 같았다. 돌아보면 그것이 해미일 것만 같았다. 해미는 늘 동에 번쩍 서에 번쩍했다. 중산간 마을에 있는가 싶으면 일본에 있었다. 일본에 있겠거니 하면 또 어느새 제주로 돌아와 있었다. 해미는 바람 같았다. 해미가 송이의 셋집에 찾아온 날도 바람처럼 다녀갔었다.

어둠이 내려앉은 밤, 개 짖는 소리가 드문드문 들린 날이었다. 여러 마리의 개가 곳곳에 잠복해 있다가 물체가 움직일 때마다 짖어대는 듯했다. 개 짖는 소리는 멀리서 간간이 났다가 고샅 쪽에서 맹렬히 짖기도 했다. 그러고는 잠잠해졌다. 컹컹 짖고, 옹옹 짖는 갖가지 소리가 잦아들자, 바람이 지나가는지 부엌문을 덜컹 흔들었다. 송이는 이불을 끌어올리며 몸을 옹송그렸다. 어둠을 응시하는 송이의 눈망울은 별처럼 초롱초롱했다.

"덜컹!"

다시 부엌문이 흔들렸다. 송이는 발딱 일어나 맨발로 나가 부엌문에 귀를 갖다 대며 물었다.

"남수 오빠?"

이 시각 부대 숙소에 있을 남수지만 한밤중에 송이를 찾아올 사람은 남수밖에 없었다. 아무 말이 없었다. 바람 소리인가. 송이는 빗장이 잘 채워져 있는지 눈으로 확인하며 도둑고양이처럼 숨죽여 뒷걸음치다가 다시 속삭이듯 물었다.

"해, 해미 오빠?"

"송이야, 나다!"

송이는 다급히 부엌문의 빗장을 풀었다. 어둠을 등지고 서 있는 검은 누더기의 형체는 분명 해미였다.

"해미 오빠!"

송이의 눈에 그렁그렁 눈물이 맺혔다. 해미는 몸을 감추려고 재빨리 들어와 빗장부터 채웠다. 해미는 말보다 행동이 빨라져 있었다. 해미는 신발을 벗고 방으로 들어섰다. 발에서 냄새가 풍겼다. 발뿐만 아니라 누더기를 입은 몸에서 돼지 똥 냄새와 씻지 않은 냄새가 고리고리하게 났다. 송이는 간단한 질문조차 하지 못한 채 놀란 눈으로 멀뚱히 바라보았다. 어떻게 알고 찾아왔을까? 해미는 마치 과거로 되돌아간 것 같았다. 걸똘마니 시절로. 해미는 딱 걸뱅이 모습이었다. 눈빛만큼은 여전히 강렬해 보였다.

"형은?"

쫓기는 사람처럼 두리번거리며 낮은 톤으로 물었다. 송이는 대답 대신 훌쩍거렸다. 그렁그렁 맺힌 눈물이 자꾸만 홍수처럼 쏟아져 내렸다.

"녀석, 여전히 울보구나? 어떻게 된 거야? 동문시장에서 널 우연히 봤어. 형이랑 같이 내려온 거니?"

송이가 먼저 물어야 할 말들을 해미가 묻고 있었다. 송이는 대답 대신 눈물을 훔쳐 옷에 문지르며 말했다.

"밥부터, 밥부터 먹어 오빠!"

송이는 다급히 부엌으로 향했다. 얼마 지나지 않아 밥상을 차려 들고 들어왔다. 해미가 전투하듯 밥을 밀어 넣는 동안 송이는 수저를 열심히 놀리고 있는 해미의 손, 오물거리는 입술, 음식을 넘기느라 움찔거리는 목, 깊고 강렬한 눈, 코, 귀 하나하나를 사진을 찍듯 눈에 담았다.

"우리 꼬맹이 숙녀, 밥하는 실력이 늘었네. 금세 차려 내온 걸 보니."

해미는 허겁지겁 먹다가 송이를 바라보며 말했다. 송이는 해미를 물끄러미 바라보며 대답했다.

"할머니는 오빠가 일본에 가 있을 때도 늘 오빠 밥까지 해놓곤 했어. 오빠가 아무 때나 불쑥 올 것만 같다며. 할머니가 오빠를 많이 기다리셨거든. 그래서…… 오빠 밥까지 해놓고 기다려왔던 것이 습관이 됐나 봐."

"……!"

해미는 말을 잃은 듯 젓가락질만 하다가 물었다.

"형은?"

평화협상 때 김익렬 보좌관으로 따라온 남수를 봤으면서 해미는 묻고 있었다.

"제9연대에. 오빨 도우려고 자원 입대했어. 남수 오빠를 만나봐. 오빠를 만나고 싶어 해. 남수 오빠는 어떻게든 오빠를 도우려고 군에 자원했……."

"안 돼! 위험한 일은 나 혼자로 충분해. 형까지 끌어들이고 싶지 않아!"

해미는 단호하게 말을 끊고는 상을 밀어내며 이불 위에 벌러덩 누웠다. 해미는 팔을 이마에 올려놓았다. 생각이 많을 때마다 하는 습관이었다. 송이는 아무 말 없이 밥상을 들고 방을 나왔다. 송이가 다시 방으로 들어갔을 때는 해미는 잠들어 있었다. 송이는 조용히 불을 끈 뒤, 벽에 등을 붙이고 두 무릎을 세우고 앉아 걸똘마니가 되어 찾아온 해미를 물끄러미 바라보았다.

"송이야?"

해미가 팔을 이마에 올려놓은 채 불렀다.

"오빠 안 잤어?"

대답하는 송이의 음성이 떨고 있었다. 두근거림이었다. 가슴이 뜨거웠다. 타오르는 불꽃처럼 뜨거웠다. 그 불꽃을 바라보느라 해미가 일어나 앉았다. 애틋한 해미의 시선이 어둠 속에 오도카니 앉아 있는 송이를 눈으로 쓰다듬었다. 송이는 그 시선을 피하지 않았다.

"오빠 걱정 많이 했어. 오빠가……."

송이의 목소리는 떨림으로 말라 있었다. 해미는 송이의 말을 틀어막기라도 하듯 팔을 뻗어 송이의 얼굴을 애중히 쓰다듬기 시작했다. 말보다 행동으로 말하는 해미. 그렇지만 송이는 해미가 무슨 말을 하고 싶어 하는지 알 것 같았다. 해미는 작게 떨고 있는 송이를 깨질까, 조심스럽게 끌어당겼다. 해미의 가슴은 따뜻했고 편안했다.

송이는 그 품에 또다시 안기고 싶어 가슴에 품고 있는 보자기를 해미인 양 힘주어 끌어안았다. 곶감과 감자가 든 보자기를…….

해미는 먹을 것이 생길 때마다 배에서 꼬르륵 소리가 나는데도 배 부르다며 송이에게 양보하고는 했다. 말짱 거짓말이란 걸 알면서 도 매번 받아먹곤 했다.

해미는 걸똘마니로 사느라 굶주렸다. 먹을 것을 양보하느라 굶 주렸다. 지금은 이념과 싸우느라 굶주리고 있다. 해미는 굶주리기 위해 태어난 사람 같았다. 무엇 때문에 그런 고생을 자처하는 것일 까? 굶주리는 것이 지겹지도 않은 것일까? 이념이란 것이 어렵게 만 느껴졌다. 해미가 좋아서, 해미가 하는 일이라서, 무조건 응원 하고 있지만, 해미의 머릿속에 든 사상이나 이념이 사람 목숨보다 중요한 것인지, 쉬이 판단이 서지 않았다. 해미는 목숨을 구걸하 느니 산에 남아 영광스럽게 죽음을 택하겠다고 했다. 할 수만 있다 면 송이는 생명보다 이념을 더 중요하게 여기는 해미의 생각을 바 꿔놓고 싶었다. 배 속의 아이라면 가능할지도 몰랐다. 만나서 담판 지으련다. 따져 물으련다. 자식보다 이념이 더 중요하냐고. 우리의 아이까지 걸똘마니로 살길 바라느냐고. 이념을 위해서는 자식이 불행해져도 좋으냐고. 중요한 건 오로지 이념뿐이냐고.

송이는 마음의 결의를 굳힌 듯 용기를 내어 발걸음을 뗐다. 순 간, 검은 형체가 불쑥 튀어나왔다. 혼령이 아닌 사람이었다. 눈가 에 칼자국이 있는 사람은 혼령보다 더 무서웠다. 눈가에 칼자국이 있는 사람이 송이의 목덜미를 낚아챘다.

송이는 끌려갔다. 북촌마을과 연결된 산으로 오르는 입구였다.

소란한 소리에 천막 안에서 사람이 나왔다. 눈 밑에 낱알만 한 사마귀가 달린 사람은 태수였다. 눈가에 칼자국이 있는 서북이 송이의 보자기를 빼앗아 풀어헤쳤다. 솜바지와 내복, 삶은 감자와 곶감이 달빛에 드러났다. 태수의 손에 들린 칼끝이 까닥 움직이자, 칼자국이 있는 서북이 태수 앞으로 송이를 자빠뜨렸다. 태수는 칼끝으로 송이의 턱을 들어 올렸다. 송이는 턱을 쳐든 채 눈을 아래로 내리깔았다. 똑바로 보라며 칼끝으로 턱을 쳤다. 송이는 보는 시늉을 하다가 눈을 감아버렸다.

태수의 눈은 소름 끼쳤다. 태수는 송이의 긴 머리채를 휘어 감았다. 머리채를 잡힌 송이는 질질 끌려 천막 안으로 내동댕이쳐졌다. 송이는 부픈 배를 감싸 안으며 바닥에 나자빠졌다. 태수의 칼끝이 송이의 치마를 걷어 올렸다. 작은 생명이 엄마를 지키기 위함인지 꿈틀거렸다. 태수는 입술을 실룩이며 움직이는 태동을 신기한 듯 바라보았다. 태수의 칼끝이 태동을 따라 움직였다. 태아는 양수 안에서 요동쳤다. 송이의 배는 돌처럼 단단해졌다. 송이는 사시나무처럼 턱을 떨었다. 싸늘한 칼끝이 배에서 가슴으로 선을 그리듯 올라왔다. 우윳빛 살결을 보자 태수가 혁대를 거칠게 풀었다. 음습한 천막 안과 밖에서 여자들의 괴성이 터져 나오며 산을 흔들었다.

"윽……! 억……!"

서북들은 모닥불을 가운데 놓고 둘러앉아 이죽거리며 즐거워들 했다. 하나같이 나무토막만 한 칼자루를 쥐고 있었다. 감자가 새까맣게 타서 나뒹굴고, 돼지와 개, 닭 대가리들이 나뒹굴었다. 짐승의 뼈와 창자도 배설물처럼 나뒹굴었다. 비릿한 피와 노릿한 짐승의 냄새가 산을 타고 올라가 무장대원들의 허기진 배를 자극했다.

천막 밖에는 임산부와 손발이 묶인 노부부가 있었다. 노부부는 형겊으로 입이 틀어막힌 채 묶인 밧줄을 풀려고 몸부림치고 있었다. 온몸이 땀으로 젖은 임산부는 출산의 고통을 겪고 있었다. 서북들은 출산의 고통을 지켜보았다. 태아가 나오려 하는 입구를 제비집 구경하듯 들여다보며 낄낄거렸다. 노부부는 몸부림치다가 눈을 감아버렸다. 노부부의 흙빛 얼굴은 고통으로 일그러진 방상씨탈 같았다.

"으……! 응애……!"

임산부의 비명과 갓난아이의 울음소리가 동시에 터졌다. 갓난아이의 울음소리는 메아리가 되어 울려 퍼졌다. 여러 명의 아이가 동시에 우는 것 같았다. 노를 젓듯 송이 배 위에 올라타 있던 태수가 갓난아이의 울음소리를 듣더니 동작을 멈추었다. 송이는 고통과 수치심으로 몸을 떨며 배를 감쌌다.

태수가 혁대를 채우며 천막 밖으로 나왔다. 태수는 갓난아이의 탯줄을 칼끝으로 건드렸다. 네 개의 팔다리가 메뚜기처럼 버둥댔다. 태수는 칼로 갓난아이의 탯줄을, 끈을 잘라내듯 쓱 베어냈다. 갓난아이는 가는 팔다리를 버둥거리며 소스라치며 울어댔다. 갓난아이의 엄마는 질레였다. 질레는 갓난아이의 울음이 죽음을 재촉

하지나 않을까 노심초사하느라 입술을 깨물며 울음을 삼켰다. 태수는 조금의 망설임도 없이 갓난아이의 울음을 잠재워버렸다. 소문대로라면 자신의 아이일지도 모르는 생명이었다. 질레는 억누르고 있던 오열을 분출했다. 태수는 못 참겠다는 듯 질레마저 잠재워버렸다. 질레는 눈을 뜬 채, 아이는 눈을 떠보지도 못한 채 죽었다. 질레는 붉은 피로 물든 종이 인형 같았다. 갓난아이는 양수로 뒤덮인 메뚜기 같았다. 노부부는 손과 발이 묶인 채 짐승 소리를 내며 몸부림쳤다. 노부부의 얼굴에는 어떤 두려움도 없고 분노만이 가득 차 있었다. 그러나 그것은 한낱 몸부림일 뿐이었다.

이번에는 서북들이 송이를 천막 밖으로 끌어냈다. 질레가 겪은 고통과 수치를 송이가 겪을 차례였다. 송이는 추위를 견디는 사람처럼 몸을 떨었다. 딸꾹질이 멈추어지지 않아 어깨가 들썩거려졌다. 서북들은 칼자루로 검게 탄 감자를 위협하듯이 찍으며 상스럽게 키득거렸다.

태수는 어지럽게 날뛰며 미친 듯이 소리 질렀다.

"이래도 안 내려와. 어-?"

"이래도 안 내려와. 어-?"

태수의 음성이 산을 치고 메아리가 되어 돌아왔다. 태수는 미치광이 같았다. 한참을 날뛰며 소리 지르더니 죽은 아이를 거꾸로 치켜들었다.

탕-!

동시에 총성이 울렸다. 태수가 팔을 감싸 쥐며 풀썩 무릎을 꺾었다.

한발 늦었다. 질레와 갓난아이는 싸늘한 주검이 돼 있었고, 노부부는 피범벅이 된 채 쓰러져 있었다. 해미는 산 아래 정황을, 발 빠른 정탐병을 통해 보고받았다. 서북이 산으로 오르는 입구에 천막을 쳐놓고 개와 돼지를 잡아다가 구워 먹으며 굶주린 무장대원들의 식욕을 자극하고 있었다. 그것으로 모자라 인질까지 끌어다 온갖 추행을 저지르며 목숨까지 위협하고 있었다. 인질은 다름 아닌 질레와 그녀의 부모였다.

강태원은 혼자서라도 서북과 맞서겠다며 길길이 날뛰었다. 일본에 있던 강태원은 해미와 함께 제주로 돌아와 무장대에 합류해 있었다. 양심의 가책을 느낀 해미가 질레의 일을 실토하자, 강태원이 따라나선 것이다. 강태원이 고향으로 돌아왔을 때 질레는 풀려나 있었지만 임신한 상태였다. 배 속에 아이를 추측하느라 추문은 입과 입으로 옮겨 다녔다. 매서운 바람처럼 온 동네를 휩쓸고 다녔다. 경찰과 서북들은 무장대원을 색출한다며 가족들을 끌어다 고문하고 사살했다. 그 과정에서 강태원의 부모도 처형됐다.

분노로 똘똘 뭉쳐 있던 강태원이 정탐병의 보고를 듣자마자 광분했다. 인간에 대한 분노가 사상적 무장보다 훨씬 더 강력하게 사람을 지배한다는 것을 표출하고 있었다. 해미는 자금을 구하기 위해 일본으로 떠나던 날 서북이 질레의 물허벅을 부서뜨리고 추행하던 것을 지켜만 보았다. 큰일을 앞두고 작은 일을 희생한다는 생각으로 불행을 지나쳤다. 스스로 생각해도 모순된 행동이었다. 사상이 모든 것에 우선하는 절대적인 힘으로 믿어서였다. 그러나 강태원을 지켜보며 반격에 나서지 않을 수 없었다. 서북의 덫인 줄 알면서도.

대원들을 한곳에 집결했다. 그래봤자 해미와 강태원을 포함해 아홉 명이었다. 정탐병의 말에 의하면 서북은 열다섯 명이며 총을 소지한 사람은 태수뿐이었다. 기선을 잡기 위해서는 태수부터 쓰러뜨려야 했다.

해미와 강태원이 선두에 서서 미끄러지듯 내려왔다. 돌덩이처럼 굴러 내려오며 해미의 총이 태수를 겨냥했다. 총에 맞은 태수가 한쪽 팔을 감싸며 꺼꾸러졌다. 동시에 대원들이 서북을 덮쳤다. 무장대원들과 서북은 몸싸움을 벌였다. 마치 소 막을 부수고 뛰쳐나온 소 떼들의 난동 같았다. 엎치락뒤치락하는 통에 천막이 쓰러졌다. 쓰러진 천막 속에서 무언가가 꿈틀거리는가 싶더니 얼굴 하나가 빼꼼히 나왔다. 태수였다. 겁에 질려 웅크리고 있는 송이와 눈이 마주쳤다. 피를 흘리며 한쪽 팔을 감싸고 있는 태수의 얼굴은 괴물 같았다. 송이는 엉덩이로 뒷걸음질 쳤다. 태수는 잠시 주위를 살피더니 송이를 덮치듯 옆을 스쳐 어둠 속으로 몸을 던졌다.

"오빠! 해미 오빠―……."

송이는 웅크리고 앉아 부들부들 떨다가 해미를 보자마자 의식을 놓아버렸다. '송이가 왜 여기에?' 해미가 쓰러져 있는 송이를 보듬어 앉았다. 누가 보아도 송이의 상태는 심각하다는 걸 알 수 있었다. 해미는 현장을 무장대원들에게 맡기고 송이를 둘러업고 뛰기 시작했다. 성내 병원까지는 대략 5킬로미터 거리였다. 엎치락뒤치락하는지 총성이 두어 번 울렸다. 이쪽은 총, 저쪽은 칼을 소지하고 있었다. 상대의 숫자가 아무리 많더라도 총을 소지한 쪽이 유리했다. 태수는 무모했다. 겨우 총 한 자루로 무장대원들과 맞서려 했단 말인가? 악랄하기로는 서북을 이길 수 없지만, 무장대원들은 살기 위한 몸부림으로 단련된 몸이었다. 송이를 둘러업은 해미는 사력을 다해 뛰었다.

해미가 해안 길로 접어들었을 때 승용차 한 대가 어둠을 뚫고 달려오고 있었다. 지프는 안 된다. 이 시각에 지프는 경찰차일 것이다. 다행히 지프는 아니었다. 해미는 찻길로 뛰어들었다. 사방은 어두웠다. 차가 멈추지 못하고 지나친다면 저승길이었다. 차는 아슬아슬하게 해미 앞에서 멎었다. 송이를 둘러업은 해미는 차를 향해 총을 겨눴다. 총을 까닥하자, 차 문이 열렸다. 팔을 치켜들고 내린 사람은 광조였다. 광조가 이 시각에 무슨 일로 산중까지 온 것일까? 해미는 놀랐지만 침착하게 총부리를 겨눴다. 송이를 뒷좌석에 실은 뒤 총을 겨눈 채 운전석에 올라탔다. 차에 올라탄 해미는 차가 왔던 반대 방향으로 핸들을 꺾었다.

곽병원 못 미처 골목에다 차를 세웠다. 해미는 차에서 내려 주위를 두리번거린 뒤 송이를 둘러업었다. 곽병원 앞에 송이를 내려놓고 대문을 흔들었다. 안에서 인기척이 났다. 한 번 더 흔든 뒤 몸을 담벼락에 붙였다. 곽 원장이 나와 송이를 안고 다급히 들어가는 것을 확인한 뒤 병원 담장을 훌쩍 뛰어넘었다. 발소리를 죽여가며 화단 가에 납작 엎드렸다. 부산한 발소리, 문을 여닫는 소리, 수술 집기들이 부닥치는 소리가 나더니 한동안 정적이 흘렀다. 조금 지나 발소리와 인기척이 새어 나왔다. 해미는 대청마루에서 새어 나오는 소리를 듣기 위해 귀를 기울였다. 산모와 아이가 무사해서 다행이라는 대화를 듣고, 딸이라는 것까지 확인한 뒤 다시 담장을 뛰어넘어 차가 있는 곳까지 내달렸다.

다급히 차에 오른 뒤 시동을 걸었다. 곽병원 근처에 차를 버리고 갈 수는 없었다. 가급적 멀리 떨어진 곳에 버려야 했다. 관덕정 사거리를 지날 때였다. 경찰서 마당에 불이 환하게 밝혀져 있고, 여러 대의 지프에 경찰들이 분승하여 올라타고 있었다. 설마 북촌마을에 폭동이 일어난 걸 벌써 안 것일까? 갑자기 호각을 불며 지프가 움직였다. 해미는 자신도 모르게 속력을 높였다. 지프 두 대가 뒤따라왔다. 해미는 자신의 신분이 노출됐다는 걸 인지할 수 있었다. 이대로 차를 돌진해 해안 길을 달려 산악지역으로 도주할 것인지, 아니면 차를 버리고 도로를 벗어나 도망칠 것인지 판단을 내려야 했다. 쫓고 쫓기는 소란이 계속된다면 산악지역에 도착하기도 전에 붙잡히고 말 것이다.

해미는 차를 길에 버려둔 채 뛰기 시작했다. 달아나는 해미의 뒷모습이 어둠에 묻혔다. 경찰들이 지프에서 쏟아져 내렸다. 어지러운 구둣발 소리가 호각을 불며 뒤따라왔다. 얼마를 뛰었을까? 해미는 주택들이 밀집해 있는 골목으로 파고든 뒤 담벼락에 몸을 붙이며 두리번거렸다. 도망친다는 것은 불가능한 일이었다. 어느 곳이든 숨을 곳을 찾아야 했다. 기댄 담벼락 뒤로 차가운 금속성이 만져졌다. 더듬어 만져진 것은 샛문에 붙여진 경첩이었다. 샛문을 밀어보자 힘없이 스르르 밀렸다. 벌어진 문 사이로 몸을 들여놓고 얼른 빗장을 채웠다.

"저쪽으로, 나머진 이쪽으로!"

구령에 맞춰 어수선한 구둣발 소리가 샛문 앞을 지나쳤다. 해미는 안도의 숨을 몰아쉬었다. 해미는 어둠을 응시했다. 기와로 얹은 담벼락은 유난히 높았다. 얼결에 숨어든 곳이 조 회장 집이었다. 아니, 아버지 집이었다. 구둣발 소리가 되돌아왔다. 경찰들이 눈치챈 것일까? 당황한 해미는 어둠 속을 눈으로 더듬었다. 마른 잡풀 옆, 그늘져 보이는 곳에 빈 개집이 보였다. 해미는 개집 안으로 몸을 웅크려 넣었다.

"쾅쾅! 여기 어딘가로 숨어들었을 거야. 여기는 막다른 골목이다."

경찰들이 집집이 문을 두드리는 소리가 요란하게 들렸다. 침입자를 찾기 위해 수색하고 있었다. 해미는 개집 속에 있는 담요로 몸을 가리며 지푸라기 속으로 파고들었다. 자식은 헐벗고 굶주리게 해놓고 개 따위에 담요까지 덮어줬단 말인가? 해미도 이런 순간만은 어쩔 수 없이 아버지가 원망스러웠다.

꽝꽝!

이번에는 조 회장 집 대문 두드리는 소리였다. 문을 열어주러 나가는지 신발 끄는 소리가 들렸다. 빗장을 빼는 소리가 빼가닥! 하고 났다. 경찰의 힘 있는 목소리가 밤의 정적을 깼다. 적요한 밤이라 목소리는 한 톤 높게 들렸다.

"혹시 회장님 댁에 침입자는 없었습니까?"

"없었소. 무슨 일이오?"

"누군가 회장님 차를 길 한복판에 버리고 이쪽 골목으로 사라졌습니다. 회장님을 노리는 빨갱이일 수도 있으니 조심하십시오."

"알겠소. 걱정해줘서 고맙소."

경찰이 돌아갔는지 빼가닥! 하고 빗장 거는 소리가 들렸다. 신발 끄는 소리가 섬세하게 다가왔다. 소리는 샛문 쪽에서 멈추었다. 여기저기를 조심스럽게 살피는 시선이 감지됐다. 다시 신발 끄는 소리가 앞마당 쪽으로 멀어졌다. 극심한 긴장이 풀려서일까? 해미의 몸에 통제 못 할 피곤이 쏟아졌다.

해미가 눈을 떴을 때는 어둠이 걷히고 선선한 바람이 부는 아침이었다. 밖으로 나가는 것은 위험했다. 멀리는 도주하지 못했을 것으로 판단한 경찰들이 주변을 포위하고 있을 것이다. 부엌 쪽에서 사람의 움직임이 느껴졌다. 이른 아침부터 광조가 온 것인지 쥐어짠 듯한 허스키한 음성이 부엌 쪽에서 새어 나왔다. 청량하게 지저귀는 새소리에 묻혀 뜨문뜨문 들리는 말소리는, 그저 음향에 지나지 않아 대화 내용은 엿들을 수 없었다.

아침 일찍 눈을 뜬 조 회장은 조간신문을 펼쳐보고 있었다. 눈은 신문을 향하고 있지만, 머릿속은 다른 생각으로 꽉 차 있었다. 어젯밤 경찰이 다녀간 뒤로 뜬눈으로 밤을 새웠다. 광조가 문을 열고 들어섰다. 다가와 무릎까지 꿇고 앉았다. 무슨 일로 온 것이냐는 질문을 미룬 채 조 회장은 신문에 시선을 고정했다. 침묵의 빗장을 넘기듯 신문 2면을 넘길 때였다. 광조가 그 틈에 말문을 열었다.

"어젯밤 소란이 있었습니다. 송이 양을…… 찾기 위해…… 북촌 마을로 갔다가 그만 차를 도난……."

조 회장은 말없이 신문만 들여다보았다. 광조가 말을 계속했다.

"어젯밤에 와서 말씀드리려 했으나…… 너무 늦은 시각이라……."

광조는 토막말처럼 말끝을 흐렸다. 단지 어젯밤 일만을 보고하러 온 것 같지는 않았다. 광조의 행동은 이처럼 애매했다. 오만한 표정인가 하면 행동에는 격식이 따랐다. 거지의 때를 벗은 광조에

게서 유복함마저 풍겼다. 자식들은 거지처럼 떠돌며 사는데, 상관
도 없는 광조가 유복해 보였다.

"회장님!"

광조는 조 회장을 불러놓고, 말문의 첫말을 찾느라 복잡한 표정
을 지었다. 표정조차 눈에 거슬렸다. 조 회장은 대답 대신 신문을
넘긴 뒤 채잡았다. 짜증과 불만이 잔뜩 담긴 행동이었다. 그것을
바라본 광조는 의지가 충족된 듯 말문을 열었다.

"어젯밤 북촌마을에서 무장대와 서북 간에 교전이 있었습니다.
송이 양을 찾으러 갔다가…… 그곳에서 해미를 봤습니다. 차를 빼
앗아 달아난 사람이 바로 쌍둥이 해미였습니다."

광조 입에서 해미라는 이름이 나오자 조 회장의 심장이 요동쳤
다. 정신이 혼미해져 쓰러질 것만 같았다. 어떻게든 내색하지 않으
려고 떨리는 손을 감추며 무심한 듯 신문을 뒤적였다. 광조의 눈은
조 회장의 작은 미동까지 민감하게 따라다니고 있었다. 팽팽한 침
묵이 흘렀다. 침묵은 길었다. 그것이 도전으로 비쳤다. 광조가 침
묵을 깼다. 침묵을 깬 것은, 또 다른 도전인가.

"그동안 해미는 북촌마을에서 돼지 막을 치우며 거지 행세를 하
고 있었습니다."

'거지라니, 누구더러 거지라는 게야. 거지새끼를 데려다가 거둬
줬더니 진짜 거지새끼가 누군데!' 조 회장은 광조의 말 한마디 한
마디에 울화가 치밀었다. 조 회장은 치밀어 오르는 감정을 억누르

며 추궁하듯 말을 쏘았다.

"그래서? 그게 어쨌다는 게야?"

상관없다는 듯이 광조는 자신의 말만 계속했다.

"저는 걸음걸이만으로 해미와 남수를 구분할 수 있습니다. 해미는 거지로 신분을 위장한 빨갱입니다. 지금 곽병원에서 오는 길입니다. 어젯밤 송이 양이 실신한 채로 병원 앞에 쓰러져 있었습니다. 해미가 병원에 데려다놓고 간 겁니다. 송이 양은 수술을 받고 딸을 낳았습니다. 회장님 손녀를……."

"지금 무슨 소릴 하는 게야?"

조 회장이 불같이 소리 지르자, 광조의 톤도 높아졌다.

"전 16년 동안 회장님을 모셨습니다. 설마 저한테까지 부정하실 겁니까?"

침묵은 길었다. 광조는 지금 협박하고 있었다. 해미는 빨갱이다. 그러니 빨갱이의 아비인 당신도 빨갱이다. 송이도, 송이가 낳은 아이도 빨갱이다. 손녀를 살리고 싶지 않은가. 그런 협박을 하고 있었다.

"그래서? 하고 싶은 말이 뭐야?"

무섭게 내뱉었지만, 말의 위력을 잃은 상태였다.

"목포 공장을 제게 주십시오, 회장님."

"이놈!"

조 회장은 탁자를 주먹으로 내리친 뒤 부들부들 떨었다.

건방진 놈. 은혜도 모른 놈. 어디다 대고 오만한 표정을 지어가며 협박을 해! 조 회장은 속말을 내뱉지 못한 채 깊게 파인 눈을 부릅떴다. 광조는 조 회장을 기로써 꺾듯 또박또박 말했다.

"저의 제안은 그동안 회장님을 모신 의리입니다. 여기, 목포 공장 인수 서류입니다."

"뭐 의리? 네가 깡패 새끼야?"

광조는 언제부터 서류를 준비해놓았단 말인가. 마치 이 같은 날을 기다려왔다는 듯 치밀하게 준비된 서류였다. 조 회장은 주먹을 쥔 채 부들부들 떨었다. 해가 중천에 떴는데도 아침상은 들어오지 않았다. 말이 끝날 때까지 아침상을 들이지 말라고 광조가 뚝배기 할망에게 일러놓은 것이리라. 누가 주인이고 누가 아랫사람인지 뚝배기 할망마저 광조의 말을 듣는 실정이 돼버렸다. 노기 띤 조 회장의 눈이 불을 사르듯 광조의 면상을 쏘아보았다. 광조는 침착하게 인주 뚜껑을 열고 공손히 두 손으로 받쳐 탁자 위에 올려놓았다. 그런 뒤 차분히 시선을 들어 허공에다 눈을 두듯 조 회장을 응시했다. 광조의 눈빛 속에 두려움은 찾아볼 수 없었다. 더 버틴다는 것은 초라할 뿐이었다. 조 회장은 엄지손가락에 인주를 묻혔다. 광조는 서류를 접어 안주머니 속에 찔러 넣었다. 그런 뒤 일어나 큰절을 했다.

"건강─하십시오. 회장님!"

광조가 갔다. 결국, 광조의 뒷모습을 보고 말았다. 의심이 현실이 돼버렸다. 미워했던 마음과는 달리 허전했다. 어디서부터 무엇이 잘못된 것일까? 모두 왜 하나둘 떠나버리는 것일까? 어느 날은 쌍둥이들이 눈에 보이지 않더니, 몇 년 뒤에는 극진이가 떠나버렸다. 이제는 광조마저 떠나고 말았다. 배신감보다 수족 같은 광조가 떠나자 수족이 떨어져 나간 것처럼 아팠다. 응어리란 작고 소소한 오해나 감정에서 비롯된다는 것을, 떠나는 사람도 보내는 사람도 알지 못했다.

뒤바뀐 쌍둥이 형제

광조가 떠난 뒤, 교환원을 불러 목포 집으로 전화 연결을 하고 있을 때 뚝배기 할망이 아침상을 들고 들어왔다. 전복죽과 명란젓, 물김치 등으로 차린 절제된 밥상이었다. 으레 아침상은 전복죽이라는 듯, 조 회장의 의중을 고려치 않는 식단이었다. 이제 전복죽은 그만 달라고 말하려다 오기를 부리듯 느직느직한 것을 한입 떴다. 전복죽 냄새는 최순복의 체취 같았다. 지겨움과 고달픔이 되살아났다. 사약과 같은 것을 삼키려는데 전화벨이 울려 수저를 팽개치듯 내려놓고 수화기를 집어 들었다.

"아, 공장장인가?"

"네, 회−회장님!"

공장장은 대답을 술술 하지 못하고 같은 말을 되풀이하며 대답했다. 공장장은 말더듬이였다.

"아, 나요. 공장장!"

"네, 회─회장님!"

반복해서 부르는 것은 신뢰감에서 끓어오르는 반가움 때문이었다. 광조에게 배신당한 마음을, 한결같은 공장장을 통해 위로받고 싶었다.

"공장 매각은 어떻게 되었소?"

광조의 위험한 전횡에 대한 대비책으로 목포 공장 매각을 공장장에게 위임한다는 서류를 보내놓았었다.

"저─적당한 곳이 있어 매─매각을 해─했습니다."

"음, 고생했소. 공장을 매각한 대금으로 덕배가 물색해놓은 배를 인수하시오."

"네, 회─회장님!"

"아, 그리고 곁에 덕배 있으면 좀 바꿔주시오."

덕배가 수화기를 넘겨받았다.

"아, 덕밴가? 오늘 밤에 출발하여 배를 이쪽으로 들여왔으면 하네. 급히 실어 나를 사람이 있네. 해안이 봉쇄되었네. 자넨 이쪽 바다를 잘 알고 있으니 눈에 띄지 않게 들어올 방법을 찾아주게."

"네, 알겠습니다. 회장님!"

"그럼 조심해서 오게."

통화를 마친 조 회장은 수화기를 내려놓았다. 어젯밤 일로 송이의 신분이 밝혀지는 것은 시간문제일 것이다. 아이까지 위험해질 수 있었다. 덕배가 오는 동안 곽병원으로 가서 모녀를 데려와 은신시켜놓아야 했다. 그러기에 앞서 조 회장의 신경은 온통 샛문에 가 있었다. 어젯밤 경찰이 다녀간 뒤 뒤뜰로 가서 샛문의 빗장을 확인해보았다. 풀어놓은 빗장이 채워져 있었다. 밤중에 뚝배기 할망이 채워놓은 것이 아니라면 누군가 침입했다는 증거였다.

조 회장은 조급해진 마음으로 고무신을 끌며 마당을 이리저리 서성였다. 잔기침을 하며 인기척을 냈는데도 뚝배기 할망은 내다보지 않았다. 뚝배기 할망은 귀가 어두웠다. 애가 탄 조 회장은 부엌으로 성큼 들어섰다. 시간을 끌 일이 아니었다. 전에 없던 부엌 출입에 뚝배기 할망이 화들짝 놀랐다. 필요한 거라도 있느냐고 물었다. 조 회장은 혼자 있고 싶다고 말했다. 식사는 신경 쓰지 않아도 좋으니 당분간 오지 않아도 된다고 하자, 자신이 무슨 실수를 저지른 것은 아닌지 눈치를 살피며 들고 있던 행주를 내려놓았다.

"혼자 있고 싶어 그러니 오해는 말구려. 필요하면 부를 테니 며칠 쉰다고 생각하구려."

뚝배기 할망은 미심쩍은 표정을 풀지 못한 채 광주리 안에 담아놓은, 광조가 선물로 주었을 일제 스카프를 목에 두른 뒤 다소 큰 손가방을 집어 들었다. 식모의 거처는 조 회장 집 담벼락 외부에 혹처럼 붙어 있어 가방을 들고 다닌다는 것이 어색하게 느껴졌다. 가방은 음식 따위를 챙겨가기 위한 도구임이 분명했다. 조 회장은 뚝배기 할망을 내쫓듯 보내놓고 뒤뜰 쪽으로 조급히 걸음을 옮겼

다. 햇살이 좋은 날이건만 뒤뜰은 그늘지고 서늘했다. 바람은 그늘
진 곳만 찾아다니며 부는 것일까? 옷 속으로 찬기가 스며들었다.

누군가 침입했다면 집 내부 어딘가에 있을 것이다. 조 회장은 성
냥처럼 가지런히 쌓여 있는 장작더미 사이를, 곡간 안과 밖 주변
을, 장독대 사이사이를 눈으로 더듬으며 사람이 숨어 있을 만한 공
간을 꼼꼼히 살폈다. 빈 항아리 속에 숨었을까? 그러진 않았을 것
이다. 어둠 속에서 빈 항아리를 찾기도 어려울 뿐더러 자칫 깨지기
라도 하면 소리가 요란하게 날 수 있기 때문이다. 부엌은 조금 전
까지 뚝배기 할망이 있지 않았던가. 빈방에 숨었을까? 그러진 않
았을 것이다. 갑자기 경찰이라도 들이닥친다면 방문 먼저 열어보
기 마련이었다. 뒤란에 잿빛 풀들이 엉켜 있는 덤불 속을 눈으로
더듬다가 개집 앞에서 걸음을 멈추었다. 개집 구멍에 있는 짚더미
가 유난히 불룩해 보여서였다.

"해미야!"

조 회장은 나직한 톤으로 불러보았다. 침입자가 해미일 것만 같
아서였다. 단정 지을 만한 근거는 없지만, 꼭 그럴 것만 같았다. 그
래서일까? 긴장한 음성은 자신이 들어도 어눌했다. 몸까지 포박당
한 듯 뻣뻣해졌다.

"해미야!"

재차 부르자 짚더미가 들썩거리며 너덜너덜한 신발이 삐져나왔
다. 지푸라기를 머리에 뒤집어쓴 누더기 차림의 해미가 침입자였

음을 증명하며 개구멍에서 나왔다. 16년 만에 다시 마주한 부자의 상봉 장면이었다. 부자의 모습은 많이 변해 있었지만, 아비이며 아들임을 한눈에 알아보았다. 낯설지 않은 서먹함이었다. 조 회장은 애처로운 눈으로 해미를 바라보았다. 사과를 쪼개놓은 듯 홀쭉한 볼, 오뚝한 콧날, 움푹 들어간 눈을─…….

"춥다. 들어가자."

조 회장의 눈이 해미의 바지에 가 닿았다. 요의를 견디지 못했는지 젖어 있었다. 조 회장이 먼저 앞장섰다. 입을 꼭 다문 해미가 성큼성큼 뒤따랐다. 해미는 조 회장의 걸음 속도에 맞춰 걸으며 탐색하듯 좌우를 휘둘렀다. 조 회장은 등에 눈이라도 붙은 사람처럼 말했다.

"아무도 없다. 이 집에는 나뿐이다."

해미를 목욕탕으로 데리고 들어갔다. 조 회장은 마르고 긴 등을 반달처럼 구부려 목욕물을 데웠다. 일이라고는 도통 해본 적이 없어 간단한 일조차 서툴고 굼떴다. 해미는 동그마니 서서 조 회장의 거동을 지켜보았다. 버려지고 부정되어 부자 간의 한 가닥 정조차 가슴에 담을 수 없었던 서러운 세월이었다. 켜켜이 쌓인 원망을 씻겨주려는 듯, 회한을 씻어내려는 듯 조 회장의 손에 들린 바가지는 연신 데워진 물속으로 들어갔다 나왔다, 를 반복했다. 목욕통에 물을 채운 뒤 나가며 조 회장이 말했다.

"갈아입을 옷을 밖에 두마. 천천히 씻거라."

목욕탕을 나온 조 회장은 부엌으로 급한 걸음을 떼었다. 나무로 된 부엌 문턱은 닳아서 옴폭 패여 있었다. 치마 끝을 쓸며 붉은 치마가 내고 간 흔적이었다. 금자가 말없이 새겨놓고 간 흔적은 세월이 흐를수록 더 선명해졌다. 조 회장은 문턱이 높고 바닥이 깊은 낯설기만 한 부엌으로 들어가 솥뚜껑을 열었다. 솥 안은 밥풀 한 톨 없이 깨끗했다. 아침에 먹은 전복죽도 없다. 광 문을 열고 쌀을 한 바가지 퍼 왔다. 뒤뜰로 가서 장작을 한 아름 보듬고 왔다. 광조는 언제 저리 많은 장작을 패놓은 것일까? 조 회장은 유독 추위를 잘 탔다. 광조는 손수 장작을 패서 담벼락 밑에 차곡차곡 쌓아두고는 했지만, 여태 그것을 보지 못했다. 보았지만 무심했다. 배신할 준비를 하는 놈이 주인의 월동 준비까지 해놓고 갔단 말인가. 고약한 취미다.

장작을 부엌 바닥에 부려놓고, 뒤뜰로 터진 부엌문으로 나와 샘가에 쭈그리고 앉아 쌀을 씻었다. 일의 순서를 모르니 몸만 분주했다. 씻은 쌀을 솥에 붓고 장작을 아궁이에 넣었다. 몇 번의 마른 연기와 기침이 반복되고 눈물이 찔끔 나올 때쯤 장작에 불이 붙었다. 다음은 무엇을 해야 하는 걸까? 수돗가에 있는 장독 뚜껑을 하나하나 열었다. 된장과 고추장, 이런 것들로 무얼 만들 수 있단 말인가. 땅에 파묻힌 독 뚜껑을 열었다. 김칫독이었다. 샘가로 다가가 바가지를 집어 왔다. 쭈그리고 앉아 몸을 최대한 앞으로 구부린 뒤 팔을 깊숙이 뻗어 김치 한 포기를 끄집어 올렸다. 부엌으로 들어와

도마와 칼을 찾다 짚으로 엮은 조기 꾸러미를 발견했다. 일이 조금씩 손에 익자 보이지 않던 것이 보였다.

서두름과 설렘 끝에 상을 차려 방으로 들어서자 건장한 골격의 상반신이 정좌해 있었다. 말끔하게 씻은 해미는 튕기듯 일어나 두 손으로 상을 받았다. 조 회장의 옷을 입고 있는 해미의 모습이 젊었을 때 자신의 모습을 보는 것 같았다. 물기 묻은 머리카락은 이슬에 젖은 들풀 같았다. 번들거리는 콧날과 움푹 파인 눈이 낯설지 않았다. '어찌 저리도 나를 빼닮았을꼬.' 온몸에 땀이 밴 조 회장은 가쁜 숨을 몰아쉬면서도 흐뭇했다.

"미안하구나. 반찬이 변변찮아서."

조 회장은 밥뚜껑을 열어주며 말했다. 태어나 처음 지어본 밥이었다. 시커멓게 탄 조기, 뭉텅뭉텅 썬 김치, 죽처럼 풀어진 진밥을 해미는 말없이 바라보았다.

"식는다."

해미가 수저를 들었다. 밥이 입속에 도달하는 순간 해미는 마른 기침을 연거푸 했다. 조 회장이 황급히 일어나 숭늉을 챙겨 들고 돌아왔을 때는 빈 밥그릇이 되어 있었다.

"밥이 부족하냐?"

"아닙니다. 충분히 먹었습니다."

해미의 음성은 굵고 듬직했다. 해미는 뜨거운 숭늉 그릇을 받아 호호 불어가며 마셨다. 얼마나 배를 곯은 것일까? 눈이 움푹 꺼지고 뺨이 홀쭉했다. 두 부자는 한동안 입을 봉한 채 상을 마주 놓고 앉아 있었다. 침묵 끝에 조 회장이 말했다.

"여기는 네 집이나 다름없다. 맘 편히 있어도 된다."

질책이라도 하듯 해미의 눈이 조 회장을 응시했다. '네 집'이란 말이 조 회장 스스로도 상처받은 긴 세월이 무시된 성급한 말처럼 느껴졌다. 해미의 따가운 시선을 뿌리치듯 조 회장은 서둘러 일어나 상을 들어 올렸다. 돌아서 나가려는데 해미가 조 회장을 불렀다.

"아버지?"

"……?"

"전화 좀 쓰겠습니다."

아버지……. 아버지란 말이 굵은 대못이 되어 등에 꽂혔다. 해미의 시선을 등으로 받으며 조 회장은 고개를 끄덕였다. 두 다리가 후들거리며 정신까지 아득해졌다. '분명히 아버지라고 불렀다. 해미가 내게……. 된다. 되고말고. 마음껏 쓰거라.' 그러나 말은 입속에서만 맴돌 뿐, 대답한다는 게 고작 고개만 끄덕거려주고 밖으로 나왔다.

쨍그랑!

상을 엎고 말았다. 해미의 입에서 나온 아버지란 말이 상을 들고 나가는 조 회장의 팔에 힘을 빼놓았다. 쭈그리고 앉아 깨진 그릇을 어설프게 주워 담고 있는 조 회장 앞에 해미도 쭈그리고 앉았다.

두 부자의 머리가 닿을 듯 말 듯 애처로웠다. 그때 방 안에서 찢어지는 듯한 전화벨 소리가 울렸다. 교환원을 불러 연결해놓은 전화가 온 모양이었다. 해미는 깨진 그릇을 치우다 말고 방으로 뛰어들어갔다.

조 회장은 깨진 그릇을 장독대 주변에 버리고 뒤뜰로 가서 광 문을 열었다. 시렁 위에서 떡과 약과를 찾아냈다. 그것을 쟁반에 담아 앞마당으로 돌아 나와 디딤돌 위에 올라섰다. 고무신을 벗으려는 순간 팽팽한 대화가 방 안에서 새어 나왔다.

"형! 들어봐 누가 한 말인지.

내 장담하건대 조선 국민이 제정신을 차려 찬란하고 위대했던 옛 조선의 영광을 되찾으려면 백 년이라는 세월이 훨씬 더 걸릴 것이다. 우리 일본은 조선 국민에게 총과 대포보다 무서운 식민 교육을 심어놓았기 때문이다. 결국, 조선 국민은 서로 이간질하며 노예적 삶을 살 것이다. 보라! 실로 조선은 위대했고 찬란했지만, 현재 조선은 결국 일본 식민 교육의 노예로 전락했다.

조선 총독 아베 노부유키가 한 말이야. 난 이 말을 인정하지 않아. 난 식민 노예가 되지 않았으니까. 내 머릿속엔 식민 교육을 심어놓지 못했으니까. 조선은 해방됐어. 우리는 나라를 되찾은 거라고. 난 되찾은 나라를 식민 교육 노예들에게 맡길 수 없어. 지금 섬에는 식민 교육 노예들이 무고한 도민들을 학살하고 있어. 노부유키가 한 말처럼 되고 있다고. 노부유키의 말이 얼마나 두렵고 무서운 말인지 나는 이곳에서 실감하고 있어. 헐뜯고, 음모하고, 누명 씌우고, 죽이고 있다고…….

형! 날 설득하려 하지 마. 형은 언제나 그랬지. 할머니가 우리 때문에, 아니, 나 때문에 경찰서에 감금되어 고문당하고 있을 때도 형은 지금처럼 말했어. 이럴 때일수록 법을 지키자고, 법에 어긋나지 않게 하자고. 형! 법은 희망이 없어. 약자의 편이 아니니까. 죄인을 잡아야 할 경찰들이 선량한 사람들을 끌어다가 빨갱이로 누명을 씌워 죽이고 있으니까. 형! 비록 나를 버린 고향이지만 내 고향이 피로 물들고 있는 것을 지켜만 볼 수 없어. 형! 부탁이 있어 전화했어. 송이가 아이를 낳았어. 내 딸을…….”

그 순간 전화기 너머로 남수의 음성이 새어 나왔다. 걱정과 나무람이 아닌 환희와 기쁨의 음성이었다.

“형! 내 딸 이름은 금례야. 우리 할머니 성함이 권금례였잖아. 할머니처럼 정직하고 따뜻한 사람이 되라는 의미야. 여기가 어디냐고? 놀라지 마. 형! 여긴 아버지 방이야. 우리가 밥을 구걸하러 올 때마다 아버진 언제나 미닫이문을 열어놓고 신문을 보셨지. 동냥 온 우릴 그렇게라도 보려고 말이야. 아버지가 우릴 사랑하지 않은 건 아니었어. 단지 아버지 자신을 더 사랑했을 뿐이야. 화내지 마! 그래 형 말대로 누구나 자신만을 사랑하진 않아. 그렇지만 난 미움

따위로 내 삶을 증오하고 싶진 않아. 믿기 어렵겠지만, 내가 경찰에 쫓기고 있을 때 나를 숨겨준 곳이 아버지 집이었어. 정신을 차리고 보니 높은 담장이 나를 감싸고 있는 거야. 내가 아버지 집에 나도 모르는 사이 숨어들었던 거지. 내가 궁지에 몰려 헤매고 있을 때 아버지 집의 샛문이 열려 있다는 걸 알았어. 나는 이 일을 우연이라고는 생각되지 않아. 아버지가 일부러 열어놓은 거라고 생각돼. 늘 나를 기다렸던 권 할머니처럼! 아버지도 우리를 위해 샛문을 열어놓았던 거지.

더 놀라운 것은 아버지가 날 위해 손수 밥을 지어주셨다는 거야. 형은 모를 거야. 아버지가 지어준 밥이 얼마나 맛있는지. 세상에서 가장 맛있는 밥이었어. 난 아버지를 증오하진 않지만, 아버지 같은 아버지가 되고 싶진 않아. 형! 내 딸 금례가 걱정돼. 내 딸 금례도 나처럼 살게 될까 봐 두려워. 자식을 버리느냐, 내가 믿고 있는 신념을 버리느냐 뭔가를 선택하지 않으면 안 될 것 같은 이 혼돈된 마음을 형은 이해 못 할 거야.

그만해 형! 날 설득하려 하지 마! 형 말이 맞아. 평화협상이 파기되자 지도자 김달삼은 도망쳤어. 인정할게. 그렇다고 나까지 도망치고 싶지는 않아. 뜻을 같이 도모해놓고 혼자 도망칠 순 없어. 형이라도 그렇게는 못 할 거야. 어차피 우린 도망갈 곳도 없어. 평생 도망 다니며 숨어 살 바에야 영광스럽게 죽음을 택하겠어. 그래 맞아. 형의 말은 언제나 옳았지만, 현실은 그렇지 못했지. 난 형이 말하는 법이 통용되는 세상이 오길 바라. 내가 투쟁하고 있는 이유이기도 하니까. 형이 여기로 오겠다고? 형⋯⋯!"

전화가 끊겼는지 해미는 수화기를 든 채 생각에 잠겨 있었다.

"해미야!"

어느새 방에 들어와 해미를 부르며 서 있는 조 회장을, 해미는 초점을 잃은 듯 바라보며 혼잣말처럼 중얼거렸다.

"아버지, 형이 여기로 오겠답니다."

"남수가 어디 있길래, 이 위험한 섬엘?"

그 물음에는 대답하지 않았다. 송이도, 해미도 남수에 관해 물을 때마다 말을 아꼈다. 남수는 끝내 아버지 성인 '조'씨 성을 거부했다. 아버지에 대한 반감과 증오가 커서일 것이다.

조 회장은 쟁반을 탁자 위에 내려놓았다. 떡을 집어 해미에게 주었다. 약과를 집어 해미에게 주었다. 해미는 주는 대로 받아먹었다. 먹는 모습을 보니 흐뭇했다. 이것이 기쁨인가? 이것이 행복인가? 왜 이제서야 이런 소소한 기쁨을 알게 됐단 말인가?

"아버지, 좀 자고 싶습니다."

해미는 먹다 말고 피곤한 표정으로 말했다.

"자, 자거라. 자도 되고말고."

해미가 근심을 품고 모로 누웠다. 조 회장은 이불을 살포시 덮어주었다. 방 한구석에 군청색 누더기가 보였다. 물에 담그면 구정물이 먹물처럼 나올 것만 같은 누더기를 조 회장은 보듬어 안았다.

가진 게 많아도 자식에게 새 옷 한번 사 입히지 못했다. 조 회장은 누더기에 묻은 삶의 때를 맑은 물이 나올 때까지 손수 빨아내고 싶었다. 다시 만난, 아니 마음으로 처음 만난 자식을 보자마자 목욕탕으로 데려가 씻게 한 것도, 누더기를 빨고 싶은 것도, 과거의 얼룩을 말끔히 지우고 싶어서인지도 모른다.

"아버지?"

나가려는 조 회장을 해미가 붙잡듯 불렀다. 물건을 훔쳐 달아나는 도둑처럼 조 회장은 화들짝 놀랐다.

"밖에 널지 마세요. 누가 봐요."

"알았다. 그러마."

조 회장은 대답과 다르게 말하고 싶었다. '누가 보면 어떠냐. 네가 내 아들이란 것이 하나도 부끄럽지 않다.' 사람들 눈을 의식하고 한 말뜻을 이해 못 해서가 아니었다. 조 회장은 해미의 말뜻과 다르게 대답하고 싶었다.

이튿날, 조 회장은 아침 일찍 움직였다. 배를 접안할 곳을 찾지 못해 해안을 맴돌고 있는 것인지, 덕배로부터 소식이 없었다. 덕배가 도착하기 전에 송이를 퇴원시켜 데려올 생각에 집을 나섰다. 아이를 보면 해미의 마음도 약해질 것이다. 해미가 대문까지 따라 나왔다. 혹여라도 뚝배기 할망이 올 것을 염려해 빗장을 단단히 채우라고 일렀다. 부르기 전에는 당분간 오지 말라고 했지만 혹 모르는 일이었다.

분신 같은 광조가 없어 조 회장은 뭐든 혼자서 해야 했다. 조 회장은 걸어서 곽병원까지 갔다. 곽 원장은 수술 들어가고 없었다. 조 회장은 진료실인 마루에 앉아 곽 원장을 기다렸다. 수술은 20~30분이면 끝난다며 차를 내온 간호원이 말했다. 길지 않은 시간이 지루하고 초조했다. 먼저 송이를 만나고 싶었지만, 자연스러운 절차는 필요한 법이었다. 조 회장은 한가로운 마당으로 시선을 던졌다. 나뭇잎이 붉게 타들어가는 가을이었다. 붉은 잎은 재가 된 듯 작은 바람에도 힘없이 떨어져 날렸다. 수선스러운 인기척과 함께 곽 원장이 모습을 드러냈다.

"아이고, 오래 기다리셨죠? 오전에 수술이 있었습니다."

"네, 들었습니다. 바쁘신데 연락도 없이 불쑥 찾아와서 죄송합니다."

"별말씀을요. 건강은 좀 어떠십니까?"

"네, 덕분에요."

"아, 잠시만요."

곽 원장은 인사말을 밀쳐놓고 옆에 서 있는 간호원에게 물었다.

"그래서? 남송이 간호원이 사라졌다는 건가?"

화들짝 놀란 조 회장이 대화에 끼어들었다.

"무슨 말씀입니까? 남송이 간호원이 사라졌다니요? 언제? 아이까지 말입니까?"

얼결에 송이의 출산을 알고 있음을 내비치고 말았다.

"아, 아닙니다. 아이는 두고, 남송이 간호원만 사라진 모양입니다."

"그래서? 자세히 말해봐!"

곽 원장이 간호원에게 이어 물었다. 그녀의 말에 의하면 어젯밤 광조가 송이를 찾아와 한참 동안 옥신각신하는 것 같았는데 아침에 병실에 들어가봤더니 편지 한 통만 달랑 놓여 있고, 남송이 간호원은 보이지 않더란 내용이었다. 간호원은 들고 있던 편지를 곽 원장이 아닌 조 회장에게 내밀었다. 조 회장은 의아해하며 편지를 받아들었다. 곽 원장이 궁금한 눈으로 편지를 좇았다. 조 회장은 앉은 자리에서 읽어보지 않을 수 없었다. 밀봉되지 않은 봉투 속에는 회장님, 아이를 잘 부탁합니다! 라고 쓴 짧은 내용의 서신이 들어 있었다.

"아이는 어디 있습니까?"

조 회장의 물음에 간호원이 대답했다.

"영아-실에요."

조 회장은 영아실로 안내돼 흰 천에 싸인 갓난아이 금례와 대면했다. 금례는 눈을 꼭 감은 채 자는 중이었다. 오밀조밀한 이목구비가 한눈에 보아도 계집아이였다. '할애비다. 금례야. 내가 네 할애비다.' 조 회장은 얼굴 가득 미소를 머금고 속으로 말했다. 말하고 말하느라 연신 고개를 주억거렸다. 금례를 바라보는 입가에 미소가 번졌다. 미소 짓고 있는 동안에는 아무런 근심도 떠오르지 않았다.

조 회장이 금례를 데려가기 위해 병원비를 계산하려 하자 곽 원장은 남송이 간호원에게 줘야 할 급여가 있다며 받지 않았다. 조 회장은 아이를 데리러 온 상황이 됐다. 아이와 송이를 데리러 온 것은 맞지만, 벌어진 상황은 상상도 못 한 일이었다.

광조는 무슨 일로 송이 병실에 찾아간 것일까? 둘 사이 조 회장이 모르는 일이 있었던 것일까? 광조가 송이를 마음에 두고 있었다면, 해미와 금례의 생명을 놓고 협박하여 데려갔을 수도 있다. 그렇다면 목포로 갔을 것이다. 경찰과 서북에 라인이 있는 광조라면 봉쇄된 해상을 벗어나는 것은 문제도 아닐 것이다. 목포 공장이 매각됐다는 것을 모른 채.

금례를 받아 안은 해미가 넋을 잃고 바라보며 말했다.

"아버지! 똑같아요. 움막 앞에 버려졌던 송이의 모습과……. 그래서 가슴이 아파요. 금례도 우리처럼 살게 될까 봐 두려워요."

금례가 자다 깨어 작은 입을 벌려 울기 시작했다. 순한 아이도 배가 고프면 울기 마련이었다. 조 회장은 부녀를 방에 두고 방을 나와 광으로 향했다. 쌀을 가져와 물에 담갔다. 쌀죽을 쑤어야 했다. 신생아에게는 쌀죽마저도 거친 음식이란 것을 조 회장은 알지 못했다. 그저 무엇이든 먹여야 한다는 생각뿐이었다. 장작을 아궁이에 넣고 불을 지폈다. 매운 연기를 핑계 삼아 눈물을 허용했다. 부끄러운 눈물이었다. 후회의 눈물이었다. 조 회장은 눈물을 훔치며 국자로 쌀죽을 휘저었다. 금례의 울음소리가 밖으로 새 나가지 않게 하려면 서둘러야 했다.

조금만 힘을 주어도 부서질 것 같은 딸을, 손녀를 어떻게 안아야 하는지 부자는 난감했다. 두 부자는 금례를 돌보느라 마음만 부산스럽게 진땀을 흘렸다. 서투른 두 부자의 애씀이 안쓰러웠는지 금례는 새근새근 잠이 들었다. 늦은 저녁 밥상을 앞에 놓고 마주 앉은 할아버지와 아비는 고개를 돌려 금례에게 눈을 고정한 채 수저를 입으로 가져가고 있을 때 문 두드리는 소리가 들렸다. 금례의 울음소리를 듣고 뚝배기 할망이 온 것일까? 조 회장은 사색이 됐다. 문을 향해 조심스럽게 다가가는데 문틈으로 먼저 알아본 덕배가 알은척을 했다.

"접니다. 회장님, 덕뱁니다."

덕배가 해안을 무사히 통과해 들어온 모양이었다. 조 회장은 서둘러 빗장을 풀었다. 몸집이 큰 덕배는 들이닥치듯 마당 안으로 발부터 들여놓았다. 조 회장은 골목 밖을 살핀 뒤 얼른 빗장을 채웠다. 소리에 놀란 해미도 피신했다가 뒤뜰에서 나왔다. 두 팔을 벌리며 다가와 덕배를 힘주어 포옹했다. 반가움에 둘은 감은 팔을 한동안 풀지 못했다.

조 회장은 부엌으로 다급히 걸음을 옮겼다. 덕배를 위해 밥을 들고 방에 들어서자 해미와 덕배는 마주 앉아 심각하게 대화를 나누고 있었다. 해미가 조 회장을 바라보며 말했다.

"아버지, 목포에 다녀와야겠습니다. 송이를 찾아봐야 할 것 같습니다."

조 회장은 섬을 빠져나갈 방법을 어떻게 해야 할지 걱정하며 말했다.

"내 차로 움직이면 해안까지야 어렵지 않게 갈 수 있겠지만 해안을 경비하고 있는 토벌대들에게 발각이라도 된다면……."

"지체할 시간이 없습니다. 위험을 감수하고라도 오늘 밤 출발하는 것이 최선입니다."

해미가 덕배를 쳐다보며 결심한 듯 말했다.

조 회장은 바빴다. 평생 할 일을 한꺼번에 하는 기분이었다. 쌀죽을 더 쑤어야 했다. 조 회장은 휘청거리며 부엌으로 향했다. 그런데 어떻게 된 것일까? 부뚜막 위에 펼쳐 넣어놓은 좀 전까지 있었던 해미의 누더기가 보이지 않았다. 조 회장은 부엌에서 황급히 나오며 작은 소리로 해미를 불렀다.

"해미야! 해미야!"

"네, 아버지!"

"없어졌다."

"뭐가 말입니까?"

"네 옷이, 네 옷이 없어졌어. 부뚜막 위에 넣어놓은 네 옷이…….

대신에······ 이것이······."

조 회장의 손에는 남남수, 라고 새겨진 군복과 편지가 들려 있었다. 해미는 빠르게 편지를 읽었다.

희생이라는 단어를 떠올리며 힘들지 않았으면 좋겠다. 네가 너의 신념대로 사는 삶에 충실했던 것처럼 지금 나도 내 신념대로 살려고 하는 것이다. 너와 송이, 금례를 지켜야 하는 것이 내 삶이고, 내 신념이다. ―남수

남수는 수십 장의 글로도 다 채우지 못할 형제의 이승의 이별을 이렇게 짧게 마무리했다. 짧은 형제의 이별 인사에 비해 해미가 남수로 살아야 하는 방법과 정보들은 몇 장에 걸쳐 세세히 나열되어 있었다. 군인들의 행동 방식, 부대 생활에서의 언어, 계급의 나열, 자신이 제출한 이력에 관한 설명, 자신을 기억하고 있는 사람들에 관한 정보, 습관 하나하나, 표정 하나하나 설명으로 꼼꼼히 채워져 있었다. 무언가 알려주어야 할 것을 빠뜨리지 않았나 하는 고심이 묻어나는 글을 끝으로 해안출입증과 전출명령서가 들어 있었다.

편지를 읽은 해미는 말이 없었다. 조 회장은 조급증이 나서 다그치듯 물었다.

"무슨 편지야? 남수가 다녀간 것이냐? 남수가 어디에 있길래 이렇게 빨리 다녀갔단 말이냐?"

"아버지…… 형은…… 이곳 제9연대에 대위로 복무 중입니다."

"그렇게 가까이 있었단 말이냐? 근데 남수는 왜 이 군복과 편지만 놓고 가버린 것이냐? 네 옷은 왜 가져가고?"

덕배가 끼어들었다.

"회장님, 옷을 바꿔 입고 간 모양입니다. 지금 해안 근처에는 군인들이 쫙 깔려 있습니다. 그들은 깜깜한 어둠 속에서 민간인과 토벌대를 군복으로 구분 짓고 있습니다. 그러니 해안을 탈출하기 위해서는 군복만큼 안전한 복장도 없습니다."

해미가 말했다.

"아버지, 형은 제가 형의 신분으로 살길 바라고 있어요. 형이 전출된 곳으로 저를 보내고 싶어 해요. 형이 대신 저로 남아 살 생각인가 봐요. 아버지, 형을 힘들게 하고 싶진 않아요. 절대 그럴 순 없어요. 전출일까지는 며칠 남았으니 서둘러 다녀올게요. 금례만 송이에게 데려다 놓고 서둘러 돌아올게요."

조 회장은 혼자 말처럼 중얼거렸다.

"여기까지 와서 그냥 갔단 말이냐? 여기까지 와서……."

남수는 샛문을 통해 왔다 간 것일까? 조 회장은 짐을 싸기 시작했다. 쌀죽을 통에 담고, 현금이 될 만한 귀중품들을 챙겼다. 생각나는 대로 챙겨 보자기에 쌌다.

콩을 볶듯 준비를 끝낸 뒤 열 시가 넘어서야 집을 나섰다. 덕배가 먼저 골목 밖으로 나가 망을 보았다. 덕배가 손짓하자 금례를 안은 조 회장이 종종걸음을 치며 나와 뒷좌석에 올라탔다. 덕배가 주변을 휘둘러 본 뒤 고갯짓을 하자, 짐을 든 해미가 군복 차림으로 대문 밖으로 나왔다. 긴 머리를 짧게 깎아 해미는 누가 보아도 남수 같았다. 덕배가 얼른 짐을 받아들자, 해미가 운전석에 올라타며 시동을 걸었다. 짐을 끌어안은 덕배가 조수석에 올라탄 뒤 전방 좌우를 휘둘렀다. 차는 이미 골목을 빠져나가고 있었다.

밤바다는 칠흑처럼 어두웠다. 미리 연락받고 나온 토벌대 신분인 세포 보초병이 조 회장 차를 발견하고 튕기듯 갈대숲에서 나왔다. 차에서 내린 일행을 으슥한 해안 길만을 골라 안내했다. 보초병 손에는 담뱃불만 한 손전등이 들려 있었다. 길이 고르지 않아 조 회장 품에 안긴 금례를 덕배가 대신 안았다. 암벽을 타듯 조심스럽게 가파른 갈대숲을 내려갔다. 해미가 조 회장을 부축하며 말했다.
"아버지, 여기서부터는 저희끼리 가겠습니다. 길이 험합니다."
"아니다. 말리지 말거라. 가는 거 보고 갈란다."
"차는 어떻게 하실 겁니까?"
"운전할 사람 없겠냐?"
세워놓은 차는 갈대로 가려져 있어 보이지 않았다. 갈대숲을 벗어나 발이 모래 속에 푹푹 빠지는 해안으로 나왔다. 해안을 따라

걷던 일행 앞에 순찰하던 토벌대가 나타났다. 길을 안내하던 세포 보초병이 토벌대에게 이쪽 상황을 간략히 설명했다. 덕배가 조심스럽게 다가가 선주 행세를 하며 통행증을 제시했다. 해미는 힘으로 제압해야 하는 상황이 벌어질 것을 대비하며 떨어져 지켜보고 있었다. 통행증도 별 소용이 없었던지 오가는 이야기가 길어졌다. 사방에 토벌대가 잠복해 있어 일이 커지기 전에 수습해야 했다.

"뭐가 문젠가?"

멀찍이 서 있던 해미가 다가가 물었다. 해미를 본 토벌대가 이마에 손을 올려붙이며 부동자세를 취하며 대답했다.

"민간인들은 누가 됐든 해안을 빠져나가지 못하게 하라는 명령을 받았습니다."

"그걸 누가 몰라? 내가 책임질 테니 통과시켜. 고작 아이를 안은 일행이지 않은가? 아이가 무슨 빨갱이라도 된단 말인가?"

"저, 그게……."

"명령에 불복종하겠단 말인가? 자네 어느 부대 소속인가?"

해미의 음성은 묵직하면서도 낮았다. 위압적인 해미 앞에서 토벌대는 자신의 판단에 힘을 잃어갔다. 남수의 군복은 토벌대의 의심을 억누르기에 충분했다. 해미는 조 회장을 바라보며 말했다.

"회장님, 걱정하지 마십시오. 가는 동안 이 아이를 제가 챙기겠습니다."

"제가 대위님을 번거롭게 하네요."

"아닙니다. 어차피 저도 전출되어 섬을 나가야 하는 상황입니다."

해미는 조 회장과 눈을 맞추며 말하다가, 토벌대를 향해 명령했다.

"나는 전출되어 가는 길이다. 여기서부터는 이 사람들을 내가 책임져 인솔하겠다. 너희들은 따라오지 마라!"

해미의 명령에 토벌대가 한 발 뒤로 물러섰다. 길을 안내하던 세포 보초병이 거수경례를 하며 인사했다.

"안녕히 가십시오, 대위님!"

조금 떨어진 곳에 거룻배 하나가 파도를 타듯 흔들리고 있었다. 조 회장은 금례를 안고 있는 덕배에게 다가갔다. 누비 포대기에 싸인 금례를 희미한 달빛에 의지해 들여다보았다. 금례는 눈을 뜬 채 담요에 싸여 있었다. 울지 않는 아이. 순한 아이는 이별의 순간 별처럼 눈을 반짝이고 있었다. 만나자마자 이별이었다. 조 회장은 가녀린 금례의 손을 매만지며 보드라운 볼에 입을 맞추었다.

"금례야, 내가 네 할애비다. 부디 잘 살거라."

"아버지, 금례를 송이에게 데려다주고 바로 돌아오겠습니다."

"오지 마라! 오지 마! 네가 돌아오겠다는 것은 죽으러 오겠다는 말이나 한가지다. 너는 수배된 사람이다. 가거든 꼭꼭 숨어 살거라. 그것이 금례와 이 아비를 위한 길이다. 너만은 아비 같은 아비는 되지 말 거라. 이 못난 아비를 용서해다오. 미안하구나."

"아닙니다. 아버지, 곧 돌아와야 합니다. 저들은 제가 남수 형인 줄 곧 알게 될 겁니다. 형은 이곳에 있는데 말입니다. 제가 형을 곧

경에 빠뜨린 것 같아 불안합니다. 금례만 데려다 놓고 바로 오겠습니다."

"남수는 철저한 성격이라 들었다. 이런 상황이 벌어질 것까지 예비해 다른 방법을 대비해놓았을 것이다. 그렇게 믿자. 어서 떠나거라. 지체했다가 발각되면 남수가 더 곤란해질 수 있다."

"아버지!"

"어서! 가거라. 아비를 용서해다오! 미안하다!"

"아닙니다. 다 용서했습니다. 아버지가 해주신 밥을 먹는 순간, 그 밥이 몸속에 쌓인 원망을 모두 녹여냈습니다. 바로 돌아오겠습니다. 형이 걱정돼서도 서둘러 돌아오겠습니다."

해미는 조 회장을 끌어안았다. 뼈만 남은 앙상한 몸이었다. 조 회장도 해미를 힘주어 안았다. 안아주기에는 너무 커버린 아들을 늦었지만, 힘주어 끌어안았다. 아들의 품은 단단했다.

"사랑한다. 미안하다. 용서해다오."

부자는 서로 안은 채 체온으로 말했다.

세 사람을 태운 거룻배는 덕배가 멀찍이 세워놓은 배를 향해 삐걱거리며 멀어졌다.

혼자가 된 조 회장은 귀를 쫑긋 세워 거룻배의 동체를 눈으로 좇았다. 삐걱대는 소리는 점점 작아져 들리지 않았지만 조 회장은 자리를 뜨지 못한 채 넋을 놓고 서 있었다. 한참이 지나자 정적을 깨며 닻이 올라가는 소리가 희미하게 들렸다. 쇠사슬 소리였다. 로프를 감아올리는 소리였다. 어두운 바다에서 엔진 소리가, 피스톤 소리가 들렸다. 소리에 반응하느라 여기저기서 토벌대들이 쏘아대는 파열된 불꽃이 바다를 밝히며 번쩍거렸다. '저러다 총알이 배라도 뚫으면 어쩔꼬!' 모든 소리가 잦아들자 바다에는 정적만이 감돌았다. 배가 무사히 빠져나간 것일까? 고요한 바다에는 잔잔한 물소리만 남았다. 조 회장은 검붉은 불길이 폭발하듯 치솟는 산간 마을 쪽으로 자신도 모르게 고개를 돌렸다. 바다의 불똥이 중산간 마을로 옮겨붙은 것인지 멀리서 불길이 하늘을 향해 치솟고 있었다.

"회장님, 무사히 떠난 것 같습니다. 그만 가시지요."

길을 안내하던 세포 보초병이 몸을 숨기고 있다가 다가왔다. 조 회장은 어둠으로 뒤덮인 바다를 등지고 천천히 걸음을 옮겼다. 갈대가 무성한 비탈길에 이르렀을 때였다. 누더기 차림의 검은 형체가 빠른 동작으로 사라지는 것이 보였다. 달빛에 의지해 본 그림자는 분명 누더기 차림이었다. 그것이 남수라는 것을 직감할 수 있었다. 남수는 불춤이라도 추듯 누더기 자락을 바람에 휘날리며 불꽃이 일렁이고 있는 산간 마을 쪽으로 멀어지고 있었다. 그 모습이 마치 해미 같았다.

공장장은 설핏 무슨 소리가 나는 것 같아 자다 눈을 떴다. 손전등을 들고 밖으로 나왔다. 소리는 공장 쪽에서 들리는 듯했다. 공장장은 손전등을 휘저으며 공장 쪽으로 걸음을 옮겼다. 걸음을 뗄

때마다 쿨룩쿨룩 기침이 연거푸 나와 밤의 정적을 흔들었다. 공장 문은 단단히 잠긴 상태 그대로였다. 밤에 쥐가 움직이며 내는 소리인가. 공장장은 손전등을 휘저어보았다. 공장 안은 어둡고 음산했지만, 뼈를 묻어도 될 만큼 생활해온 장소라 공장장에게는 더없이 편안한 곳이었다. 공장장은 폐타이어가 쌓인 곳에 주저앉았다. 기침이 계속 나와 호주머니에서 손수건을 꺼내 입을 틀어막았다. '윤'이라고 성이 새겨진 흰 손수건이었다. 최순복이 수놓아준 것이었다. 옆에 내려놓은 손전등에서 빛이 일직선으로 뻗었다. 빛이 가리킨 곳은 전화기였다. 공장장은 엉거주춤 다가가 수화기를 집어 들었다. 전화기 너머로 교환원의 음성이 새어 나왔다.

"어디로 연결해 드릴까요? 여보세요? 말씀하세요!"

아무 말이 없자 교환원은 '여보세요!'를 한 번 더 반복하더니 끊어버렸다.

뚜뚜뚜뚜.

공장장은 뚜뚜 소리가 나는 수화기를 손에 쥐고서 생각에 잠겼다. 초점 없는 시선을 어둠 속에 던진 채. 어디로, 누구에게 전화하려 했는지 생각이 나지 않은 사람처럼…….

최 회장 집안은 일제에 부역하며 부를 축적한 집안이었다. 공장장의 아버지는 그 집의 소작인이었다. 아버지가 죽고 공장장은 아버지의 가업을 잇듯 최 회장 집의 소작인이 되었다. 골방 같은 곳에 얹혀살며 공장 일도 돕고, 집안 잡일도 도맡았다. 최순복은 잔

병치레를 앓느라 집에 있는 날이 많았다. 그녀의 말벗은 공장장뿐이었다. 성격이 까탈스러운 그녀는 다섯 살 많은 공장장을 친오라버니처럼 따랐다. 둘은 어머니가 없다는 공통점이 있었다. 최 회장은 딸 최순복이 공장장을 따르는 것을 달갑게 여기지 않았다. 요양을 핑계 삼아 최순복을 제주에 머물게 한 것도 그 때문이었다.

최순복은 정기검진 때문에 목포에 머물다 가곤 했다. 결혼을 며칠 앞둔 날에도 최순복은 목포에 머물렀다. 그녀는 고생을 몰라 철도 없고, 자신밖에 몰랐다. 한결같은 공장장은 그녀의 성격을 온전히 받아주었다. 그런 마음은 쉬이 전해지는 법이었다. 최순복은 공장장에게 마음을 의지했다. 최순복은 목포에 머무는 동안 손수건에 수를 놓았고 공장장에게 주었다. '윤'이라고 공장장의 성을 새긴 손수건을 건네주며 품에 안겨 펑펑 울었다. 공장장은 그녀를 밀어내지 않았다. 울음은 길었다. 공장장은 묵묵히 기다려주었다. 그렇게 밤을 새운 다음 날 그녀는 제주로 돌아갔다. 그녀는 곧 결혼했고 얼마 되지 않아 임신 소식이 들려왔다. 공장장은 그 아이가 자신의 아이라는 걸 의심하지 않았다. 아니 믿고 싶었다.

공장장은 그녀와 아이를 멀리서 지켜보며 혼자 살았다. 학생이 된 극진이가 목포 집에 머문 적 있었다. 방학 때였다. 자식을 가까이 두고 볼 수 있다는 기쁨에 공장장은 말할 수 없이 행복했다. 공장장은 극진이가 자는 방에 들어가 머리를 쓰다듬었다. 자식을 만져보는 설렘에 손끝이 떨렸다. 공장장의 뜨거운 눈물이 극진이 얼굴에 떨어졌다. 너무 뜨거웠던 것일까? 자는 줄 알았던 극진이가 눈을 번쩍 떴다. 닮은 부자의 퉁방울눈이 부딪혔다. 공장장은 극진이의 시선을 외면하며 도망치듯 방을 나왔다. 그런 일이 있고 얼마 뒤 극진이가 학교를 작파했다는 말이 들렸다. 몇 년 뒤에는 극진이가 일본으로 떠나버렸다는 말이 들렸다. 공장장은 그런 소식들이 전해질 때마다 가슴이 찢어지는 자책과 고통에 시달렸다. 최 회장 집 소작인의 아들, 머슴과 같은 공장장이 자신의 아버지라는 현실을 부정하기 위해 극진이는 도망쳐버린 것일까?

손전등이 빛을 잃었다. 칠흑처럼 어두운 곳에 우두커니 서 있던 공장장은 손에 쥐고 있는 수화기를 귀에 갖다 댔다. 뚜뚜뚜뚜 소리가 나는 수화기를……. 공장장은 기계음에 대답하듯 더듬거리며 말했다.

"미―미안하다. ……미―미안합니다."

대상이 다른 극진이와 조 회장에게 한 말이리라. 공장장은 할 말을 마쳤다는 듯이 들고 있던 수화기를 떨어뜨리며 바닥에 엎어졌다. 가슴을 움켜쥐고 괴로워하며 손수건으로 입을 틀어막았다. 붉은 꽃을 입에 물고 있는 것 같았다. 웅크린 채 쓰러져 있는 공장장은 한낱 공장의 사물 같았다. 낡은 폐타이어 같았다.

그때 서너 명의 침입자가 공장 안으로 들어섰다. 여수에 주둔 중인 국군 제14연대가 19일 밤, 섬으로 출동하라는 진압 명령을 거부하고 반란을 일으켜 여수는 삽시간에 전쟁터로 변해 있을 때였다.

여수에서 목포까지는 차로 두 시간 거리였다. 침입자는 계획하고 온 것인지 생고무와 생산해놓은 물건들을 트럭에 옮겨 실었다. 순식간에 옮겨 실은 뒤 트럭에 시동을 걸었다. 한 사람이 남아 자신들을 착취해 부를 이룬 지주들을 응징이라도 하려는 듯 드럼통에 든 기름을 공장에 두른 뒤 성냥을 그어 내던지며 트럭에 올라탔다. 불길이 치솟음과 동시에 트럭은 어둠 속으로 사라졌다.

여수 순천 10 · 19사건이 발발한 뒤 성내는 술렁였다. 여수 순천 10 · 19사건은 공산당의 공작이라는 데에 초점을 맞추고 있었다. 토벌대는 여수 반란병들이 제주로 진격해 들어올 것을 대비해 개미 한 마리 드나들 수 없도록 봉쇄에 집중했다. 해미가 돌아와서도 안 되지만, 돌아올 수도 없게 됐다. 섬은 완전히 봉쇄됐다. 마치 해미를 못 오게 하려고 토벌대들이 장벽을 쳐놓은 것 같았다. 조 회장은 중산간 마을로 사라지던 누더기 차림을 한 남수의 뒷모습이 자꾸만 어른거렸다. 제9연대로 전화해서 남수의 소식을 물을 상황도 아니었다. 조 회장은 남수가 어디에 있는지 궁금했다.

바스락!

깊은 밤, 나뭇잎 밟는 소리가 들렸다. 몸집이 큰 나무 뒤로 그림자가 어른거렸다. 남수의 그림자라는 걸 직감적으로 알 수 있었다. 그림자가 모습을 감추려 하자 조 회장이 다급히 불러세웠다.

"가지 말거라. 남수야?"

"……!"

"기다렸다. 네가 올 줄 알고 샛문을 열어놓고 기다렸다."

누더기 차림의 그림자가 불쑥 달빛을 받으며 모습을 드러냈다. 개집 속에서 기어 나오던 해미의 모습과 흡사했다. 어찌 저리도 형제가 닮았을꼬. 조 회장은 떨리는 음성으로 말했다.

"춥다. 들어오너라."

남수는 통나무처럼 뻣뻣하게 서서 아무 말이 없었다. 마음속으로는 이런 대답을 하고 있었다. '밖이 추운지는 아십니까? 한겨울, 칼바람이 휘몰아치는 곳에 어린 자식을 방치했잖습니까? 장마철엔 움막까지 물에 잠겨 눅눅한 한데서 잠을 청해야 했습니다. 그런 생활이 어떤 것인지 상상이나 해보셨습니까? 아버지는 비겁합니다. 남의 눈치나 살피는 나약한 위선자입니다.' 그러나 남수는 생각을 말로 실천하지 않았다. 대신 찾아온 용건을 간단히 말했다.

"해미에게, 철저하게 내가 되라고 전해주십시오. 그 말을 전하려고 왔습니다."

"어떻게…… 해미가 너 대신 그럴 수 있단 말이냐?"

"해미라면 할 수 있습니다. 해미가 살 길은 그 길뿐입니다. 그리 전해주시리라 믿고 가겠습니다."

돌아서려는 남수를 붙잡듯 물었다.

"넌, 너는 어떻게 하려는 것이냐?"

"……."

남수는 침묵했다. 그러나 침묵으로 쉼 없이 말하고 있었다. 왜 버렸느냐고. 자식이 걸똘마니로 살고 있는데 아무렇지도 않았느냐고. 조 회장은 변명하고 싶었다. 힘이 갖고 싶었다고. 살기 위해선 힘이 필요했다고. 더구나 남이 가진 힘을 거저 얻기 위해선 대가를 치러야 하는 법이라고. 패륜적 아비의 역할이 그 대가였다고. 대가란 어느 쪽이든 희생을 치러야 끝나는 법이라고. 너의 작은 힘도 누군가의 희생을 통해 얻을 수 있었던 거라고. 네가 해미에게 벗어 준 군복이 힘이었다고. 그 힘을 몸에 걸친 해미가 죽음의 섬을 탈출할 수 있었다고. 힘은 자신을 지키는 무기와 같은 것이라고. 결국 너도 그 힘을 권 할머니의 희생을 통해 얻은 것이라고. 그러나 조 회장도 변명을 말로 실천하지 않았다. 스스로 생각해도 비겁한 변명이었기 때문이다.

　"전 어떻게 되든 해미만 무사하면 상관없습니다."

　남수는 짧게 대답한 뒤 홀연히 가버렸다. 붙잡을 새도 없이 가버렸다. 할 말이 많은데 가버렸다. 조 회장은 남수가 다시 올 것만 같아 밤새 기다렸다. 기다리는 남수는 오지 않고 아침만 왔다. 마당 한가득 햇살이 쏟아졌다. 대문 두드리는 소리가 거칠게 햇살을 뚫고 미닫이문을 흔들었다. 조 회장은 미동 없이 앉아 있었다. 틀림없이 다시 올 남수를 기다리느라. 남수가 오면 변명 대신 이렇게 말할 것이다.

　"미안하다. 용서해다오!"

슬픔으로 낳은 생명

비망록의 마지막 장을 넘겼다. 절명한 세상에 퍼붓는 듯한 폭우가 창을 때렸다. 투덕투덕 요란한 소나기 소리가 슬픔의 위로곡 같았다. 어머니는 이 비망록을 어떻게 손에 넣었고 지금까지 보관해 왔던 것일까? 나는 휴대전화기를 집어 들었다.

"여보세요!"

어머니의 침착하고 메마른 음성이 전화기 너머로 새어 나왔다. 나는 할 말을 찾지 못해 묵묵히 전화기만 붙들고 있었다. 완고한 고집을 부리는 갈고랑쇠처럼. 어머니가 물었다.

"읽은 게로구나?"

"네!"

나는 짧게 대답한 뒤 또다시 침묵했다. 침묵을 대신할 적절한 말을 찾지 못해서였다. 가벼운 슬픔의 경험을 토대로 무거운 슬픔과

공감하려 든다면 슬픔을 더욱더 처절하게 하는 것이니까. 나는 영혼 수선공처럼 슬픔의 치료약이 되는 말을 찾는 대신 궁금한 것을 물었다. 우리가 어떻게 광조 외할아버지와 함께 살게 됐는지를.

어머니는 기억을 더듬었다.

"그러니까……."

해미는 금례를 데리고 섬을 탈출했다. 철통같이 봉쇄된 해안을 뚫고 덕배가 섬 등성이에 세워놓은 배에 몸을 실었다. 덕배는 배에서 흘러나온 모든 불빛을 차단하고 배에 시동을 걸었다. 엔진 소리가 바다에 퍼졌다. 해안을 지키고 있던 토벌대들이 소리나는 방향으로 총알을 난사했다. 배는 어둠 속으로 스며들었다.

무사히 탈출해 목포 고무신 공장에 도착했을 때 고무신 공장과 공장장은 재가 돼 있었다. 불에 타고 남은 철근 골절만이 고무신 공장의 흔적을 대신하고 있었다. 해미는 한쪽 벽이 허물어진 한옥 대문을 거칠게 밀며 투덕투덕 집 안으로 들어섰다. 송이는 구석진 곳에 멍멍이 앉아 있었다. 송이는 금례를 안고 들어서는 해미를 보자마자 오열했다. 멀쑥이 차려입은 광조가 들어서는 해미를 응시했다. 해미는 금례를 송이의 품에 말없이 안겨주었다. 어미의 품을 알아차린 금례가 서럽게 울기 시작했다. 송이는 광조 눈치를 보며 울어 젖히는 금례를 얼렀다. 금례의 울음은 짧았다. 송이는 누비 포대기로 싸여 있는 금례를 꼭꼭 여미며 축축이 젖은 가슴을 무의식중 풀어헤쳤다. 어미의 본능이었다. 젖 냄새를 맡은 금례가 입을 내두르며 칭얼댔다. 송이가 젖을 물리자 꼴깍꼴깍 젖을 삼키는 금례의 숨찬 소리가 방 안의 정적을 깼다. 송이는 금례를 보듬고선 보채지도 않는데도 다리를 까불며 어르는 시늉을 했다. 그 모습을 먹먹히 지켜보고 있던 해미가 광조를 향해 뻣뻣이 말했다.

"모녀를 부탁합니다!"

광조는 자신 앞에 군복을 입고 서 있는 사람을 응시했다. 입고 있는 군복에 남남수라는 이름이 새겨져 있긴 했지만, 사근사근하지 못한 말투로 보아 남수가 아닌 해미임이 분명했다. 어린 시절 해미의 왕초였던 광조는 위엄 있는 톤으로 응수했다.

"대신 조건이 있소!"

"……?"

"이 시각 이후 내 눈앞에 나타나지 마시오! 만약 약속을 어길 시, 모녀는 물론이고 당신 아버지까지 목숨이 위태로워질 것이오. 저 아이의 아비가 빨갱이라는 것을 나만 알고 있지 않겠다는 뜻이오!"

"약속하겠소. 모녀를 부탁하오."

해미가 돌아서자, 송이는 애끓은 슬픔을 참느라 꾹꾹 울음을 삼키며 붙잡듯 물었다.

"어디로…… 어디로 가는지나 알려주세요? 오빠!"

해미는 몸을 돌린 채 뻣뻣하게 대답했다.

"나는 철원에 있는 감나무 부대로 전출되어 가는 길이다. 해미는…… 죽었다. 아이와 잘 살거라."

말을 마치고 나가는 해미의 뒷모습을 광조는 이글거리는 질투의 눈빛으로 쏘아보았다. 터덕터덕 걸어 나가는 걸음걸이가 남수가 아닌 해미라는 것을 확신해서였다.

어머니의 설명은 간명했다. 어머니의 설명은 외할머니에게 띄엄띄엄 들은 것을 조합해 들려준 것이므로 듣는 나에겐 투명한 막에 가려진 내부를 들여다보는 것처럼 갑갑하게 들렸다. 무엇보다 혼란스러웠다. 나는 의문 나는 대로 질문했다.

"해미 외할아버지가 쓴 비망록을 어떻게 어머니가 가지고 계시게 된 건가요?"

어머니는 또다시 기억을 더듬기 시작했다.

"그러니까 내가 그 쌀가게에 가서 비망록을 받았을 때가……."

창을 때리며 쏟아지는 폭우 소리에 전화기 너머로 들리는 어머니의 음성이 작게 들렸다. 나는 창가에 앉아 있던 몸을 세워 방 안을 어정거리며 경청했다.

"……네 외할머니가 정신병원에 계시다 돌아가신 해였으니까. 난 서른하나였고 넌 열한 살 때였다. 그해 난 우울한 일상을 견뎌내고 있었다. 마음을 의지한 정신적 버팀목이었던 네 외할머닐 잃은 해였다. 난 소극적이었다. 사람들 앞에 나서는 걸 기피해왔다. 활동적이지도, 사람들과 만나 관계를 맺는 일도 체질에 맞지 않았다. 그러니 네 외할머니 외엔 내 곁에 아무도 없었단다. 풍족한 생활을 하면서도 행복이 나와는 멀게 느껴졌다. 완전히 폐쇄적 삶을 살기 시작한 건 널 낳고부터였다. 널 낳고 자살이란 걸 생각했다. 그렇지만 어린 널 두고 삶을 놓을 순 없었다. 살아야 한다고 생각하니 살아지더라. 어떻게든 살아 있으면 살아지기 마련이더라."

비망록을 어떻게 보관하게 된 것인지를 설명하기 위해 어머니의 서두는 다소 긴 듯했다. 마치 비망록을 받기 위해 그동안 힘들게 살아왔다는 의미로 해석됐다. 나는 말을 끊고 묻고 싶었다. 나를 낳고부터 왜 폐쇄적 삶을 살게 됐느냐고. 어머니를 그렇게 만든 내 아버지는 누구냐고. 그러나 나는 생각을 말로 실천하지 않았다. 궁금했지만 두려운 대답을 들을 수도 있기에 침묵했다.

어머니는 기억을 더듬느라 여전히 느린 톤으로 말했다.

"외할머니가 돌아가신 해에 집으로 이상한 전화가 걸려오기 시작했다. 주로 가정부가 받곤 했는데 받으면 끊어버리고를 반복했다. 하루는 광조 외할아버지가 받았는데 받자마자 끊어버리더구나. 다들 장난 전화라고 생각했다. 하루는 내가 그 전화를 받게 됐지. 가정부는 시장에 가고 없을 때였다. 내가 여보세요? 물으니까 또 아무 말을 하지 않는 거야. 이번에도 장난 전화구나 생각했다. 그래서 할 말 없으면 먼저 끊겠습니다! 라고 말한 뒤 내가 먼저 끊으려는데, 저쪽에서 저……, 하는 말소리가 다급히 새어 나오지 뭐냐. 난 아무 말 않고 상대가 무슨 말을 하는지 기다렸다. 그랬더니. 금례! 지금 전화 받으신 분이 금례 맞습니까? 라고 묻지 않겠니. 그래서 예! 제가 금례 맞습니다. 누구세요? 라고 물었지. 그랬더니 내 어머니를 아는 사람이라며 내게 꼭 전해줄 게 있다면서 좀 만나달라고 하더구나. 내가 있는 곳은 눈이 많으니 자신이 있는 곳으로 와줄 수 있겠느냐고……."

전화한 사람은 덕배였다. 금례는 덕배가 설명해준 약도를 들고 목포시장 안에 있는 권 할머니 쌀가게를 찾았다. 시장 안으로 들어서니 가게 한쪽에서 시비가 붙었는지 소란스러웠다. 그런가 하면 리어카와 좌판에 물건을 담아놓고 지나가는 손님을 붙들고 너스레를 떠는 장사꾼도 있었다. 여기저기 장사꾼의 외침 소리로 시장 안은 시끌시끌했다. 시장 한복판에서 길이 여러 갈래로 갈라졌다. 유동 인구가 많은 곳이었다. 금례는 받아적은 약도를 수시로 들여다보며 낯선 시장 안을 한참 헤매고서야 '권 할머니 쌀가게' 앞에서 걸음을 멈추었다. 문이 활짝 열려 있음에도 소심하게 밖에서 안을 기웃댔다. 열린 문 사이로 쌀가게 내부가 보였다. 좁은 마당이 보였고, 마루와 방도 보였다. 가게 뒤편으로 가정집이 딸린 구조였다. 금례가 생소한 곳에 서서 눈으로 촘촘히 안을 엿보고 있는데 나이 지긋한 노인 하나가 쓱 앞질러 들어섰다. 배달을 다녀왔는지 자전거를 귀퉁이에 세우며 들어오세요! 했다. 노인은 덕배였다.

덕배는 순박하고 성실한 장사꾼다운 모습으로 나이 들어 있었다. 금례는 뒤따라 들어갔다. 좁지만 속이 꽉 찬 곱창 속처럼 알차 보이는 가게였다. 물건 하나도 허투루 놓인 곳 없이 정돈돼 있었고, 곳곳에 윤이 났다. 정감과 훈기가 느껴진 마루에 다과상을 놓고 금례와 덕배는 마주 앉았다. 펑퍼짐한 덕배와는 달리 다과상을 내온 그의 아내는 왜소한 몸에 키가 작았다. 투박한 질그릇에 담긴 개떡에서 훈기가 느껴졌다. 금례는 그것을 물끄러미 바라보며 덕배가 행복할 거란 생각이 들었다.

금례는 덕배를 통해 해미에 관한 이야기를 듣게 되었다. 해미는 금례를 송이의 품에 안겨준 뒤 섬으로 급히 돌아가려 했지만, 때를 맞춘 듯 여수 순천 반란 사건이 발발하여 해안이 완전히 봉쇄되어 버렸다. 전출된 철원 군부대로 남수가 복귀할 날짜가 다가오자 조급해진 해미는 조 회장 집에 전화 연결을 시도했다. 그러나 연결이 되지 않았다. 제주 상황이 불길하게 돌아가고 있음을 직감할 수 있었다. 남수의 군복을 입고 대책 없이 돌아다니다가 신분이 들통나면 남수가 위험해질 수 있었다.

해미는 덕배와 함께 권 할머니 쌀가게로 숨어들었다. 다행히도 그곳까지 경찰의 손길이 닿아 있진 않았다. 조 회장이 챙겨준 현금과 귀중품들을 팔아 권 할머니가 살아 계실 때 모습으로 쌀가게를 열었다. 틈틈이 연락을 취해보았지만, 조 회장은 전화를 받지 않았다. 남수는 해미와 신분을 바꾸자고 했다. 쌍둥이니 가능하다며.

해미는 처음부터 그럴 생각이 없었다. 금례를 송이의 품에 안겨주고 곧바로 돌아갈 계획이었다. 남수가 무사히 섬을 빠져나올 때까지 철원 군부대에 대신 복귀해 있을까도 생각해봤지만, 그러면 영영 남수가 섬을 탈출해 오지 못할 것만 같았다. 해미는 골방에 틀어박혀 두문불출 무언가를 쉼 없이 쓰기 시작했다.

그때 쓴 것이 비망록 같다고 덕배는 회상했다. 해미는 이미 남수의 운명을 예감했을지도 모른다고 덕배는 덧붙였다. 형의 옷을 입고 죽음의 섬에서 형 대신에 살아남게 된 해미의 심정이 어땠을지 그 마음을 알 것 같다며…… 어느 날 해미는 두툼한 노트 한 권을 덕배에게 건네며 훗날 딸 금례가 크거든 전해달라는 부탁을 남기고는 어디론가 훌쩍 사라져버렸다. 아마도 월북했을 거라고 덕배는 추측했다. 해미가 잠적한 뒤 덕배는 권 할머니 쌀가게에 남아 가게를 꾸려왔다. 실타래처럼 얽힌 인연들의 작은 실마리로 남아 있으려는 듯 가게를 묵묵히 지키고 있었다.

나는 어머니와 통화를 마친 뒤 우산을 챙겨 숙소를 나왔다. 차에 올라 시동을 걸자 내비게이션 창이 떴다. 감나무 부대를 검색했다. 출발지점에서 감나무 부대까지는 17킬로미터였다. 나는 차를 출발시켰다.

어머니와 통화하면서 외할머니와 했던 약속이 불현듯 떠올랐다. 외할머니와 한 약속을 까맣게 잊고 살았다. 잊었다기보다는 지

킬 생각 없이 한 약속이었다. 외할머니는 정신병원에 입원한 환자
였으니까. 외할머니가 어떤 심정으로 내게 부탁한 것인지, 나는 그
때 알지 못했다. 외할머니를 환자라고만 생각했으니까.

나는 정신병원에 계신 외할머니를 딱 한 번 보았다. 나를 병원에
데려가기 위해 어머니는 광조 외할아버지에게 크게 대항했다. 외
할아버지는 나뿐만 아니라 어머니까지도 병원에 가는 걸 원치 않
았다. 한 달간 냉전 끝에 난 외할머니를 뵈러 갈 수 있었다.

차로 두어 시간 달리자 논밭이 보였다. 길가 산비탈 쪽에 노후
화된 초가집들이 꼬막 껍데기를 나란히 업어놓은 것처럼 오밀조밀
밀집해 있었고, 한참을 더 달리자 양옆으로 곧게 뻗은 나무들이 장
성하게 서 있었다. 그렇게 달리고 달려 '숲 정신병원'이란 작은 푯
말과 마주했다. 차는 푯말이 있는 방향으로 꺾어졌다. 그 길은 흙
길이었다. 차는 300미터가량 산길을 덜컹거린 후에야 사각으로 된
회색 건물 앞에 멎었다. 차에서 내린 어머니는 내 손을 놓칠세라
붙들고 회색 건물 안으로 들어섰다. 나는 어머니 손에 이끌려 걸으
며 뒤를 돌아보았다. 우리를 싣고 온 운전기사는 감시자처럼 버티
고 서 있었다.

네모난 병원은 낡고 지저분했다. 어머니와 나는 남자 간호사의
안내에 따라 길고 컴컴한 복도를 걸었다. 간호사의 손에는 묵직한
열쇠 꾸러미가 들려 있었다. 병실이 쭉 늘어서 있는 복도로 진입하
는 곳에 굵은 쇠창살이 육중하게 가로막고 있었다. 간호사는 창살

구멍에 열쇠를 꽂았다. 죄인이 간수를 따라 교도소 안으로 들어가는 기분이었다. 간호사가 어두침침한 복도를 앞서 걷다가 남송이라고 쓰인 병실 앞에서 걸음을 멈추었다. 또다시 열쇠 꾸러미를 흔들며 열쇠를 꽂았다.

잠긴 문을 열고 외할머니와 마주한 곳은 흰 벽뿐인 곳이었다. 그곳에 외할머니 혼자 오도카니 앉아 계셨다. 철제로 된 1인용 침대뿐 주변에 아무것도 없었다. 책받침만 한 창문이 있었지만, 사람 키보다 높아 밖을 보려면 고개를 쳐들고 올려다봐야 했다. 창문을 통해 볼 수 있는 건 구름으로 뒤덮인 하늘뿐이었다. 외할머니에게 주어진 유일한 세상 밖이었다. 외할머니 표정은 고요했다. 이미 죽었지만 살아 있는 사람 같았다. 육체만 살아 있는 듯한 슬픈 눈이 나를 바라보았다. 어머니 뒤에 숨어 고개만 내밀고 있는 나를.

잠시 뒤 우리는 면회실로 옮겨졌다. 작은 테이블 하나뿐인 면회실이었지만 병실과는 달랐다. 창밖으로 흔들리는 나무가 보인다거나, 새소리가 들린다거나, 햇볕이 잘 든다는 차이점이 있었다. 어머니는 찬합에 담아온 음식을 테이블 위에 펼쳐놓았다. 외할머니는 먹을 기력도 없을 만큼 꼬챙이처럼 앙상했다.

"먹어 엄마!"

어머니는 수저를 외할머니 손에 쥐여주며 울먹였다. 외할머니는 받아쥔 수저를 내게 건네며 말했다.

"어서 먹거라. 멀미는 안 했누?

"예!"

차분한 외할머니의 질문에 내가 대답했다. 외할머니가 가까이 오라며 손짓했다. 나는 어머니와 눈을 맞춘 뒤 용기를 내어 외할머니의 앙상한 품에 안겼다. 외할머니는 내 머리를 쓰다듬으며 '불쌍한 것!' 하셨다. 외할머니는 식사를 잘 하지 못했다. 어머니는 모든 것을 감시하듯 지켜보고 서 있는 간호사에게 산책을 하게 해달라고 간청했다. 우리는 간호사의 감시를 받으며 병원 뜰로 나왔다. 외할머니는 맑은 공기를 마시고, 햇볕을 쬐고, 가벼운 몸으로 땅을 밟았다. 밟고 또 밟았다. 땅을 밟아볼 기회는 이번이 마지막이라는 듯이. 시계를 들여다보고 있던 운전기사가 독촉하듯 다가왔다. 우리는 병원 앞에서 헤어져야 했다. 나는 외할머니 품에 다시 안겼다. 외할머니는 날 놓아주고 싶지 않은지 꼭 끌어안고는 말씀하셨다.

"이다음, 네가 크거들랑 이 할머니 소원을 들어줄 수 있겠니?"

나는 대답 대신 고개를 끄덕였다. 외할머니는 내 귀에 대고 속삭였다.

"철원에 있는 감나무 부대에 가면 네 외할아버지가 계실 거다. 성함이 조해미란다. 네가 크거들랑 이 할미 대신 가서 전해주렴. 못 가서 미안하다고. 가고 싶어 평생을 떠날 준비를 하며 살았지만, 결국엔 갈 수 없었다고. 그러니 기다리지 말라고!"

그때, 내가 커서 외할머니 소원을 들어줄 수 있을 때까지 비밀로

하자며 손가락까지 걸었었다. 그러고는 차에 올라 외할머니가 작아질 때까지 뒤를 돌아보았었다. 멀어지는 차를 바라보고 서 있는 외할머니는 마치 한 그루 나무 같았다. 잎도 가지도 없는 살아 있지만 죽은 나무……. 내가 본 외할머니의 처음이자 마지막 모습이었다.

나는 거칠게 차를 몰았다. 까맣게 잊고 있었던 약속을 일 초라도 빨리 지키고 싶어서였다. 감나무 부대는 비포장도로였다. 거칠게 달려서인지 차바퀴에서 자갈 으깨는 소리가 요란하게 들렸다. 내 비게이션이 목적지 안내를 종료하는 소리에 의식에서 깨어나듯 차를 세웠다.

와이퍼가 움직이는 사이로 굳게 닫힌 철문이 보였다. 감나무 부대라는 돋움체 글씨가 철문 위로 크게 보였다. 철문 너머로는 아름드리나무들이 시멘트 길을 따라 줄지어 서 있었다. 우산을 펼쳐 차에서 내렸다. 젖은 감나무 잎사귀가 발밑에 밟혔다. 부대 주변은 감나무와 초목 외에는 아무것도 없었다. 나는 우산을 받쳐 들고 감나무 부대 앞에 섰다. 어머니에게서 들은 말이 떠올랐다. 해미 외할아버지가 송이 외할머니 품에 갓난이인 어머니를 안겨주고 돌아서며 했던 말. '나는 철원의 감나무 부대로 전출되어 가는 길이다. 해미는…… 죽었다. 아이와 잘 살거라!' 송이 외할머니는 그 말을 재회의 장소로 알아들었던 것일까? 나는 부대 앞에 서서 목청이 터지도록 외쳤다.

"할아버지! 할머니가…… 전해달래요! 못 와서 미안하다고……
늦게 전해드려 정말 죄송합니다!"

해미 외할아버지가 아닌 송이 외할머니에게 사죄하듯 외쳤다.
와르릉 천둥이 쳤다. 왜 이제 전하느냐는 외할머니의 꾸중 같았다.
괜찮다고, 다 알고 있었다고 외할아버지의 화답 같았다. 천둥소리
가 마치 내 심장을 때리는 것 같았다. 나는 몇 번이고 외쳤다. 그때
마다 천둥이 우르릉 쳤다. 큰비가 요란하게 내렸지만, 부대 앞은
적요했다.

비는 여러 날 퍼붓다가 화창해졌다. 화창했지만 발굴 작업은 하
지 않았다. 국방부로부터 유해 발굴 중단을 통보받았기 때문이다.
남북군사합의 파기 선언으로 군사적 긴장감이 높아진 데다가 북쪽
에서 남북공동연락사무소까지 폭파하는 바람에 공사 중단을 선언
하지 않을 수 없어서였다. 위원들은 짐을 꾸렸다. 달랑 가방 한 개
뿐인 나는 트렁크에 가방을 실어놓고 함께 수고했던 위원들과 아
쉬운 작별 인사를 나눴다. 양양공항에서 제주공항으로 출발한 비
행기는 몇 대 되지 않아 서둘러 양양공항으로 출발해야 했기 때문
이다. 다행히도 탑승 시각을 놓치지 않고 제주공항에 도착할 수 있
었다.

제주공항에는 4·3평화공원으로 가는 정규 버스가 운행되고 있

었다. 43번 버스는 여러 곳을 거친 다음 평화공원 앞에 정차했다. 나는 버스에서 내려 평화공원 안에 있는 기념관을 찾아 들어갔다. 직원을 만나 유가족 유전자 검사 신청을 하러 왔다고 말하자, 채혈 기간이 끝났다고 했다.

"유가족 유전자 검사는 정해진 기간에만 할 수 있습니다. 채혈 기간이 정해지면 지정된 병원에 가서서 가족 동의서를 작성한 뒤 검사받으시면 됩니다. 지정병원은 제주보건소와 제주지소이며 가족으로 인정된 범위는 육촌까지입니다."

나는 허탈한 기분이 되어 질문했다.

"현재까지 발굴된 유골이 몇 구나 됩니까?"

"현재 405구가 발굴되어 DNA 검사를 끝내놓은 상태입니다. 그 중 113구는 가족의 품으로 돌아갔습니다."

"만오천 명 이상 무고한 제주도민들이 희생됐다고 들었습니다. 그런데 발굴된 유골이 405구밖에 안 된다고요?"

나는 항변하듯 질문했다.

"예전엔 제주에 형무소가 없었습니다. 그래서 육지 형무소로 이감되는 과정에서 행방불명된 희생자들이 많았습니다."

"그 많은 제주도민이 어디로 행방불명됐단 말입니까?"

"저희도 계속 제보를 받아 발굴 중입니다."

나는 채혈 기간이 정해지면 연락 달라며 명함을 남기고 밖으로 나왔다. 내게는 외증조할아버지가 되는 조 회장이 어떻게 생을 마첬을지 궁금했다. 비망록 내용대로라면 쌍둥이 아들 외할아버지들로 인해 무사하진 못했을 것이다. 아마도 빨갱이가 되어 생을 마감하지 않았을까? 유전자 검사를 하기 위해 왔다가 헛걸음을 치고 돌아서려니 발걸음을 어디로 옮겨야 할지 막막했다. 아무 생각 없이 공원을 한 바퀴 돌았다. 각명비에는 희생된 사람들의 이름이 마을별로 분류되어 새겨져 있었고, 행방불명된 희생자들을 위한 표석도 세워져 있었다. '예전엔 제주에 형무소가 없었습니다. 그래서 육지 형무소로 이감되는 과정에서 행방불명된 희생자들이 많았습니다.' 표석을 보며 직원의 말을 떠올렸다. 4 · 3평화공원은 생각보다 넓었다. 서쪽 끝자락에서 산그늘이 내려앉기 시작하자 버스정류장 쪽으로 슬슬 걸음을 옮겼다. 막 출발하려는 버스로 뛰어가 몸을 실었다.

버스는 시청 앞을 지나쳤다. 나는 시청 앞에서 버스를 세웠다. 좀 걷고 싶었다. 큰길 한복판에 서서 방향을 잡기 위해 핸드폰을 꺼내 들었다. 내비게이션 창을 띄워 동문재래시장을 검색했다. 시청에서 동문재래시장까지는 도보로 30분 거리였다. 동문재래시장 주변은 관광지로 조성되어 내비게이션 안내 없이는 길 찾기가 힘들 정도로 복잡했다.

동문재래시장 안으로 들어서자 과일, 건어물, 해산물, 먹거리 등 품목별로 코너가 분류돼 있었다. 음식 판매대로 들어서자 뭔가를 먹어야 할 것 같았다. 혼자서 요란하게 먹을 생각은 없고 요기가 필요했다. 원조라고 간판이 크게 붙은 코너로 들어가 전복김밥 두 줄과 어묵 1인분을 주문한 뒤 등받이 없는 둥그런 의자에 앉았다. 얼큰한 어묵 국물로 속을 달래며 전복김밥 두 줄을 게 눈 감추듯이 해치우자 새로운 활력이 생겼다. 트림을 꺽 하자 입안에서 전복과 참기름 냄새가 올라왔다.

가게를 나와 동문재래시장을 축으로 칠성로 상점가와 탑동광장, 탐라문화광장이 복잡하게 들어선 곳을 어슬렁거렸다. 비망록 속의 옛 모습은 없었다. 걸똘마니들이 헤집고 다녔던 동문시장은 넓은 주차장까지 완비된 관광지로 변모되어, 복잡한 쇼핑몰이 되어 있었다.

헤매다 보니 서 있는 곳이 산지천이었다. 걸똘마니들이 다리 밑에 움막을 쳐놓고 살았다던 산지천. 산지천은 주변의 노후화된 주택들이 모두 철거되고 복개되었다가, 지금은 생태공원으로 복원되어 있었다. 관광객들이 테우 선착장에 앉아 산지천 건너 무대 공연을 관람하는 모습이 보였다. 조명을 받으며 분수가 형형색색 화려한 빛깔을 뽐내며 풍차처럼 돌았다. 음악 공연이 한창이라 축제 분위기였다. 나는 시끌시끌한 곳을 빠져나와 한적한 천 길을 따라 걸었다. 그렇게 걷다 보니 상권이 발달한 칠성로 길이 나왔다. 혹 외증조할아버지(조 회장)의 집이 그대로 남아 있을까 하는 기대감에서 담장 높은 한옥을 찾아 두리번거렸다. 존재하는 것은 기록뿐이었다.

해가 지고 몸도 피곤하여 숙소를 잡기 위해 지나가는 택시를 세웠다.

"어디로 모실까요?"

백미러로 눈을 맞추며 기사가 물었다.

"곽병원으로 갑시다. 경찰서 맞은편에 있는……."

나는 엉뚱하게도 나조차 생각지 못한 말이 튀어나왔다. 70년이 지난 지금 비망록 속에 곽병원이 있을 리 없다고 생각하면서도 나도 모르게 튀어나온 말이었다. 내 머릿속이 비망록으로 꽉 차 있어서일 것이다. 4·3평화기념관…… 동문재래시장…… 산지천…… 칠성로…… 내 가족, 내 생명의 뿌리를 찾아다닌 곳마다 허탈감만 느껴 나도 모르게 튀어나온 말이었다. 스스로 뱉은 말에 당황하고 있는데, 기사가 차를 출발시키며 특유의 쾌활한 음성으로 말했다.

"제주에 곽병원은 한 곳밖에 없습니다. 굳이 경찰서 맞은편이라고 하지 않으셔도 곽병원으로 가자고 하면 다 압니다. 거기가 다른 데 보다 방값이 저렴하죠. 일로 오신 모양이죠? 짐가방이 없는 걸 보니."

나는 대답 대신 물었다.

"지금 곽병원으로 가시는 겁니까? 제가 말한 곽병원은 민박집이 아니라 병원입니다만."

얼떨떨해진 나는 '병원'에 강세를 넣어 물었다.

"같은 곳입니다. 병원도 하고 민박집도 하니까요. 제주에선 곽

씨 성을 가진 의사들조차 곽병원이란 간판을 달지 않습니다. 그래서 곽병원이란 간판을 단 곳은 유일하게 한 곳뿐입니다."

"어떤 사연이라도……?"

"여깁니다."

기사는 낚아채듯 말을 끊으며 양문 개폐 형식으로 된 대문 앞에 택시를 세웠다. 차창 밖으로 '곽병원'이란 간판이 보였다. 나는 얼른 차에서 내리며 고맙다는 인사를 잊지 않았다. 거스름돈까지 받지 않자 기사가 한마디 덧붙였다.

"병도 잘 고친답니다. 이젠 환자도 꽤 있나 보던데요."

난 택시가 떠난 자리에 서서 간판을 바라보았다. 심장이 뛰는 건 무슨 까닭일까? 열려 있는 대문 사이로 안을 기웃거리다가 발소리를 죽여가며 마당 안으로 들어섰다. 한옥으로 지은 곽병원은 소담한 정원을 포함해 직사각형 구조였다. 흙과 돌로 쌓아 올린 담벼락에서 은은한 흙냄새가 맡아졌다. 손질이 안 된 자연목 그대로의 대들보가 멋스러웠다. 비록 노후화되었지만…….

"진료 보러 오신 겁니까, 숙박하러 오신 겁니까?"

의사 가운을 걸친 남자가 미닫이문을 밀고 나오며 물었다. 나는 얼른 할 말을 찾지 못하여 머뭇거렸다. 그러자 우선 들어오라고 했다. 나는 따라 안으로 들어갔다. 은근한 소독약 냄새가 나는 것으로 보아 의심할 여지 없는 병원이었다. 멀거니 서서 황토로 미장한 벽과 서까래를 눈으로 훑고 있는데 의사 가운을 걸친 그의 음성이 주방 쪽에서 새어 나왔다.

"식사 전이면 함께하시겠습니까?"

"전, 하고 왔습니다."

"그럼 한 잔, 하시겠습니까? 전 반주 없인 밥이 넘어가지 않아서 요."

나는 대답 대신 주방 쪽으로 다가갔다. 식탁 위에는 냄비째 올려 놓은 김치찌개와 참치 통조림, 술병만이 있을 뿐이었다. 남자는 잔 두 개를 식탁 위에 올려놓으며 말했다.

"제주에선 고소리 술이 유명합니다. 좁쌀과 누룩으로 빚은 술이 죠."

내가 식탁 의자에 앉자 그가 맞은편 의자에 앉으며 내 잔에 술을 따랐다.

"고맙습니다."

나는 잔을 받으며 말했다. 그의 의사 가운에 시선이 머문 건 내가 그의 잔에 술을 따를 때였다. 가슴 부위에 새겨진 이름, 그때서야 나는 그의 얼굴을 정면으로 바라보았다. 성실하고 정직해 보이는 넓적한 얼굴에 도수 높은 안경을 쓴 그는 의예과를 수석으로 입학했던 곽명식이었다. 세월이 흘렀지만 그를 기억할 수 있었다. 대학 때 그에 관한 소문이 자자했기에 전공이 달라도 그를 모를 수 없었다. 그는 수업 시간 외에는 늘 도서관에 있었다. 나는 그와 친해지고 싶어 도서관에 갈 때마다 그의 맞은편에 앉곤 했다. 곽명식은 책에서 눈을 떼지 않아 눈 한번 제대로 마주치지 못했지만, 그의 얼굴은 선명히 기억할 수 있었다. 나이 든 티는 나도 젊었을 때의 인상이 그대로였다. 잠시 혼란스러웠다. 그처럼 유능한 인재가 어떻게 이런 외진 곳까지 와서 병원을 운영하는 것일까? 그것도 민박집까지. 알은척을 해야 맞는 것인지 쉬이 판단이 서지 않았다.

곽명식이 내 잔에 술을 채워주며 물었다.

"제주엔 일 때문에 오신 모양이죠? 여행철이 아니니 빈방이 많습니다. 편히 쉬다 가십시오."

여행 가방이 없는 것으로 여행객인지 아닌지를 다들 판단하는 모양이었다. 나는 잔을 받으며 대답했다.

"고맙습니다. 실은 유가족 유전자 검사를 하러 왔다가……."

곽명식의 눈빛이 흔들렸다. 한동안 곽명식은 말없이 술잔을 연거푸 비우기만 했다. 그도 나와 같은 사연이 있음이 짐작됐다. 나는 묵상하듯 앉아 벌컥벌컥 술잔을 비우는 곽명식의 모습을 말없이 바라보았다. 두 병째 술을 바닥내고 나서야 곽명식이 주절대기 시작했다. 그도 유가족 유전자 검사를 해놓았지만, 여태 시신을 찾지 못했다며 어눌해진 말투로 4·3항쟁에 얽힌 자신의 가정사를 묻지도 않는데 털어놓기 시작했다.

"그러니까. 이 곽병원이 민박집이 돼버린 건, 내 할아버지가 억울하게 돌아가셨기 때문입니다……."

조 회장이 경찰서로 붙들려 간 건 해미가 제주 바다를 무사히 빠져나가고 며칠 뒤였다. 조 회장은 일본에 부역하다가 해방 후에는 미 군정과 경찰에 부역하며 권력을 업고 사업 기반을 다져온 공생 관계였다. 그러나 조 회장에 관한 제보를 간과할 수 없었다. 조 회장에게 숨겨놓은 아들이 있고 그 아들이 무장대 주동자급이며, 목포에 있는 고무신 공장에서 흘러나온 자금이 아들이 몸을 담고 있는 무장대 활동 자금으로 쓰였다는 제보였기 때문이다. 조 회장은 전면 부인했다.

"모든 것은 나를 모함코자 하는 거짓 제보며, 나에겐 그런 아들이 없소!"

부정해도 부질없었다. 조 회장의 영향력을 익히 알고 있는 경찰은 직접 취조하기 난처하자, 서북청년단 쪽으로 떠넘겨버렸다. 조 회장은 서북 사무실 내부에 있는 고문실로 옮겨졌다. 악랄하기로 소문난 태수가 자진하여 취조를 맡았다. 태수는 조 회장을 빨가벗긴 뒤 거꾸로 매달았다. 아들 있는 곳을 대라며 머리통을 물에 처박고, 불에 달군 쇠꼬챙이로 살을 지졌다. 조 회장은 자식을 살리기 위한 고통이며 자식을 버린 죗값이라고 생각하며 고문을 견뎠다. 그럴수록 태수의 분노는 치솟았다. 해미에게 그런 부모가 있다는 것에 화가 치밀었다. 질투였다. 태수는 중산간 마을에서 해미의 총에 맞아 외팔이 병신이 됐기에 그 앙심을 조 회장에게 풀고 있었다. 태수는 악에 받쳐 내뱉었다.

"나는 다 알고 있어! 당신이 쌍둥이들의 아비라는 것을! 밥 얻으러 갈 때마다 차별하며 줄 때부터 눈치 깠어!"

말을 내뱉는 태수는 미치광이 같았다. 태수는 조 회장을 벌레 밟듯 발로 짓이겼다. 발광하듯 짓이길 때마다 태수의 한쪽 팔이 힘없이 팔랑거렸다. 호흡을 가다듬은 태수가 협박을 시작했다. 당신 손녀를 광조가 데리고 있다는 것을 알고 있다. 손녀를 살리고 싶지 않은가. 그리고 싶다면 대가가 있어야 하지 않은가. 철공소를 넘기면 손녀를 살려는 주겠다. 조 회장의 얼굴은 피떡이 져 형체마저 분간하기 어려웠다. 마치 딴 사람 같았다. 태수는 서류를 조 회장의 면상에 들이대며 다그쳤다.

"지장 찍어!"

겁박하고 있는 태수는 미친개 같았다. 조 회장은 퉁퉁 부어오른 검푸른 눈두덩이를 힘겹게 들어 서류에다 시선을 고정했다. 매수자 성명란에 적힌 이름은 이광조였다. 예견한 대로였다. 광조가 태수의 앙심을 이용하여 이 같은 짓을 벌인 것이다. 조 회장은 말없이 지장을 찍었다. 금례의 목숨을 담보로 찍긴 했지만, 약속을 신뢰해선 아니었다. 그래도 한 가닥 희망을 걸고 싶었다.

처형을 앞둔 전날 밤, 그림자 하나가 서북 사무실에 잠입했다. 당직을 서던 서북들이 사무실에 둘러앉아 질펀하게 술을 퍼마시다 곯아떨어진 날이었다. 그림자 하나가 소리 없이 숨어들어왔다. 남수였다. 남수는 고문실 문을 따고 들어가 혼절해 있는 조 회장을 둘러업었다.

남수가 향한 곳은 곽병원이었다. 조 회장의 상태가 심각해서 즉시 치료가 필요했다. 모든 조명이 꺼진 병원은 어둠 속에 웅크리고 서 있는 것 같았다. 남수는 어둡고 그늘진 담벼락에 조 회장을 조심스럽게 내려놓은 뒤 담을 넘었다. 그때 어디선가 지켜보는 개들이 컹컹 짖어댔다. 남수는 내실로 들어가 목소리를 낮춰 곽 원장을 깨웠다.

"원장님! 원장님!"

잠시 후 잠옷 바람의 곽 원장이 나왔다. 무슨 좋지 못한 일이 발생했다고 직감했는지 낮은 음성으로 물었다.

"누구요? 이 시간에 무슨 일이오?"

"조 회장님이 많이 다치셔서 모시고 왔습니다."

두 사람은 다음 말을 미루고 밖으로 나와 조 회장을 안으로 옮겼다. 곽 원장은 급하게 조 회장의 상태를 살피고 치료하기 시작했다.

"어떻게 된 거요? 당신은 누구요?"

"저—어 직원입니다."

직원이라며 둘러대고 있는 사람의 옷차림은 남루했다. 미심스러웠지만 곽 원장은 더는 캐묻지 않았다. 남수는 치료실 밖에서 초조하게 안을 기웃거렸다. 치료실 문이 열리고 곽 원장이 나왔다.

"응급 치료는 끝났소. 진통제와 안정제를 투여했으니 아침까지는 편히 주무실 거요. 밤이 늦었으니 곁에서 눈을 좀 붙이시오"

"고맙습니다."

다음 날 아침, 곽 원장이 병실에 들어가봤을 때 조 회장과 남수는 사라지고 없었다. 점심때쯤 경찰이 병원으로 들이닥쳤다. 어젯밤 늦게 병원으로 들어가는 세 사람을 목격했다는 신고가 들어왔다며, 경찰은 곽 원장을 연행해 갔다. 경찰의 취조에 곽 원장은 일관된 말만 되풀이했다. '조 회장이 사고를 당했다며 직원이 둘러업고 와서 치료해주었을 뿐이며, 아침에 병실에 들어가보니 이미 사라지고 없었다고.' 경찰은 더는 알아낼 게 없다고 판단되자, 빨갱이를 치료해주고 도주까지 시킨 협의를 덮어씌워 곽 원장을 육지 형무소로 이감시켜버렸다. 조 회장을 찾기 위해 총동원된 경찰들이 한라산 전부를 뒤지다시피 했지만 찾지 못했다. 조 회장이 죽었는지 살았는지 아는 사람은 없었다. 조 회장을 업고 달아난 사내가 쌍둥이 남수일 거라고만 광조만이 짐작할 뿐이었다.

나는 듣는 동안 여러 번 놀랐다. 곽명식의 이야기는 돌아가신 그의 아버지를 통해 들은 게 전부였을 텐데 당시의 일을 너무도 상세히 알고 있었다.

곽명식은 이야기를 계속했다.

"동경에서 의과대학을 다니던 아버지는 할아버지가 빨갱이로 몰려 육지 형무소로 이감됐다는 소식을 듣고 서둘러 귀국했습니다. 그러나 형무소 어디에도 곽 원장인 제 할아버지를 찾을 수 없었습니다. 행방불명이 된 것이죠. 아버지는 할아버지를 백방으로 찾아다니며 곽병원을 운영했습니다. 그러나 빨갱이가 운영한 병원이라는 이유로 아무도 찾아오는 사람이 없었습니다. 아버지까지 빨갱이 자식으로 낙인이 찍혀 병원은 문을 닫아야 했습니다. 그렇게 된 겁니다. 여기 이 곽병원이 민박집이 된 사연이…… 민박집을 하기 시작한 것도 얼마 되지 않습니다. 곽병원은 폐쇄된 곳이나 다름없었으니까요. 그러나 아버지는 환자가 오든 오지 않든 곽병원이란 간판만은 떼지 않았습니다. 가끔 환자들이 몰래 찾아왔으니까요. 병원비 대신 곡식을 들고 온 환자도 있었고, 그것마저 없는 환자에게는 무료로 진료해주었습니다. 아버지는 그렇게 이 곽병원을 지켰습니다. 그런 아버지를 지켜보며 저는 의사가 될 결심을 했습니다. 레지던트 과정을 마치고 대학병원에 몸담고 있던 해에 아버지가 세상을 뜨셨습니다. 전 아버지의 가업을 물려받기 위해 이곳으로 내려와 4·3 유족회 활동을 하며 할아버지의 명예 회복과 진상 규명을 위해 재심 청구 소송 중입니다. 억울하게 돌아가신 할아버지의 시신을 찾으면 묘 앞에 이렇게 새겨놓을 겁니다.

무덤도 없이 70년을 떠돈 영혼이 이제서야 이곳에 묻혔다. 그럴 수밖에 없었던 것은 환자의 진료를 거부할 수 없는 의사였기

때문이었다!

　나는 곽명식의 말을 묵묵히 듣고만 있었다. 이야기를 듣는 동안 곽 원장의 억울한 죽음이 내 외가와 무관하지 않다는 걸 알게 됐다. 내가 어머니로부터 건네받은 비망록을 읽지 않았다면 곽명식의 이야기를 듣고도 나와 결부시키지 못했을 것이다. 나는 혼란스러웠다. 곽명식은 충혈된 눈으로 나를 빤히 응시하다 물었다.

　"부탁이 있습니다. 들어주시겠습니까?"

　"네, 제가 들어드릴 수 있는 일이라면요."

　너무 쉽게 대답한 것일까? 귀까지 벌게진 곽명식이 냉소를 지었다. 언짢았지만, 곽명식이 취했다고 생각했다. 몸조차 가누지 못하고 있는 곽명식을 나는 어떻게 해야 할지 몰라 물끄러미 바라보았다. 곽명식은 흔들의자에 앉아 있는 것처럼 몸을 기울기울거리며 말했다.

　"내일 4·3평화공원에서 영혼 위무제가 열립니다. 아무런 이유 없이 억울하게 목숨을 잃고도 장례조차 치르지 못한 영혼들의 넋을 위로하는……. 그분들을 저승길로 보내기 위해 다섯 벌의 수의 그림을 그린 조형물을 세우는 위무젭니다. 수의가 다섯 벌인 까닭은 성인 남녀와 어린이 남녀, 아직 세상에 태어나지도 못한 태아까지……. 그분들이 저승길로 갈 수 있도록 입혀드릴 수의 조형물입니다. 그 추모제에 참석해주신다고 제게 약속해주시겠습니까?"

"네, 참석하겠습니다. 초대해주셔서 고맙습니다."

또다시 곽명식이 신음과 같이 키득키득 웃기 시작했다. 어깨까지 들썩거리며. 분명히 비웃음이었다. 기분이 묘해지려 할 때 곽명식이 꾸벅꾸벅 고개를 조아리더니 식탁에 얼굴을 박았다. 이내 코까지 골기 시작했다. 묘한 기분과 측은함이 교차했다. 나는 곽명식을 둘러업었다. 방에 누인 뒤 이불을 덮어주고 조용히 돌아서 나오려는데 곽명식이 잠꼬대처럼 웅얼거렸다.

"불쌍한 이강!"

나는 방을 나가다 말고 멈춰 섰다.

"자넨 날 모르겠지만, 난 이강 자네를 잘 아네."

곽명식은 술 힘을 이용해 말하는 사람처럼 계속해서 중얼거렸다.

"자네와 난 같은 대학에 다녔지. 도서관에서 자네는 늘 내 앞에 앉곤 했네. 난 일부러 자네와 시선을 맞추지 않으려고 책에만 시선을 고정하고 있었네. 지금 말하지만 난 자네뿐만 아니라 광조해운에 대해 모르는 것이 없다네. 이광조는 자네 외증조할아버지를 경찰에 밀고해 빨갱이로 몰고 철공소를 빼앗아 그 자금으로 광조해운을 설립했지. 그 때문에 내 할아버지까지 억울하게 돌아가셔야 했네. 그러니 어찌 내가 광조해운의 이광조를 모를 수 있겠나. 이광조는 사람을 죽여 애국자가 된 외팔이 태수의 권력을 이용해 광조해운을 급성장시켰지. 이제 이광조가 죽고 없으니 자네 외증조할아버지가 빼앗긴 공장을 다시 찾은 셈인가? 자네는 조 회장의 외증손주이니 말이야.

태수는 죽는 날까지 망나니로 살더군. 이광조 덕에 돈도 있겠다. 권력도 업었겠다. 세상 무서울 게 없었을 테니까. 난 광조해운을 캐다가 알게 됐네. 송이와 자네 어머니 금례 두 모녀가 이광조 곁에서 어떻게 살았는지를. 또 자네가 어떻게 태어났는지까지 말이야. 자네 외할머닐 정신병동에 가둬놨더군. 미치지도 않은 멀쩡한 사람을 말이야. 그 칙칙한 정신병동에서 죽어서야 나왔지. 여자의 마음을 소유하지 못한 질투와 분노였을 것이네. 자네 어머니 금례는 폐쇄된 삶을 살아왔더군. 두려움 속에서 말이야. 그럴 수밖에. 누굴 의지하고 살았겠나. 이광조는 자신의 법적 딸인 자네 어머니까지 희생시켜가며 태수를 철저히 이용했더군. 자네 어머닌 힘과 권력 앞에서 삶이 공포였을 거네. 더군다나 외팔이 태수가 자신의 팔을 그렇게 만든 원수의 딸을 가만둘 리 없지 않은가. 그런 태수가 국립묘지에 안장됐더군. 국립묘지 말일세. 망나니 태수가 말이야. 그 망나니가 자네 아버지……"

"그만하게. 자넨 명예 회복이니 진상 규명이니 하는 것보다 개인을 상대로 원수를 갚는 쪽이 더 어울리겠군!"

나는 쏘아붙이듯 내뱉고는 방을 나왔다. 등 뒤로 곽명식의 키득거리는 소리가 음향기기처럼 새어 나왔다. 나는 어질러진 식탁 앞에 넋을 놓고 앉아 있다가 메모를 남기고 곽병원을 나왔다. 자정이 지나서였다.

추모식장에 참석하겠다는 약속은 지키지 못할 것 같네. 미안하네. 미안하다는 말밖에 할 말이 없어 미안하네……!

곽명식이 왜 내게 위무제에 참석해달라고 했는지 알 것 같았다. 내가 참석하겠다고 말했을 때 어째서 어깨까지 들썩거리며 비웃었는지도. 아무런 이유 없이 억울하게 희생된 영혼들은 장례조차 치르지 못하고 이승을 떠돌고 있는데 외팔이 태수, 생물학적 아버지는 국립묘지에 안장돼 있었기 때문이다. 더러운 피가 흐르는 내가 위무제에 참석할 자격도, 그 영혼을 위해 슬퍼할 자격도 없다고 곽명식은 말하고 싶었던 것이다.

곽병원을 나와 컴컴한 골목을 걸었다. 발걸음은 마음이 이끄는 것일까. 정신을 차리고 보니 산지천이었다. 걸돌마니들의 삶의 터였던 곳. 공연이 끝난 자리에는 정적만이 감돌았다. 나는 무대가 한눈에 내려다보이는 테우 선착장으로 올라가 텅 빈 객석에 털썩 몸을 부렸다. 괴괴한 선착장에 홀로 앉아 외할아버지들의 모습을 상상했다. 혼자 살아 돌아와 비망록을 쓴 해미 외할아버지를, 동생을 살리기 위해 자신의 군복을 벗어주고 대신 산으로 들어가 죽음을 맞이한 남수 외할아버지를, 고문으로 만신창이가 된 채 자신이 버렸던 자식의 도움을 받으며 산에서 생을 마감했을 외증조할아버지를, 그리고 어머니 금례를······.

진동음이 슬픔에 젖어 있는 나를 흔들었다. 나를 위로하려는 내 어머니 금례의 문자였다.

강아! 넌 슬픔으로 낳은 내 아들이란다!

　이 소설을 쓰기 전, 그 바다에 갔었다. 파도는 험준한 산을 오르듯 치솟았다가 내리막을 달리듯 급물살을 탔다. 탄식을 사그라뜨리기라도 하는 것처럼 격렬해 보였다. 파도는 무언가를 말하려는 것 같았다. 1948년에 일어난 제주 4·3항쟁을 배경으로 이념의 폭력에 희생된 민중들의 아픔을 한 가족사를 통해 그려내었다. 다시는 우리에게 이런 슬픔이 없길 바라며.

　작가의 말을 쓰며, 쓰고 지우고를 여러 번 반복하게 된다. 아마도 소설이 아닌 나이기에 그러하리라. 글을 쓰는 동안은 존재한다는 느낌이 든다. 마음은 젊고, 몸은 늙어간다. 뭔가 행복하다고도 느낀다. 아주 드물게.

그런 사람들이 있다.

보다 능숙하게 삶을 살아내는 사람들이 있다.
자신의 내면과 주변을 말끔히 정돈하고,
모든 사안에 대해 해결책과 모범 답안을 알고 있는 사람들.

누가 누구와 연관되어 있고, 누가 누구와 한편인지,
목적은 무엇이고, 어디로 향하는지 단번에 파악한다.

오로지 진실에만 인증 도장을 찍고,
불필요한 사실들은 문서세단기 속으로 분류한다.

단 1초의 낭비도 없이
딱 필요한 만큼만 생각에 잠긴다.
왜냐하면 그 불필요한 1초 뒤에 의혹이 스며든다는 걸 알기에.

존재의 의무에서 해방되는 순간,
그들은 지정된 출구를 통해
자신의 터전에서 퇴장한다.

나는 이따금 그들을 질투한다.
—다행히 순간적인 감정이긴 하지만.

— 비스와바 쉼보르스카

소설에 한 면을 닮은 이 시로 작가의 말을 대신하려 한다. 바보스 럽지 않은 생각들이 묘사되고 정의된 글이 되길 바라며…….

출간을 도와주신 푸른사상사와 편집위원들께 감사의 인사를 드린 다.

모두의 마음에 봄이 오길 바라며
김경숙

푸른사상 소설선

1 백 년 동안의 침묵 | 박정선 (2012 문광부 우수교양도서)
2 눈빛 | 김제철 (2012 문학나눔 도서)
3 아네모네 피쉬 | 황영경
4 바우덕이전 | 유시연
5 당신은 왜 그렇게 멀리 달아났습니까? | 박정규
6 동해 아리랑 | 박정선
7 그래, 낙타를 사자 | 김민효
8 드므 | 김경해
9 은빛 지렁이 | 김설원
10 청춘예찬 시대는 끝났다 | 박정선
    (2015 우수출판콘텐츠 선정도서)
11 오동나무 꽃 진 자리 | 김인배
12 달의 호수 | 유시연 (2016 세종도서 문학나눔)
13 어쩌면, 진심입니다 | 심아진
14 흐릿한 하늘의 해 | 서용좌 (2017 PEN문학상)
15 붉은 열매 | 우한용
16 토끼전 2020 | 박덕규
17 박쥐우산 | 박은경 (2018 문학나눔 도서)
18 우아한 사생활 | 노은희
19 잔혹한 선물 | 도명학 (2018 문학나눔 도서)
20 하늘 아래 첫 서점 | 이덕화
21 용서 | 박 도 (2018 문학나눔 도서)
22 아무도, 그가 살아 돌아오리라고 기대하지
    않았다 | 우한용
23 리만의 기하학 | 권보경 (2019 문학나눔 도서)
24 짙은 회색의 새 이름을 천천히 | 김동숙
25 수상한 나무 | 우한용 (2020 세종도서 교양)
26 히포가 말씀하시길 | 이근자
27 푸른 고양이 | 송지은
28 다시, 100병동 | 노은희
29 오늘의 기분 | 심영의
30 가라앉는 마을 | 백정희
31 퍼즐 | 강대선
32 바람이 불어오는 날 | 김미수
33 사설 우체국 | 한승주 (2022 문학나눔 도서)
34 소리 숲 | 우한용 (2022 PEN문학상)

35 나는 포기할 권리가 있다 | 채 정
36 꽃들은 말이 없다 | 박정선
37 백 년의 민들레 | 전혜성
38 기억의 바깥 | 김민혜
39 마릴린 먼로가 좋아 | 이찬옥
40 누가 세바스찬을 쏘았는가 | 노 원
41 붉은 무덤 | 김희원
42 럭키, 스트라이크 | 이 청
43 들리지 않는 소리 | 이충옥
44 엄마의 정원 | 배명희
45 열세 번째 사도 | 김영현
46 참 좋은 시간이었어요 | 엄현주